O filho de Hitler

Universo dos Livros Editora Ltda.
Avenida Ordem e Progresso, 157 – 8º andar – Conj. 803
CEP 01141-030 – Barra Funda – São Paulo/SP
Telefone/Fax: (11) 3392-3336
www.universodoslivros.com.br
e-mail: editor@universodoslivros.com.br
Siga-nos no Twitter: @univdoslivros

MANDY ROBOTHAM

O filho de Hitler

São Paulo
2021

A woman of war
Copyright © 2018 by Mandy Robotham

© 2020 by Universo dos Livros
Todos os direitos reservados e protegidos pela Lei 9.610 de 19/02/1998.
Nenhuma parte deste livro, sem autorização prévia por escrito da editora, poderá ser reproduzida ou transmitida sejam quais forem os meios empregados: eletrônicos, mecânicos, fotográficos, gravação ou quaisquer outros.

Diretor editorial
Luis Matos

Gerente editorial
Marcia Batista

Assistentes editoriais
Letícia Nakamura
Raquel F. Abranches

Tradução
Cynthia Costa

Preparação
Nestor Turano Jr.

Revisão
Aline Graça

Capa e diagramação
Valdinei Gomes

Dados Internacionais de Catalogação na Publicação (CIP)
Angélica Ilacqua CRB-8/7057

R561f

    Robotham, Mandy
    O filho de Hitler / Mandy Robotham ; tradução de Cynthia Costa.
    – São Paulo : Universo dos Livros, 2020.

    ISBN: 978-65-5609-036-8
    Título original: *A woman of war*

    1. Ficção histórica 2. Ficção inglesa 3. Guerra Mundial, 1939-1945 - Ficção 4. Nazismo - Ficção 5. Parteiras - Alemanha - Ficção I. Título II. Costa, Cynthia

20-2890   CDD 823

Para os meninos: Simon, Harry e Finn,
e para as mães e parteiras de todos os lugares.

NOTA DA AUTORA

Parteiras gostam de conversar, analisar e investigar; é no pós-parto, na salinha de café, que a tagarelice relaciona a beleza de um parto aos pequenos dilemas da vida: como transmitir às mulheres a intensidade do trabalho de parto? É justo descrever em detalhes a agonia e o êxtase do nascimento antes do grande dia? Isso me levou a refletir sobre as principais questões morais que podemos enfrentar — em que situação nós, parteiras, não iríamos *querer* nos doar de corpo e alma à segurança da mãe e do bebê? Quem ou o quê estaria envolvido nessa situação?

Para mim, havia apenas uma resposta: uma criança cuja genética impactaria aqueles que sofreram imensamente nas mãos do seu pai: Adolf Hitler. Combinando um fascínio pela história da Segunda Guerra e a minha paixão por partos, a ideia foi concebida. Usar personagens reais como Hitler e Eva Braun — que continuam a incitar emoções fortes há quase oito décadas — foi um teste para a minha própria bússola moral. E, apesar disso, mantenho o princípio de que todas as mulheres, no momento do parto, são iguais: princesas ou plebeias, anjos ou demônios, em trabalho de parto, todas nós temos de nos mergulhar em nós mesmas. O parto anula todo preconceito. Eva, em trabalho de parto, é uma mulher como outra. E o bebê nasce sem qualquer mácula moral — um inocente, inteiramente puro.

Embora tenha me baseado em cenários reais e pesquisa factual, esta é a minha interpretação de um breve momento da história. Houve especulações anteriores de que o Führer e a sua futura esposa tiveram um filho, e, como *O filho de Hitler* é uma obra de ficção, minha mente se pergunta: e se? Anke também é uma ficção, mas uma personificação do que sinto em muitas parteiras — um coração enorme, mas com dúvidas e medos. Em outras palavras, uma pessoa normal.

1

IRENA

ALEMANHA, JANEIRO DE 1944

Por alguns momentos, a barraca ficou tão quieta quanto era possível naquelas primeiras horas da manhã, um quase silêncio quebrado apenas por alguns roncos femininos. Cassetete em punho, a monitora da noite percorria as fileiras de beliches à procura de ratos espreitando os membros femininos inertes, pronta para atacar os vorazes predadores. Chocando-se com o ar gelado e parado, pequenas nuvens de respiração humana erguiam-se dos beliches superiores — era estranho não ouvir as mulheres tossindo, uma sinfonia de costelas torturadas pela força da infecção em seus pobres pulmões, como se bastasse apenas mais um pequeno esforço para arrebentá-los. A cada trinta segundos, quando o holofote fazia a sua varredura ininterrupta, a escuridão era cortada por feixes brancos passando pelas frestas das tábuas frágeis, naquele que era o único lugar que podíamos chamar de lar.

Eu estava cochilando em frente à barraca, sabendo que Irena se encontrava nos estágios iniciais. O silêncio foi então partido por um súbito grito vindo do beliche ao lado do fogão. Uma forte contração despontou dentro dela, perturbando o seu sono já inquieto, escapando por entre os dentes quebrados.

— Anke, Anke... — ela choramingou. — Não, não, não... Faça parar.

Sua aflição não era fruto de fraqueza — Irena já havia passado por isso duas vezes em tempos de paz —, mas resultado inevitável daquele processo, do trabalho de parto. Do nascimento. Seu bebê nasceria e, para Irena, aquele era o pior pesadelo. Enquanto a criança estivesse dentro do seu ventre, às vezes chutando e dando sinais de que ainda tinha energia para sugar da mãe, havia esperança. Uma vez fora, a esperança diminuiria rapidamente.

Eu logo me coloquei ao seu lado, juntando os trapos e o papel que tínhamos guardado e um balde de água retirado cuidadosamente do poço antes do toque de recolher. Ela estava agitada, em um delírio típico dos casos de tifo. O nome de seu marido — provavelmente já morto em algum outro campo — soava por entre os seus lábios secos enquanto ela se debatia sobre o fino colchão de palha, fazendo o estrado de madeira ranger.

— Irena, Irena... — eu sussurrei o seu nome repetidas vezes, sacudindo-a para que me visse enquanto os seus olhos se abriam e fechavam. Diferentemente das mulheres nos hospitais de Berlim, as mães no campo de concentração com frequência se desligavam durante o trabalho de parto, transportando-se para outro lugar, um palácio da mente. Era uma maneira de esquecer que estavam trazendo os seus bebês para um duro mundo de horror. Criavam, em seus sonhos, o ninho perfeito que a vida não conseguiria lhes dar.

Como em geral ocorre em terceiros partos, aquele progrediu depressa. Depois de várias horas de sofrimento antecipatório, as contrações passaram a vir uma após a outra, avançando rapidamente.

Rosa logo estava ao meu lado, despertada de seu meio-sono. Ela acendeu o fogo fraco e colocou água para ferver, enquanto outra mulher trouxe uma lamparina, cujo óleo era economizado para esse tipo de ocasião. E era só o que tínhamos, além da fé na Mãe Natureza.

As contrações tornaram-se mais fortes e, em um momento particularmente agudo, a bolsa estourou — uma quantidade patética e escassa de líquido — mas Irena estava resistindo. Em qualquer outro cenário, o corpo teria sido forçado a ceder, a expulsão natural seria implacável. Em suas primeiras gestações, as mulheres tinham receio de não saber quando seria a hora de começar a fazer força, e nós, como parteiras, só podíamos tranquilizá-las — você *saberá*, um poder interno como nenhum outro, uma onda na qual navegar em vez de lutar contra. Irena, no entanto, estava agarrada ao bebê como se a sua vida dependesse disso, e eu vi apenas um filete de sangue mucoso sob a coberta. Era sinal de que o corpo estava ansioso, mais do que pronto para deixar sair. Apenas a vontade de ferro de uma mãe estava mantendo os portões fechados.

Finalmente, após várias contrações fortes, o útero de Irena venceu; houve aquele conhecido grunhido primitivo e, com a ajuda da luz da lamparina, vi que o bebê estava a caminho, a cabeça ainda não visível, mas uma forma distinta por trás da pele fina e quase translúcida das nádegas de Irena. Ela balançou a cabeça, angustiada, ofegando e murmurando: "Não, ainda não, bebê, fique em segurança", agitando as mãos na direção da abertura, em uma tentativa desesperada de fazer o bebê voltar. Rosa estava à altura da cabeça de Irena, sussurrando palavras de conforto, dando-lhe goles da água mais limpa que pudemos encontrar, enquanto eu ficava abaixo, com a lamparina.

Alheio ao seu futuro, o bebê estava determinado a nascer. Na contração seguinte, cabelos pretos brotaram por entre os lábios tensos de Irena, e eu a incentivei com "Sopre, sopre, sopre", na esperança de relaxá-la e evitar rasgos de pele que não teríamos como costurar, outra ferida aberta que os ratos e os piolhos elegeriam como alvo.

Sentindo o inevitável, Irena cedeu, e a cabeça de seu bebê passou pelos limites de sua mãe, abrindo caminho para o mundo. Por um momento, como em tantos nascimentos que eu testemunhara, o tempo parou. A cabeça do bebê foi colocada sobre o pano mais limpo que tínhamos, ombros e corpo ainda dentro de Irena. Sua cabeça encharcada de suor caiu sobre Rosa, um corpo convulsionado com soluços de alívio e tristeza, e apenas uma ponta de alegria. A barraca estava silenciosa — a maioria das mulheres havia acordado, duas ou três cabeças visíveis em um beliche, enquanto a curiosidade triunfava sobre o desejo de dormir. Ainda assim, elas apenas espiavam, respeitando a pouca privacidade de que Irena dispunha.

O bebê emergiu de costas, olhando diretamente para mim, os olhinhos abrindo e fechando como os de uma boneca de porcelana e a boca formando um beicinho de peixe, como se ele ou ela estivesse respirando. Os segundos se passaram, mas não havia preocupação: o cordão fornecia ao bebê o oxigênio filtrado de Irena, muito mais puro do que o do ar estagnado ao nosso redor.

— Está tudo bem, está tudo bem, seu bebê estará aqui em breve — sussurrei.

Mas nada, eu sabia, faria Irena sentir outra coisa senão medo ou tristeza iminentes.

A contração chegou ao auge, e as nádegas deram espaço para a largura dos ombros passarem enquanto a cabeça do bebê virava para o lado. O filho de Irena saiu, banhado em apenas um pouco mais de água misturada com sangue. Ele era uma coisinha horrível, com uma cabeça grande demais para os seus membros minúsculos e testículos bulbosos. Irena o havia alimentado da melhor maneira possível com a sua dieta escassa, quase sem proteína ou gordura, e aquele era o resultado. Peguei o pano mais próximo e limpei o líquido, estimulando o seu corpinho flácido, que não emitia som, e uma pequena parte de mim pensou: "Vá embora agora, criança, salve-se da dor". Mas continuei esfregando a sua pele delicada, tentando incutir um pouco de entusiasmo nele, como parte do nosso instinto humano de preservar a vida.

Irena então voltou a este mundo, em pânico.

— Está tudo bem? Por que não está chorando?

— Ele só está um pouco em choque, Irena, dê-lhe um tempinho — eu disse, sentindo o meu próprio pico de adrenalina ao entoar na minha cabeça "vamos, bebê, respire por ela, vamos lá", enquanto falava e soprava a sua fisionomia assustada: — ei, pequenino, vamos, chore para nós.

Depois de mais uma massagem vigorosa, ele tossiu, ofegou e pareceu quase engolir o ambiente com os olhos ainda mais arregalados. No mesmo instante, eu o passei para Irena e o acomodei sobre o seu corpo. O esforço do trabalho de parto a tornara a superfície mais quente da barraca, e, em vez de soltar um grito vigoroso, o bebê começou a balbuciar para ela. Ainda assim, qualquer som significava respiração; era vida.

Pela primeira vez em meses, as feições de Irena expressaram total satisfação.

— Oi, meu querido — ela murmurou —, que garotinho bonito você é. E como é inteligente.

Depois de duas meninas, aquele era o seu primeiro filho, o desejo de seu marido. Todo mundo estava pensando, mas ninguém ousava dizer, que era improvável que ela visse algum deles crescer e atingir o seu potencial, tornar-se uma pessoa. Ninguém teria coragem de estourar aquela sua bolha temporária.

Sem uma palavra, Rosa e eu seguimos para as nossas funções predeterminadas. Ela ficou com Irena e o bebê, colocando-o sob as únicas cobertas que tínhamos, enquanto eu mantinha um olhar vigilante na abertura de Irena — o sangue estava se acumulando sobre o lençol. Por ora, era normal. Mas, desde que começara o meu treinamento, as placentas me assustavam muito mais do que os bebês. A exaustão total podia fazer o corpo se desligar e simplesmente se recusar a expulsar a placenta. Gotas de suor começaram a se formar na minha testa e nuca. Perder uma mulher e um bebê nesse estágio do processo faria a Mãe Natureza parecer desalmada.

Mas ela interviu, como intervira antes, uma constante nessa humanidade feia e instável. As feições de Irena estavam ainda cheias de hormônios de puro amor, e também enrugadas de dor, quando outra contração emergiu. Com mais dois empurrões, a placenta caiu sobre os trapos, minúscula e pálida. O bebê havia retirado cada grama de gordura daquele motor da gravidez, que agora parecia um pano torcido com um cordão ainda preso. As mulheres alemãs bem nutridas produziam cordões suculentos e gordurosos, enrolados em um tecido vermelho-sangue, bem alimentados por nove meses. Desde que entrara no campo de concentração, eu nunca vira nada além de fragmentos ralos.

Depois de me assegurar de que a placenta havia mesmo saído por completo — qualquer resquício poderia causar uma infecção fatal — abrimos a porta da barraca e a jogamos fora, longe do caminho.

O FILHO DE HITLER

Houve uma briga feroz, pois vários ratos, alguns do tamanho de gatos, lutaram para serem os primeiros a sair de suas tocas e disputarem o melhor pedaço da carne fresca. Meses atrás, as mulheres haviam batido boca sobre alimentar os ratos dessa maneira, já que, assim, eles só cresceriam, mas as criaturas eram implacáveis em sua busca por comida. Se não a encontravam, voltavam-se para nós, mordiscando a pele de mulheres doentes demais para se mexerem, fracas demais para perceberem. Se as criaturas fossem distraídas ou saciadas, pelo menos teríamos alguma trégua. Eu os odiava, mas, ao mesmo tempo, admirava o instinto de sobrevivência deles. Vermes ou humanos, todos estávamos simplesmente tentando sobreviver.

Rosa e eu limpamos Irena com o que pudemos encontrar enquanto ela aproveitava o tempo de pele a pele com seu bebê — de qualquer maneira, não tínhamos roupas para vesti-lo. Ele se alimentou avidamente em seu peito murcho, suas pequenas bochechas sugando a vida que podia da carne quase seca. A liberação do hormônio causou mais cólicas na barriga cansada, mas dava para dizer que Irena quase desfrutava do estímulo do seu corpo. Rosa preparou um chá de urtiga com as folhas que havíamos guardado, e o rosto de Irena foi pura alegria por mais ou menos uma hora. Mas, conforme a escuridão diminuiu e a luz do dia começou a lamber as paredes através das frestas, a atmosfera na barraca ficou densa. O tempo de Irena com seu bebê logo teria fim.

Algumas das mulheres se aproximaram dela, formando um burburinho baixo ao redor da cama, uma música de boas-vindas ao bebê. No mundo real, elas teriam trazido presentes, comida ou flores. Aqui, não tinham nada para dar, exceto o amor contido em um canto protegido dos seus corações, alguma esperança que ocasionalmente deixavam escapar. Tantas já haviam perdido ou sido separadas de seus filhos, sentiam uma saudade dolorida do cheiro da cabeça molhada de seus bebês, irmãos, sobrinhas, sobrinhos. Todas partilhavam dessa saudade. Uma mulher ofereceu uma bênção, na ausência de um rabino, e elas aceitaram o bebê como um dos seus. A mãe lhe deu o nome de Jonas, em homenagem ao marido, e sorriu quando ele se tornou parte da história, reconhecido como alguém.

Rosa e eu nos sentamos em um canto, eu como a única não judia na barraca, desfrutando daquele belo som. Ao mesmo tempo, prestava atenção no despertar do campo de concentração, os guardas gritando as suas ordens, o barulho constante de suas botas no chão duro e gélido do lado de fora. Era apenas questão de tempo para que entrassem em nosso domínio. Esconder a criança era inútil. Tínhamos tentado isso uma vez antes — era impossível abafar os constantes gritos de fome de um recém-nascido. Àquela época, o ato resultou na perda de mãe e bebê da maneira mais fria e cruel possível. Se pudéssemos salvar pelo menos um dos dois, já valia algo. Irena tivera filhas que poderia muito bem encontrar novamente. Improvável, mas sempre possível.

Enfim, Irena conseguiu quase três horas de precioso contato com o recém-nascido. Às sete, a porta foi aberta, um vento forte chicoteando quando guardas entraram para fazer a chamada. Aquela barraca tinha sido dispensada da contagem externa apenas porque muitas das mulheres estavam acamadas, e as guardas ficavam perigosamente irritadas se elas caíssem no chão durante a longa espera. Eu pedi ao comandante do campo uma contagem interna e me saí bem-sucedida — uma concessão surpreendente e rara da parte deles.

Foi a primeira guarda que sentiu uma nova presença no ambiente. Eu tinha quase certeza de que aquela guarda, em particular, havia trabalhado em hospitais antes da guerra, possivelmente como parteira; ela olhava para mim com profunda suspeita, franzindo sombriamente a sobrancelha, sobretudo quando eu me encontrava entre as judias, como se ela não pudesse contemplar nem tocá-las. Ela não tinha nenhum escrúpulo ao empregar a extremidade do cassetete, uma técnica que aperfeiçoara sobre a base de seus esqueletos ressecados, para causar o máximo de dor. Ela também tinha uma segunda especialidade, ainda mais sinistra.

Foi o nariz dela, e não o da segunda guarda mal-encarada, que captou a mancha acobreada do sangue do nascimento.

— Você fez outro, então?

Eu caminhei adiante, como sempre fazia. Aquela interação se tornara um jogo que eu quase sempre perdia, mas que nunca me impedia de tentar.

— O bebê nasceu há apenas uma hora — eu menti. — Não faz muito tempo. Só mais um pouco. Não vai interferir na contagem.

Ela examinou a barraca de cima a baixo, os sessenta pares de olhos nela, o olhar costumeiramente apático de Irena mais vivaz do que eu jamais vira. Por um segundo, a guarda pareceu estar considerando uma pequena exceção. Então, fungou e resmungou:

— Você conhece as regras. Não sou eu quem decide. Está na hora.

A justificativa para noventa por cento da degradação que ocorria no campo de concentração era sempre a mesma — não é nossa culpa, estamos apenas seguindo ordens. Os outros dez por cento eram por puro prazer.

Foi então que Irena saiu de seu próprio mundo e, segurando o bebê no peito nu, pulou da cama e recuou para o canto próximo ao fogão, deixando no caminho um rastro de sangue.

— Não, não, por favor — ela gritou. — Eu faço qualquer coisa. Faço qualquer coisa, o que você quiser.

O olhar severo da guarda dizia a Irena que o seu poder de barganha era inútil, então ela se ofereceu:

— Leve-me. Leve-me agora, mas deixe o bebê — Irena dirigiu a sua voz frenética para mim. — Anke? Você pode cuidar do bebê, não pode? Se eu for embora?

Assenti, mas, na realidade, não podia; as poucas não judias autorizadas a ficar com os seus bebês tinham pouco leite para os seus próprios recém-nascidos, muito menos para outra criança tentando tirar vida de seu peito. Os bebês sucumbiam à desnutrição em questão de semanas, e era incomum algum que sobrevivesse por mais de um mês. Eu nem precisaria perguntar — nenhum desses apelos desesperados havia funcionado. Todas prendemos a respiração por Irena, diante de uma cena que já havíamos testemunhado muitas vezes, mas que nunca deixava de ser completamente surreal. Uma mãe que implora pela vida de seu bebê.

A guarda suspirou de tédio. O próximo passo era inevitável, mas todas as mães, se não estavam imóveis ou se aproximando de um estado inconsciente, faziam o mesmo pedido inverossímil. Para uma mãe, era uma questão de reflexo: dar a própria vida para salvar uma nova.

— Vamos — disse a guarda, indo em direção a Irena. — Não dificulte. Não me faça machucá-la.

Ela estendeu a mão para agarrar o embrulho e Irena recuou ainda mais no canto. O berro repentino do bebê quase encobriu a pancada no corpo de Irena, e a guarda emergiu da disputa com o embrulho e os pequenos membros enrolados frouxamente. Ela se virou, estreitando os olhos para combinar com a linha fina de seus lábios. As botas pesadas ressoavam no chão conforme ela marchava em direção à porta, enquanto nós imediatamente nos amontoamos em torno de Irena, formando uma muralha protetora; se ela corresse atrás da guarda, certamente seria atingida pelos atiradores de elite que ocupavam os postos de vigia. Ela se lançou do meio das sombras como o mais feroz urso-pardo, dentes quebrados à mostra, um furacão de desespero, e nós a capturamos em nossa rede humana. Os gritos altos e estridentes enchiam o ar, e eu imaginei o campo parando por um segundo, sabendo que o protocolo mortal estava prestes a acontecer.

Instantaneamente, as mulheres começaram a cantar, a entoar um lamento, o volume aumentando rapidamente, o grupo entrando em uníssono, com Irena no centro, um escudo em torno do seu sofrimento. Era um consolo, mas havia outro propósito — mascarar o som do bebê tombando no barril d'água, tão chocante quanto um tiro, para quem já ouviu um. Rosa chamou a minha atenção, assentiu e entrou pela porta em um instante, esperando pegar o pobre corpo depois que a guarda o atirasse de lado, a tempo de impedir que os ratos e os cães de guarda brigassem por ele. Uma placenta era uma coisa, mas um corpo humano — uma pessoa... era impensável.

Após alguns momentos, os gritos de Irena desapareceram, substituídos por um gemido baixo que escorria do fundo do seu coração, um zurro estável que não podia ser descrito em palavras. Eu só ouvira esse som nos antigos verões passados na fazenda do meu tio na Baviera, quando os bezerros recém-nascidos eram levados para o mercado. As mães destituídas mantinham um chamado constante e carente durante dia e noite, procurando cegamente por seus filhotes. Eu deitava na cama com as mãos sobre os ouvidos, desesperada na tentativa de bloquear os gemidos torturantes. À medida que fui crescendo, sempre perguntava ao meu tio Dieter quando ele levaria os bezerros ao mercado e organizava as minhas visitas de modo a evitar essas ocasiões.

Recompus-me o melhor que pude e fui me ocupar de ver outras mulheres doentes na barraca, trocando alguns curativos precários, dando-lhes água ou apenas as segurando enquanto tossiam incontrolavelmente. Nessas horas agradecia pelo meu treinamento racional de enfermagem, segundo o qual era possível realizar pequenas tarefas pensando o mínimo possível. Eu não queria pensar ou processar o que havia acontecido naquela manhã, e em tantas outras.

Saí duas vezes, uma vez para tomar um pouco de ar — o frio me avivava um pouco — e outra para visitar uma barraca de não judias, onde duas mulheres haviam dado à luz recentemente. Havia pouco que eu pudesse fazer por elas após o parto, pois não dispunha de equipamentos ou medicamentos, mas podia pelo menos tranquilizá-las ao dizer que a perda de sangue era normal e que os seus corpos estavam se recuperando. As mulheres mais fortes da barraca faziam o trabalho braçal, enquanto as novas mães tentavam em vão incentivar a produção de leite nos seios.

A minha classificação no campo de concentração como "representante alemã", com uma estrela vermelha em vez de amarela costurada na braçadeira, permitia a circulação pelas barracas como enfermeira e parteira, já que eu ficava feliz — como em tempos de paz — em ajudar qualquer mulher, independentemente de credo ou cultura. A maioria das mulheres de quem cuidei chegara já grávida ou, após feita prisioneira, de alguma forma manifestara uma gravidez. Isso acontecia principalmente com as mulheres judias, embora nenhum dos guardas fosse chamado para prestar contas. O estupro simplesmente não fazia parte do vocabulário do campo de concentração. Parecia irônico que boa parte dos bebês nascidos fosse metade ariana e, no entanto, sacrificada em nome dessa raça superior.

De volta à Barraca 23, extraoficialmente apelidada de "barraca da maternidade", tanto por guardas quanto por prisioneiras, Irena permanecera em seu beliche junto ao fogo moribundo por várias horas, sempre acolhida por uma das mulheres do círculo. Eu verifiquei que o sangramento dela não era excessivo, e ela abriu os olhos brevemente. Estavam inchados, encrustados e deformados, com bolsas enegrecidas sob as pupilas dilatadas. Quando me afastei de seu ventre, ela pegou a minha mão.

— Pra quê, Anke? — suplicou ela, com a tinta escura de suas pupilas penetrando as minhas, depois despencando para trás em aflição seca.

Eu não sabia o que responder, porque não entendi o que ela quis dizer. Pra quê, o quê? A gravidez, os bebês, aquela vida... Ou a vida em geral? Não havia resposta.

2

SAÍDA

Só as palavras me fizeram tremer visivelmente: "O comandante quer vê-la". Olhos arregalaram-se em meio à escuridão da barraca, e todo o movimento parou. Não havia som, apenas um hálito podre de medo elevando-se acima do fedor humano e animal: urina e excrementos, fluidos femininos e o cheiro sombrio do parto. Minhas mãos estavam sujas de pus, e o soldado olhou para elas com nojo óbvio. Procurei um pano ainda não encharcado e me demorei um momento na escuridão.

— Depressa! — ele disse. — Não o deixe esperando.

Naquele momento, os meus pensamentos tornaram-se claros: vou morrer de qualquer maneira, é melhor não apressar o evento. Ninguém era chamado pelo comandante para um chá da tarde amigável.

Ironicamente, o vento gelado chicoteando pelos buracos do meu vestido me impedia de tremer; os músculos do meu corpo estavam tensos para manter o calor que podiam. Do outro lado do pátio estéril, mais olhos se fixaram sobre mim, seus olhares esboçando o meu destino, enquanto eu lutava para acompanhar o passo largo do soldado. "Ah, nós nos lembramos de Anke", diriam mais tarde, na umidade das suas barracas. "Lembro-me do dia em que ela foi chamada para ver o comandante. Nunca mais a vimos."

Se tiver sorte, talvez eu me torne uma dessas muitas lembranças, uma história a ser contada.

O guarda me conduziu através da passagem entre os galpões e, em seguida, até o portão do casarão principal, empurrando-me para dentro, com uma voz rouca:

— Vá, vá!

Eu nunca tinha visto a porta da casa, e diminuí a velocidade para me maravilhar com as intrincadas esculturas do lado de fora, de anjos e ninfas, sem dúvida o trabalho de Ira, o entalhador e escultor que havia morrido de pneumonia no inverno anterior. Seu orgulho pelo trabalho era evidente mesmo na fachada do inimigo, embora eu tenha avistado uma pequena gárgula espremida entre duas rosas, uma imagem clara do mal nazista. Seu pequeno truque de sedição me deu uma pitada de coragem aos subir os degraus em direção à porta.

Lá dentro, o meu rosto queimou com o calor repentino, e senti sobre o meu lábio superior pequenas gotas de umidade, que eu lambi, aproveitando o gosto do sal. No amplo corredor forrado de madeira, uma lareira rugia atrás de uma grade e, ao lado dela, combustível suficiente para salvar uma dúzia de bebês que eu vira perecer nos últimos meses. Não fiquei surpresa nem chocada, e me odiei pela falta de comoção. Nós nos acostumávamos a racionar sentimentos, investindo apenas naqueles que poderiam realizar algo; a raiva seria energia desperdiçada, já a irritação gerava astúcia e conciliação e, às vezes, salvava vidas.

O soldado olhou para os meus membros esqueléticos, latindo para que eu esperasse junto ao fogo, que eu entendi como um pequeno toque de humanidade. Fiquei ali, sentindo o calor queimar a minha ossatura através do vestido esfarrapado, sentindo-o cauterizar a minha pele e quase desfrutando daquela quase dor. O soldado bateu ruidosamente em uma porta de madeira escura, uma voz foi ouvida do lado de dentro, e eu tive de sair de perto da lareira para entrar.

Ele estava de costas para mim, cabelos quase loiros — o ariano dos sonhos. O soldado bateu os calcanhares em continência como um dançarino espanhol, e a cabeça girou na cadeira, revelando o nazista; maçãs do rosto proeminentes, lisas e saudáveis, uma dieta rica colorindo a sua pele rosada, como os flamingos que eu tinha visto no zoológico de Berlim com o meu pai. Os tons de pele no resto do campo de concentração eram, todos, variações de cinza.

Ele arrumou alguns papéis e dirigiu os olhos para os meus pés. Diante dos buracos óbvios nas minhas botas, uma vergonha repentina e cálida tomou conta de mim, seguida por uma raiva de mim mesma por alimentar tanta culpa — ele e sua espécie haviam cavado aqueles buracos, assim como os vergões doloridos em minhas solas de couro. Ele olhou para cima, ignorando os destroços entre os pés e a cabeça.

— Fräulein Hoff — começou ele. — Tudo bem com você?

Bem que poderíamos estar em um chá da tarde, pela forma como ele falou; apenas um comentário casual para uma tia solteira ou para uma moça bonita. A irritação emergiu mais uma vez, e eu não consegui responder. Desatento, ele retornara aos papéis, e foi o silêncio que o fez erguer o olhar de novo.

Eu pensei: "Não tenho nada a perder".

— Pode ver como estou bem — disse, sem entonação.

Estranhamente, a minha provocação não despertou fúria, e daí eu me dei conta de que ele tinha uma tarefa a cumprir, uma tarefa desagradável, mas necessária.

— Hmm — disse ele. — Você trabalha como parteira no campo? Ajudando mulheres, *todas* as mulheres?

Ele me observou com profundo desprezo; a minha morenice que naturalmente transitava tanto pelo mundo alemão quanto pelo judaico.

— Sim — respondi com um leve tom de orgulho.

— E você trabalhava em hospitais em Berlim antes da guerra? Como parteira?

— Sim.

— Você tem uma boa reputação, pelo que dizem — anunciou ele, lendo os papéis à sua frente. — Era responsável por uma sala de partos e foi promovida ao cargo de irmã?

— Sim. — Eu estava começando a ficar entediada pela falta de emoção na voz dele; não havia nem mesmo raiva.

— E a minha equipe informou que você nunca perdeu um bebê sob os seus cuidados desde que chegara aqui?

— Não no parto — eu disse, desta vez o desafiando. — Antes e depois é comum perder.

— Sim, bem… — Ele passou por cima da ideia de morte como quem recusa educadamente mais um pouco de chá ou vinho. — E a sua família?

Era ali que o meu orgulho e a força da minha mente me abandonavam, despencando ao nível das botas furadas. Um poço de dor entalou na minha garganta, e eu engoli como se fossem brasas.

— Eu tenho uma mãe, um pai, uma irmã e um irmão, possivelmente em campos de concentração — dei um jeito de dizer. — Talvez estejam mortos.

— Bem, eu tenho algumas notícias deles — ele falou com um sotaque tosco e cortado. — Você vem de uma boa família alemã em todos os aspectos... Mas o seu pai não é um defensor da guerra, como você sabe, e nem o seu irmão. Eles estão, é claro, sob os nossos cuidados, e vivos. Eles também sabem da sua situação. — Os olhos dele se ergueram brevemente para avaliar a minha reação.

Como não havia, ele desviou de novo.

— Você precisa saber disso graças à proposta que farei. — O tom sugeria que ele estava prestes a me oferecer um empréstimo bancário, não a minha vida.

Naquele momento, perguntei-me se ele abraçava a sua mãe quando a encontrava, se a beijava, se soluçara sobre ela quando era bebê. Ou será que já havia nascido um monstro insensível? Especulei se a guerra o transformara nisso, em um vazio de uniforme. Eu até que estava me divertindo, os meus ossos aquecidos pela lareira dele. Eu podia morrer sentindo calor, e não com sangue azul e gelado parado em minhas veias. Eu sangraria sobre o belo piso limpo e lhe causaria um pouco de perturbação, mais do que um mero inconveniente. Eu esperava que as suas botas deslizassem e patinassem no líquido cor de rubi, e que uma mancha ficasse marcada no couro, para sempre ali.

— Fräulein? — Não foi a urgência da voz dele que me fez prestar atenção, mas o som de um tiro no pátio, um estrondo cortando a tranquilidade do escritório. Um dos muitos ouvidos todos os dias. Ele nem piscou. — Fräulein, está me ouvindo?

— Sim.

— Você está sendo requisitada pela mais alta autoridade... por ninguém menos do que o escritório do próprio Führer.

Eu esperei um coro de trombetas, tal foi a pompa com que ele pronunciou aquelas palavras.

— Eles precisam dos seus serviços.

Não disse nada, incerta sobre como reagir.

— Você partirá daqui a uma hora — finalizou ele como um sinal de dispensa.

— E se eu não quiser ir? — As palavras escaparam da minha boca antes que eu me desse conta, como se não fosse eu que as tivesse formulado.

Aí, sim, ele ficou visivelmente irritado, provavelmente por não poder me dar um tiro na mesma hora, ali mesmo, a sangue frio. Como ele fizera muitas vezes antes, conforme a sua reputação. A mera menção do escritório do Führer sinalizava que eu não morreria ali, não naquele dia, desde que concordasse em ir. A mandíbula do comandante enrijeceu, as maçãs severas no rosto marmóreo, os olhos acinzentados como aço.

— Nesse caso não tenho como garantir a segurança e o futuro da sua família na presente circunstância.

Então era isso. Eu assistiria mulheres nazistas, ajudando-as a dar à vida, e, em troca, evitaria a morte da minha família. Não havia nada de velado no que ele estava dizendo — cada um sabia da sua posição naquele cenário.

— E as mulheres daqui? — perguntei, ignorando o gesto dele me dispensando. — Quem as ajudará?

— Elas darão um jeito — ele respondeu sem desviar os olhos dos papéis. — Uma hora, Fräulein. Aconselho-a a estar pronta.

Meu corpo estava imune ao vento frio quando regressei à Barraca 23. Estranhamente, não estava experimentando nada físico, nem mesmo o alívio de sair viva do casarão. A minha mente, em vez disso, estava se revirando — pensando nas coisas que eu precisava passar para Rosa, que tinha apenas dezoito anos, mas que fora, até então, a minha ajudante mais competente. Rosa estivera comigo em quase todos os partos do campo de concentração nos últimos nove meses, tranquilizadora quando era necessário, segurando mãos desamparadas, limpando dejetos e enxugando lágrimas quando os bebês eram arrancados de suas mães, como costumavam ser.

Nenhum bebê judeu passara vinte e quatro horas após o nascimento ao lado de sua mãe. Às vezes, as não judias podiam amamentar os seus bebês até que a inevitável desnutrição ou hipotermia os acometesse, mas pelo menos podiam lidar com um encerramento claro. As judias agarravam-se apenas a um vazio, os seus soluços rítmicos juntando-se ao vento que assoviava atravessando os galpões. Apenas uma vez uma mãe judia e seu bebê haviam sido retirados do campo durante a noite, sob as ordens de um oficial do alto escalão, suspeitávamos. Não sabíamos se seu destino fora bom ou ruim.

Na barraca, as mulheres me receberam com alívio, depois com tristeza pela minha partida. Eu não tinha objetos para levar, de modo que a preciosa hora foi gasta com instruções ofegantes a Rosa, sobre o que ela deveria verificar e sobre onde o nosso escasso estoque de suprimentos estava escondido. Em sessenta minutos muito breves, fiz o possível para transmitir a experiência que aprendi ao longo de nove anos como parteira: o que fazer quando os ombros ficavam presos ou quando as nádegas despontavam antes da cabeça, compressas sobre cortes vaginais, como estancar o sangue, placentas que não queriam sair. Eu não conseguia pensar ou falar rápido o suficiente para cobrir tudo. Felizmente, Rosa era uma aprendiz veloz. Casos normais ela já testemunhara várias vezes, e também tivéramos alguns poucos casos anormais. Eu segurei o rosto dela entre as minhas mãos, sentindo a pele seca esticada ao redor dos seus grandes olhos castanhos.

— Quando você sair daqui, deve me prometer uma coisa — eu lhe disse. — Faça o seu treinamento, seja parteira, ao menos testemunhe o lado bom de mães e bebês juntos. Você tem vocação, Rosa. Siga esse caminho e construa uma vida para si.

Ela assentiu em silêncio. De suas pupilas agora brotavam lágrimas, lágrimas genuínas, eu sabia, porque nenhuma de nós desperdiçava esse fluido precioso a menos que algo impactasse fortemente os nossos corações. Foi a melhor despedida que ela poderia ter me oferecido.

Batidas na porta frágil sinalizaram que o tempo havia acabado, e eu não teria tempo para passar na minha barraca. De qualquer maneira, eu a encontraria vazia, pois Graunia e Kirsten — minhas salva-vidas — estavam trabalhando. Sem tempo para procurá-las, Rosa foi incumbida de lhes transmitir o meu amor e o meu adeus. Abracei várias ao sair, olhos baixos para disfarçar a minha tristeza. Eu estava partindo, mas para o quê? Um destino potencialmente pior do que o horror do campo. Mal podia contemplar de que parte da minha alma teria de abrir mão.

Um grande carro preto estava à espera, do tipo em que apenas oficiais nazistas viajavam, com um motorista e um jovem sargento para me acompanhar. O sargento estava sentado na outra ponta do banco com o rosto inexpressivo, deixando visível a sua aversão ao meu fedor físico e moral, uma alemã sem lealdade à pátria. Relutantemente, ele empurrou um cobertor na minha direção. Eu me afundei sobre o couro macio, aquecida pelo luxo da lã contra a minha pele e embalada pelo motor. Fechei os olhos e caí em um sono profundo, porém inquieto.

BERLIM, AGOSTO DE 1939

Eles nos recrutaram uma a uma, retiradas de nossas funções nos respectivos departamentos, para irmos ao escritório da enfermeira-chefe. Ela estava em pé, impassível, e, atrás de sua mesa, havia um homem de terno preto, parecendo muito confortável. Quando chegou a minha vez, ele já devia ter lido a mesma diretriz tantas vezes que a sabia de cor, e mal olhou para o documento à sua frente.

— Irmã Hoff — começou ele, em tom monótono —, você sabe o quanto o Reich valoriza e aprecia a sua profissão. Vocês são guardiãs da nossa população futura.

Eu olhei à frente com firmeza.

— É por isso que confiamos a você e às suas colegas a tarefa de nos ajudar a manter a nossa meta, a meta de pureza da nação alemã.

Eu havia sido forçada a participar o suficiente de palestras sobre pureza racial para saber exatamente o que ele queria dizer, por mais que a linguagem tentasse encobrir o óbvio. As leis de Nuremberg haviam tornado ilegal o casamento entre judeus e arianos por vários anos, e acompanhamos um declínio real de recém-nascidos "mistos" no hospital. Agora que os judeus haviam sido excluídos do sistema de assistência social, mal entrávamos em contato com mães judias, a menos que fossem ricas e corajosas.

Ele continuou:

— Irmã, estou aqui para compartilhar notícias de uma nova diretriz que agora se tornará parte de sua função, com efeito imediato. Exigimos que você nos informe, por meio de seus superiores, a respeito de todas as crianças nascidas, ou em contato, com suspeita de deficiência de qualquer natureza.

Naquele momento, ele olhou para a lista em suas mãos.

— Essas condições incluem: imbecilidade, mongolismo, hidrocefalia, microcefalia, malformação dos membros... — Ele respirou, entediado. — Paralisia e espasticidade, cegueira e surdez. Obviamente, essa lista não cobre todas as possibilidades, mas serve apenas como um guia. Contamos com seu discernimento e discrição.

Discurso terminado, ele olhou diretamente para mim. Continuei mirando em algum lugar entre a sua têmpora e a linha do cabelo ensebado, enquanto os olhos dele passeavam sobre o meu rosto. Eu não esperava, além de tudo, que ele me pedisse uma decisão.

— Você entende que essa é uma diretriz, e não um pedido, irmã? — ele disse.

— Sim.

Quanto a isso, eu podia ser honesta.

— Então, confio em seu profissionalismo para trabalhar em prol de uma Grande Alemanha. O próprio Führer reconhece o seu papel vital nessa tarefa e garante a sua... proteção legal. — Ele pesou as últimas palavras propositadamente, depois continuou de forma mais leve. — No entanto, entendemos que isso demanda tempo e conhecimento de sua parte... Portanto, haverá uma compensação de dois marcos do Reich por cada caso relatado, a serem pagos pelo hospital.

Ele sorriu obedientemente diante da generosidade de tal oferta, e para sinalizar que havíamos terminado.

Por dentro, eu queria berrar, enfiar as minhas unhas muito curtas no fundo dos seus olhos, na sua pele gorda tornada mais rosada pelas inúmeras visitas à cervejaria — sentado ao lado de seus companheiros nazistas, bebendo e rindo da "escória imunda dos judeus". Eu queria feri-lo por presumir que éramos todas tão sujas e asquerosas — tão desumanas — quanto ele se tornara. Mas eu não disse nem fiz nada, como papai me havia ensinado: "Anke, há diversidade na rebeldia", aconselhou-me meu sábio pai. "Seja esperta em seu disfarce".

O nazista organizou os seus papéis, e, de soslaio, vi as saias da enfermeira-chefe se moverem. Eu sabia o que ela estava pensando. "Acalme-se, Anke, e, acima de tudo, fique quieta", ela devia estar desejando.

— Obrigada, irmã Hoff — disse ela, vivaz, e me conduziu rapidamente.

Voltei para a enfermaria — na minha curta ausência, o quarto parto de uma mulher progredira rapidamente e, dentro de uma hora, ela estaria embalando o seu filho mais novo, contando os dedos das mãos e dos pés e completamente inconsciente de que a eficiência do Reich sacrificaria a sua linda filha na mesma hora caso um dos dedinhos estivesse fora do lugar. Não houve menção ao que aconteceria depois que nós — cidadãs respeitáveis — reportássemos qualquer deficiência, mas não era difícil prever. Eu tinha certeza de que não era para construir excelentes instalações de atendimento para os "infelizes". Mas adivinhar qual seria o destino deles? Eu não me atrevia a aprofundar muito a minha própria imaginação. O número crescente de "camisas pardas" de Hitler nas ruas e sua violência declarada contra os judeus nos diziam que os limites já haviam sido ultrapassados.

Era bem simples: para o Reich, não havia limites. Ninguém — homem, mulher ou criança — estava seguro.

Todas as parteiras e enfermeiras e todos os médicos foram convocados, criando uma estranha conspiração silenciosa. As pessoas eram educadas umas com as outras — muito educadas — como se já estivéssemos eliminando os dissidentes, os não comprometidos, entre nós. A enfermaria era um ambiente estável, mas cada nascimento trazia uma nova pergunta. O que antes era "Menino ou menina? Quanto pesa?", agora se tornara "Está tudo nos conformes?". Estávamos brincando de roleta-russa com um número desconhecido de balas — e ninguém queria ser o primeiro.

Lembrei-me de um parto que assisti alguns anos antes, na casa de um casal eslovaco. O trabalho de parto fora extraordinariamente longo para um segundo bebê, e o estágio de empurrões, exaustivo. Quando eu verifiquei a cabeça do bebê, a razão ficou óbvia — uma coroa maior que a média, que pressionou cada grama da anatomia e do espírito da mulher. Com a menina finalmente nos braços de sua mãe, todos vimos o porquê: uma cabeça desproporcionalmente inchada, com os olhos esbugalhados sob uma sobrancelha pesada, um olhar fantasmagórico e opaco, sem visão, o outro olho voltado para dentro, provavelmente cego também. O corpo era magro em comparação, como se a cabeça tivesse engolido toda a energia que a mãe lhe havia injetado durante a gravidez. E tudo o que ela disse foi: "Ela não é adorável?". A avó, também, arrulhando sobre a nova vida, contente com o que Deus havia lhes dado.

A beleza nunca se fixou tão firmemente nos olhos de quem vê como naquele nascimento. Eu só podia imaginar que a mãe derramara lágrimas secretas sobre o futuro perdido de sua linda filha, ou especulara sobre quanto tempo a bebê sobreviveria. Mas isso me deu ainda mais certeza de que todos os bebês eram preciosos para alguém, que não tínhamos o direito de bancar juiz, júri ou Deus. Nunca. Resolvi com firmeza que não seria cúmplice. Caso acontecesse, eu encontraria uma maneira — só não sabia como.

Apenas um mês depois, a Alemanha entrou em guerra com a Europa, e o tecido de uma nação inteira foi rapidamente posto à prova.

3

LÁ FORA

Um frio perceptível me acordou. Estava escuro e ainda estávamos viajando — o grande motor ronronando, algumas luzes brilhando pelo caminho, casas iluminadas. Fiquei desorientada, sem ter ideia de qual direção tínhamos tomado, mas imaginei que estávamos nas montanhas, subindo suavemente. O ar parecia diferente — uma pontinha cristalizada, um gosto e lembrança de férias em família.

Eu fiquei surpresa. Supus que iríamos a Berlim, Munique ou alguma outra cidade industrial, rumo a alguma maternidade particular, onde as esposas de oficiais nazistas e de empresários leais cumpriam o seu dever — as mulheres da Alemanha haviam sido convocadas a gerar uma próxima geração, esse seria o seu "serviço militar". Antes do meu recrutamento, pôsteres com essa convocação haviam sido colados em todas as esquinas de Berlim — mulheres loiras e sorridentes, com braços zelosos embalando filhos robustos e arianos, prontas para fornecer ao Reich um material forte para o seu exército. Era o dever delas, e elas não o questionaram. Ou questionaram? Nunca saberíamos, já que as leais mulheres alemãs nunca se manifestaram.

O sargento se assustou quando me mexi, endireitando os seus ombros automaticamente. Ele falou sem olhar para mim:

— Em breve chegaremos, Fräulein. Prepare-se.

Lá estava eu sentada nos únicos trapos de que dispunha, portanto não tinha como me preparar, mas assenti da qualquer forma. Em questão de minutos, passamos por portões de ferro, continuando por uma longa passagem, o cascalho gelado triturando sob as rodas. No topo, havia uma grande casa em estilo chalé. A varanda estava iluminada por um brilho vindo de dentro. A arquitetura era distintamente alemã, embora nada rústica, com colunas esculpidas sustentando a grande varanda, cadeiras de madeira e pequenas mesas dispostas para aproveitar a vista da montanha.

Por um breve momento, pensei que tínhamos chegado a um Lebensborn, um dos centros criados por Heinrich Himmler que pouco se esforçavam para disfarçar o seu sonho racial utópico, e que a minha tarefa seria salvaguardar a vida de bebês arianos, de mulheres recrutadas ou esposas de oficiais da ss. Mas aquela parecia ser a casa de alguém, embora ampla e grandiosa. Perguntei-me que tipo de esposa nazista moraria ali, quão importante ela era a ponto de ter chamado a atenção do escritório do Führer e de ter ganhado o privilégio de ter uma parteira particular.

A imponente porta de madeira se abriu quando estacionamos, e uma mulher apareceu. Ela não estava grávida, nem era a dona da casa, pois estava vestida como uma criada, com um corpete colorido sobre um vestido tradicional do sul da Alemanha. Eu tropecei um pouco ao sair, pois as pernas estavam entorpecidas pelo extremo conforto. A criada desceu os degraus, sorriu largamente e estendeu a mão. Sua respiração branca colidiu com o ar frio, mas as boas-vindas foram calorosas. O dia estava se tornando cada vez mais bizarro.

— Seja bem-vinda, Fräulein — saudou ela com um forte sotaque da Baviera. — Entre, por favor.

Ela me conduziu por um corredor opulento, com ricas arandelas destacando retratos em molduras douradas — Hitler estava no centro, acima da lareira. Eu havia visto lareiras mais acolhedoras naquele dia do que em todo o meu tempo no campo de concentração. Fui a seguindo como um cachorrinho, passando por uma porta e descendo em direção ao que claramente deviam ser os aposentos da criadagem. Várias cabeças se viraram quando entrei em uma sala espaçosa, os olhos me mediram enquanto a criada me guiava por um corredor e, finalmente, até um pequeno quarto.

— Pronto — anunciou ela. — Você vai dormir aqui hoje à noite, antes de ver a patroa pela manhã.

Fiquei muda como uma criança diante de um mágico bolo de aniversário. A cama tinha colchão e uma colcha de verdade, com uma camisola dobrada sobre o travesseiro. Uma escova de cabelo estava em cima de um aparador, ao lado de uma barra de sabão e de uma toalha limpa. Era coisa de sonho.

A criada dirigiu-se a mim novamente:

— A senhora disse para lhe dar — ela parou, corrigindo-se —, para lhe *oferecer* um banho antes do jantar. Isso seria adequado para a Fräulein?

Como o meu estado físico fora explicado a eles era um mistério — os meus cabelos escuros haviam crescido e os meus dentes estavam intactos, mas eu estava longe de parecer saudável. A criada ignorava as minhas origens ou, pelo menos, disfarçava bem.

— Sim, sim — eu consegui dizer. — Obrigada.

Ela desapareceu no corredor, e o som da água corrente chegou aos meus ouvidos. Água quente! Da torneira! No campo, a água era bombeada de um poço sujo, escasso e frio. Eu não conseguia tirar os olhos da barra de sabão, como se fosse um maná dos céus que eu pudesse morder a qualquer momento, como Alice em seu País das Maravilhas.

Sentei-me cautelosamente na beira da cama, sentindo os meus ossos afundarem no material macio, nunca imaginando que passaria novamente uma noite sob lençóis limpos. A criada — ela disse que se chamava Christa — me levou ao banheiro, fechando a porta e me permitindo desfrutar da minha primeira verdadeira solidão em dois anos. Apesar dos sons da casa, senti um silêncio sinistro, como se o espaço ao meu redor estivesse se aproximando de modo claustrofóbico. Não havia ninguém tossindo, roubando o meu ar, sugando o meu fôlego, nenhuma Graunia pressionando os seus ossos contra as fendas da minha carne perdida. Eu estava sozinha. E não tinha certeza se gostava disso ou não.

Tirei o meu vestido puído, e as minhas roupas de baixo quase se desintegraram quando caíram no chão. O vapor anelava-se acima da água, e mergulhei um só dedo do pé, quase com medo de entrar, receosa de que uma sensação real me arrancasse daquele intrincado sonho.

Afundando sob o calor delicioso, desperdicei lágrimas preciosas de sal, pois agora havia água em abundância. Para quem vira tanto horror, destruição e desumanidade em um só lugar, eram as coisas mais simples que quebravam o pessimismo e faziam lembrar que existia bondade no mundo. Banhos quentes fizeram parte da minha infância, mas, principalmente, de quando eu estava resfriada ou com uma tosse. Mamãe me dava banho, ficava conversando e cantando enquanto lavava o meu cabelo, envolvendo-me em uma toalha macia antes de me colocar na cama com uma bebida quente e calmante. Eu tentei tanto não pensar em todos eles enquanto me afundava naquela estranheza, mas esperava, acima de tudo, que não estivessem em um inferno como aquele que eu acabara de deixar para trás. Soluços pesados sacudiram os meus músculos frágeis, até que me senti seca por dentro.

Lágrimas uma vez exauridas, examinei o meu corpo pela primeira vez depois de muito tempo; não havia espelhos no campo de concentração, e, devido ao frio, mal nos despíamos. A própria visão me abalou. Contei as minhas costelas sob a pele fina e constatei que os músculos do braço, desenvolvidos pelo trabalho no hospital, estavam agora flácidos e desgastados, os meus ossos do quadril se projetando para fora. Para onde eu tinha desaparecido? Para onde fora a velha Anke? Foi preciso esfregar bem com aquela gloriosa barra de sabão para tirar as camadas de sujeira, e, quando saí da banheira, a água estava cinza. Vi minúsculos cadáveres pretos de insetos espalhados na imundice. Christa havia colocado um roupão leve para mim, e eu propositadamente evitei dar qualquer espiada no espelho. Timidamente, voltei pelo corredor com os pés descalços, mas limpos.

No quarto, outros tesouros me aguardavam. Roupa de baixo limpa, arrumada sobre a cadeira, juntamente com uma saia, meias-calças e um suéter. Havia uma camiseta leve para usar por baixo da roupa, mas nenhum sutiã, embora eu já não tivesse mais nada mesmo para sustentar. Estava com uma aparência de pré-adolescente em um corpo imaturo. Em poucos minutos, Christa chegou com um prato de carne com molho, batatas e cenouras da cor de um sol da tarde brilhando no horizonte. A fome era tão constante que eu não tinha notado que não comera o dia todo.

— Vou deixar você descansar — disse ela com um sorriso doce e natural. — Trarei o seu café da manhã, e depois a senhora vai vê-la.

Meu instinto era devorar aquele prato como um albatroz, engolindo as preciosas calorias, mas conhecia o suficiente o meu estado de inanição para saber que, se quisesse reter a comida e não a colocar imediatamente para fora, precisava ir com cuidado. Mastiguei e saboreei cada pedaço, rapidamente sentindo a presença de alimento dentro de mim. Uma ou duas vezes, engasguei incontrolavelmente e respirei fundo, desesperada para conseguir engolir. A carne cozida trouxe de volta lembranças de antes da guerra, das refeições de aniversário da minha mãe — carne com cerveja alemã. Não sem sentir culpa, porém, tive de deixar um terço da porção. Sem mais nada para me ocupar, repousei os meus cabelos molhados sobre o travesseiro suntuoso, aspirando o aroma de roupa de cama limpa, e logo adormeci.

A luz passando por uma pequena janela acima da cama sinalizou o início do dia. Movi meu ombro lentamente, como costumava fazer todos os dias nos meses anteriores. O estrado de madeira do beliche machucava os meus ombros, e levantar exigia contenção para evitar abrir feridas e provocar infecções. Somente quando senti a minha pele afundando em algodão macio que me lembrei de onde estava. Mesmo assim, precisei de um tempo para convencer o meu cérebro acordado de que eu não estava perdida em uma fantasia.

O barulho de uma casa em pleno movimento entrava pelas paredes, e fui na ponta dos pés para o banheiro, sentindo a inevitável luta dentro de mim entre a fome e a distensão. Christa estava entrando no meu quarto quando eu voltei, com um olhar um pouco assustado, como se ela tivesse me perdido momentaneamente. Como se eu pudesse escapar.

— Bom dia, Fräulein — disse ela, como quem fala a uma verdadeira convidada.

Eu já gostava dela, principalmente por me tratar como um ser humano, e porque ela me trouxe mais comida. Seu cabelo loiro estava preso em um coque, fazendo as suas maçãs do rosto já altas subirem um pouco mais, e os seus olhos verdes brilharem.

— Sinto muito, mas não consegui terminar o jantar — eu disse, enquanto ela olhava as sobras. — Eu não estou habitu...

— É claro — ela disse, com um sorriso.

Os criados claramente tinham as suas suspeitas, o que quer que tivesse sido dito a eles. Levei um bom tempo para tragar os ovos e o pão no meu prato, as gemas da cor dos girassóis gigantes balançando no jardim da minha mãe. Memórias, cuidadosamente controladas no campo de concentração, agora nadavam de volta à minha mente. Eu forcei a proteína para dentro do meu sistema já sobrecarregado, e Christa apareceu novamente à porta quando eu estava empurrando uma última garfada.

Ela me levou para o andar de cima, até um grande salão com amplas janelas panorâmicas — por uma, avistava-se a floresta, por outra, as montanhas do outro lado. Era espaçoso o suficiente para vários sofás de couro, de estilo alemão austero, rodeados por aparadores de madeira escura com enfeites feiosos e chamativos. O inevitável retrato do Führer pairava sobre a enorme lareira, cujo fogo estalava suavemente.

Uma mulher que estava sentada em uma das poltronas volumosas levantou-se quando entrei. Alta, esbelta e elegante, com cabelo loiro penteado como uma onda, olhos azul-claros e batom vermelho-rubi nos lábios. Bem arrumada e muito alemã. Obviamente, também não estava grávida.

— Fräulein Hoff, seja bem-vinda à minha casa.

Havia apenas uma sugestão de sorriso; desde o início, ficou claro que aquilo era apenas um arranjo, e um com o qual ela não estava muito feliz.

— Meu nome é Magda Goebbels, e uma grande amiga me pediu para encontrar alguém com o seu conhecimento para ajudá-la.

Com a simples menção do nome dela, percebi por que tinha sido tão bem tratada. Frau Goebbels era o epítome da feminilidade alemã, casada com o Ministro da Propaganda e mãe de sete arianos perfeitos — um modelo óbvio para aqueles pôsteres tão zelosos. Como o Führer não tinha esposa, ela frequentemente aparecia ao lado dele nos noticiários e nas fotos, como eu costumava ver antes de ser recrutada. Ela era a nazista perfeita, embora uma mulher, rotulada como "Primeira-Dama da Alemanha" pelos colunistas.

Ela prosseguiu com naturalidade:

— Conheço a sua reputação, o seu conhecimento profissional e o seu… — notei que sempre havia uma pausa quando a ameaça à minha família era mencionada. Seria vergonha ou apenas um pequeno constrangimento? Para pessoas tão desavergonhadas quanto à crueldade que infligiam, os nazistas pareciam constrangidos quando o assunto era chantagem. Ela continuou, sem acanhamento: — Sei que, como o seu trabalho é tão variado, você claramente se importa profundamente com mulheres e bebês em qualquer situação. Só posso confiar que você fará o mesmo pela minha amiga.

Ela fez uma pausa, convidando uma resposta.

— Sempre me esforçarei para trazer o melhor resultado para qualquer mulher — eu disse, fazendo também uma pausa deliberada. — Quem quer que ela seja.

E era verdade. As regras do meu treinamento como parteira não discriminavam entre ricos ou pobres, bons ou maus, criminosos ou bons cidadãos; todos os bebês nasceriam iguais naquela fração de segundo, e todos mereciam a chance de viver. Seriam os dias, os meses e os anos que depois os fragmentariam em um mundo desigual.

Ela entendeu o que eu quis dizer e apertou as mãos na frente do corpo, com as unhas perfeitamente bem cuidadas.

— Bem. Você vai passar o dia de hoje se preparando e depois viajará para conhecer a sua nova cliente amanhã.

Ela disse a palavra "cliente" como se eu fosse uma profissional autônoma prestes a assumir um serviço da minha escolha. Eu me perguntei, então, o quanto e quão profundamente eles sentiam as mentiras que falavam. Ou realmente acreditavam na própria propaganda? *Sinceramente* acreditavam?

Eu não disse nada, recusando-me a qualificar a sua oferta, mesmo com um "obrigada". Ela não deixou isso passar.

— Deve saber que essa é uma boa oportunidade para você, Fräulein Hoff. A muitas profissionais não seria confiada uma tarefa tão importante. Acreditamos que você será uma parteira em primeiro lugar, independentemente da sua posição política.

Era uma aposta para eles, mas provavelmente se sairiam bem. Eu não era um anjo, mas levava os meus deveres a sério. As mães estavam grávidas para ter bebês saudáveis, e os bebês deviam sobreviver, ao menos na maior parte dos casos. Essa era a regra de ouro.

Eu me virei para sair e vi um vulto passando pela porta.

— Joseph? — ela chamou atrás de mim. — Joseph, venha conhecer a parteira que contratamos.

Um homem pequeno e de terno escuro aproximou-se de mim mancando ligeiramente. Parou e juntou os calcanhares de maneira automática. Ele não tinha traços arianos, mas o seu rosto estava frequentemente estampado nos jornais que meu pai lia antes da guerra, quando ainda não nos haviam tornado desaparecidos. Joseph Goebbels — um membro do círculo íntimo de confiança de Hitler, mestre da verdade, das mentiras douradas e dos bons alemães honestos. Não tinha sido Goebbels que declarara: "A missão da mulher é ser bonita e trazer crianças ao mundo"? Lembrei-me da minha irmã Ilse e eu rindo das palavras, mas, agora que estava diante da esposa dele, entendi por que ele pensava daquela forma.

— Fräulein Hoff, prazer em conhecê-la.

Ele deu aquele meio sorriso que os oficiais do Terceiro Reich praticavam em treinamento, projetado para confundir o inimigo quando diante de uma ameaça, deixando à mostra os seus pequenos dentes espinhosos. Ele era muito magro, com o cabelo escuro penteado para trás, bochechas afundadas; se Himmler — o braço direito de Hitler — era retratado como o rato do círculo superior do Reich, Joseph Goebbels era o perfeito furão. A atração que a esposa sentia por ele só podia ser por algo mais profundo. Senti um arrepio imediato por ele saber o meu nome.

Ele encarou a esposa.

— Os preparativos estão todos em ordem?

— Sim, Joseph — ela respondeu com clara irritação.

— Sendo assim, desejo-lhe um bom dia. Espero que seja bem cuidada, Fräulein Hoff.

Ele saiu, com o olhar e os lábios finos e vermelhos de sua esposa fixados em suas costas. Ela podia ser bela e fértil, mas tive a sensação de que Frau Goebbels era mais do que um rosto bonito.

Terminada a entrevista, Christa apareceu na porta para me levar de volta aos aposentos da criadagem. A "preparação" consistiu em tornar-me apresentável para a minha misteriosa cliente, uma tarefa de apenas um dia. Christa trouxe ácido carbólico para atacar as lêndeas embutidas nos fios finos do meu cabelo. Ela trabalhou alegremente, conversando afetuosamente sobre a sua família perto de Colônia e, embora tenha evitado falar sobre as dificuldades da guerra, era evidente que as famílias alemãs reais e trabalhadoras também estavam sofrendo. Seu irmão já era uma vítima, tendo voltado cego da Frente Oriental, restando ao pai trabalhar sozinho no campo, sem a ajuda dos músculos de um homem mais jovem. Ela sugeriu apenas vagamente seu desdém pelo Reich.

Ela havia sido auxiliar de enfermagem antes do conflito, em um lar para mulheres idosas. Parte dos cuidados, disse Christa, era lhes pentear os cabelos, o que funcionava mais do que qualquer remédio. Depois que os últimos piolhos foram tirados da minha cabeça, ela fez milagres com a tesoura e o ferro quente, parecendo dobrar o volume dos meus fios enfraquecidos, escondendo habilmente o meu couro cabeludo. Eu mal me reconheci no espelho, não tendo vislumbrado meu próprio rosto pelo que pareciam anos. Eu havia envelhecido nitidamente — linhas ao redor dos olhos, bochechas magras e pequenas veias vermelhas se sobressaindo dos ossos do meu crânio — mas os esforços de Christa diminuíram o choque. Quanto ao resto do meu corpo, optei por não me deter no reflexo.

Christa trouxe vários casacos e saias, simples e práticos, recolhidos dos guarda-roupas de governantas anteriores; pensei apenas brevemente em quantas haviam ido embora sob uma nuvem de morte. No campo de concentração, vasculhávamos avidamente os cadáveres, sem pensar duas vezes, em busca de roupas úteis. "Os mortos não tremem", dizíamos, como justificativa para a nossa culpa. Era aceito como um ato de sobrevivência. Se antes eu não pensava duas vezes antes de calçar meias ásperas e roupas lotadas de insetos, que faziam a minha pele coçar, não era agora que eu hesitaria ao abotoar blusas de boa qualidade e vestir meias de seda. As roupas ficaram largas em mim, mas Christa as alfinetou e as ajustou, devolvendo-as em poucas horas com um corte mais elegante.

No fim do dia, um visitante inesperado apareceu à minha porta. Christa notou que eu fiquei tensa ao avistar a sua pequena maleta preta, a cabeça calva e os óculos grossos. Ela falou rapidamente, como que para me assegurar de que ele não era uma caricatura do Dr. Morte:

— Fräulein Hoff, este é o dr. Simz. A patroa pediu que ele a examinasse antes de sua viagem amanhã.

Dr. Simz tinha um papel duplo de médico e dentista e examinou o meu corpo da cabeça aos pés, aplicando um bálsamo nas feridas mais evidentes e declarando que os meus pulmões apresentavam "um pouco de chiado", mas que não estavam infectados, e que os meus dentes eram surpreendentemente saudáveis. Ele não hesitou ao ver as minhas costelas e seios murchos, trabalhando metodicamente para verificar se eu não seria uma ameaça à minha cliente. Seus murmúrios positivos garantiram que eu estava pronta. Que eu estava apta para a tarefa.

Passei uma noite inquieta, apesar da roupa de cama acolhedora. Pensei em Rosa, com frio e vulnerável, e em todas as mulheres da barraca da maternidade, e também na minha barraca, e em Margot, com oito meses de gravidez, quase irreconhecível como futura mãe. Sua barriga estava pequena e havia sugado todas as partículas de nutrição de seu corpo carente. Quando chegasse o dia, ela seria despida de energia e de seu bebê de uma só vez, e Rosa teria de lidar com os destroços físicos, bem como com o lamento profundo e vazio de Margot, pela vida e pela perda da vida, que extravasaria barraca afora. Seu bebê. E ali estava eu, dormindo quase no luxo. "Injustiça" mal começava a descrever a loteria em que vivíamos, morríamos ou simplesmente existíamos.

Fiz minha última refeição naquela casa com Christa, que tinha sido quase o meu único contato humano desde a minha chegada. Em tão pouco tempo, formamos uma pequena amizade; eu reconheci nela um espírito que estava aqui simplesmente para viver, para a sua família, e ainda assim ela revelava naqueles jovens olhos verdes que não era um deles, um dos nazistas. Estar ali era uma questão de sobrevivência, de um tipo diferente da minha, mas, ainda assim, sobrevivência. Talvez tivéssemos mais força do que imaginávamos, estávamos apenas fazendo o melhor que podíamos.

Mas será que era suficiente? Que era certo?

4

ESCALANDO

O motor emitia nuvens brancas no ar fresco enquanto Christa me dava adeus.

— Cuide-se — ela disse, apertando a minha mão de maneira significativa. — E fique de olho em mim também, pois às vezes sou enviada à casa grande para levar recados.

— Farei isso, sim. E obrigada, Christa. Muito obrigada.

Fiquei realmente triste de deixá-la, sentindo que poderíamos ter nos tornado melhores amigas. Seguimos de carro por cerca de um quilômetro e meio, passando por grandes casas em estilo chalé antes de a estrada ficar mais íngreme, margeada dos dois lados por cercas vivas altas. Subimos a estrada como se fôssemos puxados por uma bobina. O ar mudou, e um tom de claridade azul invadiu o carro. A sensação é de que estávamos quase no topo da montanha. Passamos por vários postos de controle, e percebi que ficaria lá em cima por um bom tempo.

Após vinte e cinco minutos de subida lenta, os motores do carro começaram a roncar como se fossem um tio ranzinza, as árvores abriram-se à nossa frente e a vista ficou clara — estávamos prati-camente escalando a montanha. Mesmo com uma bruma leve, a vista era espetacular: um colar branco de neblina cercando a massa rochosa e um tabuleiro de plantações lá embaixo, pontilhadas aqui e ali por pequenos grupos de casas. Como uma criança, pressionei o meu nariz contra a janela — se subíssemos mais, seríamos como João no pé do feijão, passando por entre as nuvens.

Em minutos, o nosso destino finalmente apareceu como uma for-taleza pendurada no pico de granito, como a casa na árvore que meu pai havia construído em nosso jardim — divertida, mas sempre um pouco frágil. Quando pensei que a estrada não tinha como ficar mais íngreme, o solo de repente ficou plano. Passamos por portões pretos vigiados por todos os lados e entramos em uma via larga. A vista lá de baixo era enganosa; a montanha tinha uma área achatada — se pelo homem ou pela natureza, não dava para saber — e o complexo da casa era vasto, situado ao lado da rocha natural, não no pico. A casa principal era uma mistura de pedra e madeira, em estilo chalé, de dois andares, mas devia ser muito maior do que parecia. Era uma pequena vila no topo do mundo, com jardinzinhos e amplas varandas ao redor, além de anexos aqui e ali. Soldados uniformizados eram avistados em vários pontos, como cavaleiros prontos para o ataque.

Fui conduzida à grande varanda, respirando um ar tão dramati-camente diferente da fumaça do campo de concentração que pensei que devia estar em outro planeta, meus pulmões chiando com a pureza. A luz ali em cima me fazia pensar que havia vida, afinal; em todos aqueles dias sombrios, aquele mundo existia paralelamente, fora do inferno. Era quase demais para assimilar.

A porta abriu-se para o rosto duro e magro de uma mulher, com uma touca preta, exibindo um sorriso relutante.

— Bem-vinda, Fräulein Hoff — disse ela. — Sou Frau Grunders, a governanta.

Essa última afirmação foi enunciada com reverência, mas consegui dizer apenas um "Olá" e "Obrigada". Sua saudação cortante espelhava os cactos e outras plantas espinhosas enfileiradas no corredor em potes de cerâmica coloridos. Ela se empertigou enquanto batia os austeros sapatos de ébano no piso de madeira, levando-me por um corredor alto e abobadado, até os aposentos da criadagem. Fui conduzida a uma pequena sala de estar, que poderia ser considerada tanto desarrumada quanto aconchegante.

— Por favor, sente-se e espere aqui — disse ela antes de fechar a porta.

Minutos depois, um oficial de uniforme cinza da ss entrou, abaixando-se para a cabeça não trombar com o batente da porta.

— Bom dia, Fräulein, sou o capitão Stenz — ele bateu os calcanhares e sentou-se sem jeito, embora a expressão no rosto fosse convidativa. — Eu serei o seu contato oficial aqui. A minha informação é de que você sabe apenas um pouco sobre quais serão os seus deveres.

Um poço profundo de íris azul olhou diretamente para mim.

— Realmente, capitão, sim. Só me disseram que as minhas habilidades como parteira seriam necessárias.

Ele fez uma pausa, os olhos examinando o chão, como se revelar mais fosse fisicamente doloroso. Sem fazer barulho, ele retirou as luvas de couro preto, dedo por dedo.

— A situação é delicada — ele disse, finalmente. — Confiamos não apenas em suas habilidades práticas, mas também em sua confidencialidade profissional... e integridade.

Eu apenas assenti, ansiosa para que ele continuasse.

— Uma senhora que mora nesta casa está grávida no momento... de quatro a cinco meses, acreditamos. Por várias razões, ela não pode comparecer a um hospital para atendimento. Ela será sua única responsabilidade.

— Posso saber o nome dela, já que serei a sua cuidadora?

Ele suspirou com a inevitabilidade de quem precisa abrir um cofre secreto, mas perigoso, e colocou as luvas de couro na mesinha entre nós, como se tivesse retirado as manoplas.

5

RECOMEÇO

— O nome dela é Fräulein Eva Braun.

Com essas palavras, capitão Stenz recostou-se na cadeira, ciente de que a informação era bombástica. Eu nunca fora uma leitora assídua das colunas de fofoca, mas minha irmã mais nova, Ilse, adorava folhear as páginas de moda, acompanhando o que se passava nos altos círculos de Berlim. "Olhe isso aqui, Anke", ela costumava dizer. "Você não acha que ela é simplesmente linda? Devo pentear o meu cabelo assim também?" Graças a Ilse, eu ouvira o nome de Eva Braun — como irmã de um amigo de Hitler, uma garota alemã saudável, de boa família, loira e de olhos azuis, alguém com quem Hitler poderia se associar. Nunca foi declarado que eram íntimos, ou mesmo envolvidos romanticamente — afinal, o Führer era casado com a Alemanha. Nos noticiários de propaganda projetados para mostrar o seu lado humano — o Führer "na intimidade" —, ela aparecia às vezes em segundo plano, filmando com uma câmera, ao lado de sua irmã, Gretl.

A minha cabeça começou a rodar. Até então, eu imaginara que seria incumbida de cuidar da esposa de um nazista, ou mesmo do filho ilegítimo de alguém do alto círculo do Reich. Mas, agora, algo muito mais sinistro atingiu o meu cérebro como um raio. Era tão incrível que parecia além do que se pode aceitar.

Será que Adolf Hitler, o Führer, o comandante do Terceiro Reich e um dia, possivelmente, de toda a Europa, era o pai do bebê de Eva Braun? E o que isso significaria para a sua posição como Pai da Alemanha — seria compartilhada com toda uma população que ele alegava ser sua filha? Para os que, como eu, haviam experimentado a versão higienista de Hitler, que haviam testemunhado em primeira mão o que ele era capaz de infligir a seres humanos, qualquer prole que refletisse o seu pensamento era uma perspectiva assustadora. Um filho e herdeiro do nome e da genética estava além do que se conseguiria conceber.

Eu lutei para reagir, para digerir a notícia. Capitão Stenz apenas olhou para mim com aqueles profundos olhos azuis, enquanto segundos passavam lentamente. Examinando-me, inquirindo-me.

— Fräulein Hoff?

— Sim?

— Você está bem? — ele disse com um tom de verdadeira preocupação e, em seguida, com um toque de sorriso. — Não podemos arriscar que você fique doente, não no seu primeiro dia de trabalho, podemos?

— Não, não — respondi. — É só que... Essa rápida mudança de situação. É difícil adaptar-se.

Eu queria testar as suas reações ao fazer referência à minha outra vida, para ver se ele a mascararia da mesma maneira automática que os outros, como se a empatia tivesse sido sugada de sua psique. Ele baixou o olhar e fez um gesto para pegar as luvas.

— Sim — ele disse categoricamente.

Então, um nazista completo — um deles. Como não poderia deixar de ser. Mas, então, houve um movimento rápido de seus cílios loiros na minha direção, uma faísca azul. Naquele segundo, fiquei em dúvida, como se, em algum grau, ele tivesse demonstrado que sabia do que eu estava falando. E ele percebeu que eu percebi. Fazia dois anos que eu mal olhava para qualquer homem sem sentir ódio ou repulsa, já que eram, em sua maioria, guardas infectados com um profundo desdém pela humanidade. No entanto, aquele homem causou uma reação inesperada no fundo do meu ser; uma espécie de beliscão. Será que reconheci aquilo como uma atração? Eu me repreendi por tais sentimentos tão superficiais e imediatos.

Ele precisava sair logo — um carro o estava esperando —, por isso conversamos sobre as minhas tarefas rapidamente. Eu ficaria em Berghof pela duração da gravidez e pelo menos por quatro a seis semanas depois, ajudando-a a se ajustar à maternidade. O bebê nasceria em casa, mas um meio de transporte e um médico estariam disponíveis o tempo todo, caso eu precisasse deles, e residiriam no complexo mais ou menos por um mês antes do nascimento. Uma pequena sala seria reservada para a anestesia, pronta para ser revertida em centro cirúrgico, caso necessário.

Era um plano elaborado e exagerado. Claramente eles queriam, a todo custo, evitar uma ida ao hospital, por mais privado que fosse — a verdadeira natureza da máquina de propaganda do Reich fora revelada. As aparências desempenhavam um papel essencial naquela guerra. Para todos os efeitos, eu não seria mais do que uma dama de companhia, e apenas o círculo interno saberia a verdade. O bebê permaneceria escondido até que fosse prudente revelá-lo ao mundo, nos termos do Führer. Eu quase senti pena de Eva Braun.

— Arranjei todo o equipamento necessário — continuou o capitão Stenz, em tom oficial. — Se precisar de mais alguma coisa, entre em contato com o meu escritório. Enquanto eu estiver ausente, você pode se dirigir ao meu subsecretário, sargento Meier. Ele cuidará das suas necessidades diárias e se reportará diretamente a mim. Esperamos que você mantenha anotações regulares e detalhadas de todos os cuidados tomados.

— Entendi — eu disse.

Entendi bem até demais. Eu seria vigiada, examinada sob um microscópio, de agora até o nascimento da criança. Encarregada de trazer um espécime ariano para o mundo. *O Ariano*. A responsabilidade de trazer vida a este mundo nunca havia me perturbado, em todos os meus anos trabalhando com mães e bebês, mas aquela vida... Aquela pobre criança desavisada seria algo diferente. Não menos preciosa do que as outras, mas com o potencial de impactar toda a Europa e o mundo de forma implacável. Impactar a História. Quase quis estar de volta aos campos de concentração, entre os meus, onde eu podia fazer a diferença, salvar vidas, em vez de paparicar uma rica serva nazista. Em seguida, porém, envergonhada por desejar aquela degradação para um ser humano, mesmo que fosse para mim mesma, lembrei-me de que tivera sorte de sair.

A abrupta batida de calcanhares do capitão Stenz me trouxe de volta ao presente.

— Desejo-lhe um bom dia, então, Fräulein — ele disse, inclinando a cabeça brevemente e depois acrescentando: — Ah, Fräulein Braun não sabe nada sobre a sua...

— História? — eu o ajudei.

— Sim... história — ele disse com uma mistura de vergonha e alívio e uma leve curvatura nos lábios.

Eu vi, naquele momento, que um dia ele quisera o colo de sua mãe, que recebera beijos e abraços antes de dormir, que o amor fora real, individual e recíproco. Olhei em seus olhos azul-turquesa e me perguntei o que o Reich fizera com ele.

6

ADAPTAÇÃO

Depois que o capitão saiu, fiquei sozinha por algum tempo em meio à bagunça do mundo particular da governanta. A salinha obviamente era usada como o seu escritório e sala de estar — o retrato obrigatório do Führer posicionado acima da lareira apagada. Meu estômago roncou ruidosamente, pois já havia se acostumado novamente com comida, e percebi que estava chegando a hora do almoço. Esperei, já que ninguém havia dado nenhuma outra instrução. Percebi a rapidez com que havia assumido um papel servil. No campo de concentração, tornara-se automático obedecer aos guardas como regra básica de sobrevivência e, ao mesmo tempo, encontrar métodos de driblá-los entre um "sim, senhor" e um "não, senhor". Não pensávamos em nós mesmas como cidadãs de segunda classe, apenas prisioneiras das armas usadas contra nós. Todos os dias era uma luta para lembrar-nos disso, mas víamos isso como vital, uma maneira de evitar a entrega total.

Por fim, Frau Grunders retornou, trazendo uma bandeja de pão, queijo e embutidos e um copo pequeno de cerveja ao lado. Eu não via ou provava cerveja havia mais de dois anos, e a maneira como os raios da luz do meio-dia incidiam sobre o copo criava um globo de néctar nas mãos dela. Eu mal consegui me concentrar, de tanto que queria que os meus lábios tocassem o cálice e respirassem o lúpulo inebriante. Eu nunca tinha sido uma grande conhecedora de cerveja, mas meu pai tomava um copo toda noite enquanto ouvia o rádio, e ele me deixava experimentar um golinho quando criança, para me fazer "crescer grande e forte". Ele era aquele cheiro, estava naquele copo, pronto, esperando-me.

A governanta estalava ao se movimentar, como se exalasse irritação por seus membros finos e pela coroa de cabelos entrançados. Ela colocou a bandeja de lado. As suas feições de ratazana se enrugaram antes de ela falar.

— Você vai morar em um dos pequenos anexos ao lado da casa principal — ela começou, indicando que eu não seria considerada uma criada, nem uma igual. — A menos que Fräulein Braun solicite que você fique mais perto, nesse caso, podemos arrumar uma cama no quarto dela. Suas refeições serão na sala de jantar dos criados, a menos que Fräulein Braun deseje que você coma com ela. Se precisar de mais alguma coisa, peça-me.

Fiquei imperturbável diante da tentativa dela de me classificar; criada ou não, tratava-se de permanecer viva e de manter a minha medida pessoal de dignidade. Mas eu entendi que o respeito, para Frau Grunders, era garantir a ordem naquele pequeno e estranho planeta na crista do mundo, uma bolha ordenada no topo do caos. Mirando o copo de cerveja, não tive reação, exceto um "obrigada", e ela se virou para sair.

— Fräulein Braun vai recebê-la para o chá às três horas na sala de estar — disse ela ao se despedir.

A cerveja era o néctar que prometia ser, harmoniosamente doce e amarga, e acabei engasgando no terceiro gole, em parte por gulodice, mas, sobretudo, porque não consegui impedir as lágrimas de caírem pelo meu rosto nem os soluços de se formarem na minha garganta.

No campo de concentração, eu procurava não pensar nos horrores que a minha família poderia estar enfrentando: se a asma do meu pai o estava matando lentamente; se a artrite da minha mãe havia piorado no frio; se Franz havia levado um tiro por seu temperamento rebelde; se a inocência de Ilse a tornara alvo da avidez dos guardas. Agora, em meio ao silêncio, ao conforto e à relativa normalidade de onde eu estava, as lágrimas rolavam em cascata, e eu solucei pela vida que eu e o mundo nunca mais teríamos.

Tive dificuldade de engolir um pouco do pão e do queijo, ainda não completamente curada do condicionamento de aproveitar qualquer comida que estivesse à minha frente. Olhei ansiosamente para as estantes de Frau Grunders por um tempo, incapaz de me mover com a barriga estufada e uma onda de fadiga avassaladora. Queria folhear as páginas de outro mundo, talvez ler um drama histórico, para me transportar para longe de onde eu estava. Mas logo houve uma batida suave na porta, e abri os olhos para uma jovem criada de avental verde e vermelho, dizendo que já passava das duas horas e perguntando se eu queria ir ao meu quarto antes de conhecer Fräulein Braun.

Saímos pelo mesmo andar do aposento de Frau Grunders, atravessamos uma sala de criados, passamos por uma porta lateral e percorremos um pequeno declive de cascalho que nos levou a uma fileira de três chalés de madeira, construídos sobre uma ladeira para que avistassem o topo da casa principal de um lado e um jardim do outro. O meu era o do meio, com uma varanda grande o suficiente para uma pequena mesa e cadeira do lado de fora da janela. Era como uma pequena casa de férias, um lugar para apreciar a liberdade e a vista.

As roupas que Christa havia ajustado foram colocadas sobre a cama; nas gavetas do outro lado, havia um conjunto de produtos de higiene pessoal, meias e roupas íntimas limpas. Ao lado, uma porta levava a um banheiro pequeno, onde havia sabonete, xampu e toalhas limpas e arrumadinhas. Também me foi apresentado um conjunto de instrumentos de parteira — um estetoscópio de Pinard de madeira, parecido com um trompete, para ouvir os batimentos cardíacos do bebê; um monitor de pressão arterial; um estetoscópio e um kit para teste de urina. Tudo novinho em folha. A culpa atingiu-me como um raio. O que mais eu teria de sacrificar por todo aquele luxo? Eles não podiam estar atrás apenas das minhas habilidades de parteira, ou podiam? Nos últimos dois anos, eu havia enfrentado o demônio do medo da morte; tinha me esforçado para evitar qualquer deslize descuidado, mas me resignei, de certa forma, à sua inevitabilidade em meio a todo aquele horror. Meu maior medo era ter de escolher, de trocar algo de mim por meu próprio coração pulsante, de viver sem alma.

No campo de concentração, era uma decisão fácil, preto no branco. Éramos nós contra eles e, quando trocávamos favores, era pela vida e pela morte. Não era raro que as mulheres mais dispostas trocassem os seus corpos por comida, para manter os seus filhos ou outras pessoas vivas; um contrato aceitável, uma vez que já nos sentíamos separadas da nossa sexualidade — era simplesmente uma questão de anatomia funcional. Mas informações que pudessem levar prisioneiros a uma morte torturante — aí era outra história.

Acontecia, é claro, naquele cenário de choque de culturas. Mas eu confiava implicitamente nas mulheres ao meu redor. Prefeririamos morrer a vender a nossa essência.

A criada voltaria para me buscar um pouco antes das três, disse ela. Eu me ressentia do tempo que tinha de passar sozinha, pois eu teria de pensar. Invejei profundamente aqueles com a capacidade de esvaziar as suas mentes e experimentar um pouco de paz, de entrar em uma arena vazia. Paz? A perspectiva de paz, fosse universal ou pessoal, parecia totalmente remota.

Encontrei um cobertor em uma das gavetas e sentei-me na varanda, aproveitando o sol de inverno que se espalhava lentamente pelo meu rosto, quente e reconfortante. Os jardins estavam silenciosos, sem guardas uniformizados à vista; eram discretos ou não estavam em alerta total. Eu me perguntei se o Führer estava presente e se eu notaria a diferença por estar próxima ao centro do mal — se eu sentiria a sua força. O que eu faria se me deparasse com o engenheiro da morte moral da Alemanha?

Berlim, março de 1941

Era inevitável, e aquilo que ninguém queria: o bebê que tanto temíamos.

— Irmã? — A voz de Dahlia já estava falhando quando ela me encontrou limpando a sala.

— Sim, o que foi? — As minhas costas ainda voltadas para ela.

— O bebê na sala três. Ele... Hã...

Eu me virei.

— Ele o quê? Nasceu vivo, respirando?

— Sim, nasceu e está vivo, mas...

Os seus olhos azuis estavam arregalados, o lábio inferior tremendo como o de uma criança.

— Há algo que não... as suas pernas são...

— Fale logo, Dahlia.

— ... deformadas — ela pronunciou a palavra como quem anuncia uma traição.

— Ah. — Minha mente agitou-se instantaneamente.

— É muito óbvio, dá para ver de relance?

— Sim — ela respondeu.

— Algo mais?

— Não, ele parece perfeitamente bem sob outros aspectos, é um garotinho lindo. Alerta, lidando bem.

— A mãe notou? Disse algo para você?

— *Ainda não, ele ainda está enrolado no cobertor. Notei assim que nasceu e, depois, quando eu o pesei. Não é imaginação minha, irmã.*

Nós duas ficamos paradas por um minuto, procurando em nós mesmas a resposta, esperando que alguém passasse pela porta e fornecesse uma solução pronta. Fui eu quem falou primeiro, olhando diretamente para ela.

— *Dahlia, você sabe o que nos disseram. O que você acha que deveria fazer?*

Só de ter a informação, eu já me tornara cúmplice de qualquer decisão que fosse tomada, mas, se encobríssemos o fato, será que eu me arrependeria? Seria eu, a líder da ala, que receberia a visita do administrador do hospital e da Gestapo? Ou nós duas teríamos um segredo e o manteríamos guardado dentro de nós? É triste dizer que, na guerra, em meio à raça pura de desconfiança dos nazistas, até as suas colegas se tornam desconhecidas.

— *Estou com medo de não dizer nada* — *disse Dahlia, visivelmente tremendo* —, *mas ele não deveria... Ele não deveria ser tirado de sua mãe. Eles vão separá-los, não vão?*

—*Acho que há uma boa chance de isso acontecer. Quase com certeza.*

Os olhos de Dahlia encheram-se de lágrimas.

— *Você está dizendo que quer minha ajuda?* — *esclareci.* — *Porque ajudarei se tiver certeza. Mas você precisa ter certeza.*

Fechamos os olhos por vários segundos.

— *Sim, tenho certeza* — *ela disse, finalmente.*

Pensei rapidamente nos aspectos práticos de se fazer um bebê oficialmente existir, e de como driblá-los.

— *Dahlia, você termina a papelada e inicia o processo de alta da paciente. Atrasarei o pediatra e pediremos um táxi o mais rápido possível.*

A adrenalina — *sempre minha aliada mais confiável* — *inundou o meu cérebro e os meus músculos, dando-me segurança suficiente para entrar no quarto da nova mãe. Eu dei um sorriso de felicitação e, no*

O FILHO DE HITLER

meu melhor tom diplomático, disse a ela que seria do seu interesse partir o mais rápido possível, abrindo mão dos seus sete dias de hospitalização, e sair de Berlim e ir para a casa dos seus pais, onde o seu pai se encontrava gravemente doente e talvez não durasse mais uma noite. Não era esse o caso? Era, não era?

De início, ela se mostrou aturdida, mas logo entendeu o porquê, quando desembrulhamos o tecido e ela viu com os próprios olhos que o bebê não seria um atleta, mas, sem dúvida, poderia ser amoroso e gentil e ter, muito possivelmente, uma mente afiada. Eu sugeri que futuro ele poderia ter no Reich, e ela chorou, mas apenas enquanto se vestia às pressas para ir para casa. Estávamos apostando que a sua lealdade ao Führer não era absoluta, mas eu já tinha visto mães suficientes para saber que a maioria daria a própria vida pela sobrevivência de seus filhos e pela chance de mantê-los próximos. Vendo-a acariciar os membros menos do que perfeitos de seu bebê, eu apostei que ela era como a maioria.

Dahlia e eu nos revezamos na vigilância da porta enquanto falsificávamos a assinatura do pediatra encarregado. Ele via tantos bebês, e seu rabisco era tão ruim, que seria fácil convencê-lo de que houvera outro bebê normal caso a papelada fosse questionada.

O rosto de Dahlia era uma máscara pálida, e eu tive de lembrá-la de sorrir enquanto arrastávamos a mulher para fora da sala de parto, como se ir embora apenas algumas horas depois do nascimento fosse algo cotidiano. O bebê estava bem enrolado, apenas com os olhos e o nariz visíveis ao mundo. O corredor estava livre, e avançamos lentamente em direção à entrada da enfermaria. A mulher subiu os degraus como uma mãe que acabara de parir. Dahlia me garantiu que um táxi estava esperando com o motor ligado.

— Você não a está transferindo para a maternidade, irmã? Está tudo bem? — O tom distinto da enfermeira-chefe Reinhardt rasgou o ar, severo e imponente.

Eu podia jurar que ela tinha a habilidade secreta de silenciar as solas dos seus sapatos. Dei meia-volta, tocando suavemente no ombro de Dahlia, como que dizendo "Fique quieta, não se mexa". Ajustei a expressão do meu rosto.

— Infelizmente, por causa de uma doença em família, precisaremos dar alta a esta mãe mais cedo. O avô gostaria de conhecer o seu neto, e os médicos acreditam que ele tenha pouco tempo de vida.

A paciente virou a cabeça, concordando, com os lábios apertados.

A enfermeira-chefe aproximou-se de nós com o rosto impassível. Ela olhou rapidamente para a mulher, virou levemente os cantos da boca e disse:

— Meus parabéns e meus sentimentos.

Depois, para mim:

— O bebê está pronto para a alta, irmã, foi devidamente examinado?

Eu pensei ter ouvido um leve suspiro escapar da direção de Dahlia, mas poderia ter sido o bebê, em protesto por estar sendo segurado com tanta força.

Minha querida amiga adrenalina veio ao meu socorro novamente, bombeando coragem pelas minhas veias quando eu mais precisei. Abri um sorriso largo e, no meu melhor tom oficial, respondi:

— Claro, enfermeira-chefe. Ele está em forma e saudável, e a mãe está confiante com a amamentação.

Ela deu um passo à frente novamente e apontou um dedo longo e fino em direção aos cobertores ao redor do rosto do bebê. A enfermeira-chefe — que raramente tocava em um bebê, mas que nos dirigia, admirava e incentivava de longe — puxou um pouco o tecido de lã e falou:

— Bem bonito, não é? Espero que o tempo esteja do seu lado, minha querida. — Ela sorriu de forma simpática para a mãe. — Talvez seja melhor se apressar, se tiver uma longa viagem pela frente.

O rosto de Dahlia expressou alívio, e a mulher foi conduzida à saída. Fiquei com a enfermeira-chefe os observando partir, esperando o interrogatório, o inevitável pedido para olhar o arquivo em minha mão, examinar a papelada e a ficção criada nela. Ela, mais do que ninguém, perceberia a minha mentira. A campainha de uma das salas de parto tocou, e eu permaneci ali, imóvel.

— É melhor ir ver quem está precisando da sua ajuda — disse a enfermeira-chefe, apontando para uma das salas antes de sair andando na direção oposta.

Nunca mais mencionamos aquele bebê.

7

EVA

Eu devo ter cochilado por algum tempo, porque a criada me acordou gentilmente. Fräulein Braun estava me esperando. Eu tive tempo suficiente para verificar a minha aparência no espelho do banheiro (quando fora a última vez em que fizera isso?) antes de dirigir-me à casa principal. Os corredores estavam assustadoramente vazios, com apenas alguns vultos passando aqui e ali. Fui levada para a sala de estar principal, vasta e arejada, com um tom de jade, onde ela estava esperando, apequenada pelos móveis escuros e grandiosos ao redor. Em algum lugar no fundo da sala, um passarinho gorjeou, um lampejo amarelo em uma gaiola pendurada.

Fräulein Eva Braun levantou-se quando entrei, oferecendo uma mão e um sorriso; ela tinha estatura mediana, mas aparência atlética, um brilho saudável no rosto e lábios largos, com um toque de cor e pouca maquiagem. Seu cabelo era loiro acobreado, anelado e solto, e ela estava usando um conjunto verde liso — cuja saia estava esticada abaixo da cintura e a jaqueta escondendo de maneira ineficaz o contorno inconfundível da barriga. Meus olhos imediatamente se fixaram em seu abdômen, avaliando a gestação, enquanto a sua mão instintivamente pousou sobre a barriga, uma reação que sinalizava que ela já estava apegada ao bebê e, naturalmente, era a sua protetora. Deus sabe que aquela pobre criatura precisaria mesmo de toda a ajuda possível, o amor de uma mãe sendo o seu melhor aliado.

— Fräulein Hoff — ela disse com uma voz supreendentemente fraca. — Estou muito feliz de conhecê-la. Sente-se, por favor.

Quase que instantaneamente, senti que Eva Braun, amante de Hitler ou não, nada tinha a ver com Magda Goebbels. Ela parecia uma moça comum, alguém que poderia, facilmente, ter trabalhado em uma das grandes lojas de departamento de Berlim antes da guerra, sempre pronta a ajudar, com um frasco de perfume nas mãos. Ela tinha o potencial e o sorriso para abrir muitas portas. Talvez por isso houvesse conquistado um dos homens mais poderosos da Europa? Embora eu não tivesse certeza se devia odiá-la justamente por causa disso.

Ela pediu mais chá à criada e logo ficamos sozinhas. Eu permaneci quieta, principalmente porque não tinha nada a dizer. Houve um breve silêncio, quebrado apenas por um estalo na lareira, depois ela se virou diretamente para mim.

— Acredito que tenha sido informada de que estou esperando bebê... — As palavras escaparam de maneira furtiva, com um olhar de soslaio, como se as paredes escuras de madeira a estivessem vigiando.

— Sim, fui.

— E que você foi recrutada especificamente para ser a minha parteira. Espero que isso seja aceitável para você.

Era possível que ela não soubesse sobre a minha total falta de escolha, da chantagem emocional envolvida, mas, ainda assim, não disse nada.

— Você provavelmente não sabe que muitas amigas da minha família foram acompanhadas em Berlim durante as suas gestações

O FILHO DE HITLER

— ela continuou — e que as suas habilidades eram muito admiradas.

Mais uma vez, eu apenas assenti.

— Você também deve saber que, graças às... circunstâncias, o nascimento do meu bebê — ela pousou novamente a mão sobre a barriga — acontecerá aqui. Quero alguém em quem eu possa confiar, que tenha a habilidade de trazer o meu bebê ao mundo em segurança. E discretamente. A minha mãe teve a sorte de receber o apoio de uma parteira muitas vezes, e eu gostaria de ter esse apoio também.

Ela pareceu aliviada, como se o discurso tivesse acabado. Ainda assim, eu não sabia o que oferecer como garantia. O que eu sabia era que Eva Braun parecia, pelo menos na superfície, uma inocente. Se era proposital ou por pura ingenuidade, era difícil dizer, mas eu não podia acreditar que ela era capaz de dormir com um monstro, muito menos de carregar o seu filho bastardo. O modo de ser nazista era o modo de ser da família; "cozinha, filhos, igreja" era o seu lema, e boas esposas alemãs eram como soldados dentro de casa, bizarramente recompensadas com medalhas reais por sua procriação abundante. Eva Braun havia quebrado o protocolo. A sua posição agora era insustentável, e o seu corpo e a sua vida não eram mais dela, pelo menos enquanto ela carregasse o bebê do Führer — e eu só podia imaginar que o sangue era dele, dada a maneira como me haviam tratado desde que deixara o campo de concentração. Ela não parecia um soldado, nem uma cúmplice do mal.

Em vez de fingir uma falsa alegria, concentrei-me na gravidez — em que ponto ela estava, quando seria a data prevista para o parto, por quais tipos de exame ela já havia passado. Ela havia consultado um médico para confirmar a gravidez, mas mais ninguém desde então. As datas de seu ciclo menstrual sugeriram que o bebê nasceria no início de junho.

— Mas estou sentindo o bebê se mexer todos os dias. — Ela sorriu, quase como uma criança agradando à sua professora, a mão acariciando novamente a barriga.

— Bem, esse é um ótimo sinal — respondi. — Um bebê em movimento geralmente é um bebê feliz. Talvez, se você assim desejar, eu possa buscar o meu equipamento e fazer um exame, apenas para ver se tudo está progredindo normalmente?

— Ai, sim! Gostaria disso. Obrigada — ela exalava o brilho de mil mulheres grávidas.

Aquilo causou uma confusão no meu cérebro, como se estivesse envolvido em uma névoa espessa, torcendo os fios morais lá de dentro. Eu deveria sentir aversão daquela mulher, até mesmo ódio. Ela dançara com o diabo e agora estava nutrindo o seu filho. E, no entanto, ela se parecia com qualquer outra mulher orgulhosa da sua gravidez, sonhando em embalar o recém-nascido. Eu desejei na mesma hora estar de volta ao campo de concentração, com Rosa ao meu lado, onde o mundo era feio, mas pelo menos compreensível. Onde eu sabia quem devia atacar e quem era o inimigo.

Peguei o equipamento novinho no meu quarto, e Fräulein Braun me levou por um labirinto de corredores em direção a um quarto. Era de tamanho médio, confortável, mas não ornamentado, com fotos de família sobre a lareira — fotos de férias de alemães saudáveis apreciando o ar livre. Ao todo, havia três portas: uma pela qual passamos, outra levando a um banheiro pequeno e, do lado oposto, uma que ligava a um segundo quarto. Vislumbrei uma cama de casal através de uma fresta na porta, sob uma pesada cobertura de brocado. Ela me pegou olhando e fechou a porta silenciosamente. O gesto me atingiu. Aquele era o quarto *dele*? O líder de toda a Alemanha, engenheiro da minha miséria, de *toda* a miséria naquele momento? Na mesma hora, eu quis encontrar uma saída daquela normalidade surreal, mas Fräulein Braun — minha paciente — já estava em pé ao lado de sua cama, esperando.

— Você quer que eu deite, Fräulein Hoff? — O rosto dela estava cheio de expectativa, de esperança.

Houve momentos na minha carreira em que odiei o lado mecânico da Obstetrícia. No início, algumas enfermarias nos hospitais distritais mais pobres pareciam estar lidando com um rebanho na fazenda — barrigas e bebês, uns atrás dos outros. Mas ali eu me senti agradecida pelo meu treinamento, pilotando o exame de forma automática. Com a saia abaixada, Eva Braun era como todas as mulheres, uma esfera a ser avaliada, ansiosa para ouvir que o seu bebê estava bem e saudável.

Eu toquei o peso que ela estava carregando, pressionando um pouco para baixo até atingir uma dureza em torno de seu umbigo.

— Esta é a parte superior do seu ventre — expliquei, e ela deu um gritinho de reconhecimento.

Posicionei o estetoscópio de Pinard na pele e encostei o meu ouvido contra a superfície, examinando os sons de dentro do seu corpo e me aproximando do coração pulsante do bebê. Ela permaneceu imóvel e paciente o tempo todo — e eu finalmente captei a vibração rápida, quase inaudível, mas com o ritmo inconfundível de um cavalo galopando.

— Está excelente — eu disse, endireitando a minha coluna. — Cerca de cento e quarenta batimentos por minuto, muito saudável.

Mais uma vez, o rosto dela se iluminou como o de uma criança.

— Você consegue realmente ouvir? — ela falou como se o Natal tivesse chegado mais cedo.

— O bebê ainda é pequeno — eu esclareci —, então está ainda fraco, mas posso ouvi-lo, sim. E tudo parece normal. Parece estar progredindo bem.

Ela acariciou a barriga e sorriu, murmurando algo baixinho para o bebê.

Conversamos sobre com que frequência ela devia ser examinada, quando começaríamos a planejar o parto, se ela podia fazer uma última viagem para ver os seus pais — um dia inteiro de carro. Percebi que eu seria inútil durante grande parte do meu tempo em Berghof, em meio àquele luxo, e a intensa culpa ressurgiu. Quando me virei para sair, ela falou atrás de mim:

— Obrigada, Fräulein Hoff. Agradeço por você ter vindo cuidar de mim.

E eu acredito que ela realmente quis dizer aquilo, fosse ela inocente ou não. Eu não sabia se devia ser gentil, pela chance dada à minha vida, ou sentir raiva da ingenuidade dela. Um pensamento brotou na minha cabeça, "uma criança dentro de uma criança", e forcei um sorriso em resposta, enquanto todos os tendões do meu corpo pareciam girar e dar nós.

8

UM NOVO CONFINAMENTO

Na manhã seguinte tomei café nos aposentos dos criados. Fui apresentada como dama de companhia de Fräulein Braun, mas ninguém perguntou de onde eu tinha vindo, ou sobre a minha vida durante ou antes da guerra; a história de todos, ao que parecia, havia sido anulada pela turbulência.

Tínhamos combinado que veria Fräulein Braun brevemente todas as manhãs, após o café da manhã, e uma vez por semana para um exame completo. No entretempo, eu a veria apenas se ela precisasse de mim ou se tivesse perguntas — tudo isso ficou claro na minha primeira reunião com o sargento Meier, que se apresentou orgulhosamente quando voltei para o meu quarto.

— E não preciso deixar claro que você não pode deixar o complexo sem Fräulein Braun — acrescentou — ou com a sua expressa permissão... por escrito.

Ele deu um sorriso relutante, seu bigode pequeno e arrumado ondulando, óculos de aro de arame equilibrados sobre um nariz curto e pontudo e um cabelo bem arrumado com goma. Sua arrepiante arrogância e a maneira como ele usava a sombria jaqueta da ss me fizeram tremer; eu já tinha visto cem guardas da ss empunhando cassetetes, alinhados diante de mil mulheres impotentes. Antes da guerra, esse homem seria pequeno e insignificante. O conflito lhe dera poder, e ele se deleitava com isso.

— Sabendo de onde eu vim, sargento, não tenho ilusões sobre o meu lugar aqui — eu disse. — Ainda sou prisioneira, em trabalho escravo ou seja lá como quiserem classificar.

— Trabalho escravo muito confortável, Fräulein — disse ele sem mudar o tom. — Lembre-se disso. E da sua família. Tenha um bom dia.

O resto de janeiro e fevereiro passou lentamente. A casa era silenciosa, e eu só podia supor que o seu principal morador estivesse conduzindo a guerra de outro lugar. Fräulein Braun e eu logo estabelecemos uma rotina: eu ia ao quarto dela depois do café da manhã, perguntava como tinha passado a noite anterior, se o bebê estava se mexendo e se ela queria que eu ouvisse o batimento cardíaco dele. Uma ou duas vezes por semana eu fazia um exame completo, medindo a pressão arterial e testando a urina. Ela era saudável e não havia problemas óbvios.

O clima estava muito frio, mas em dias claros as vistas dos amplos vales abaixo da casa eram espetaculares, e eu estava ansiosa para me aventurar mais longe. Estranhamente, porém, nunca pensei em passar pelos guardas e sair pelo mundo. Às vezes, não parecia uma prisão; era tratada com respeito por Fräulein Braun, conversava com os outros criados e era tolerada por Frau Grunders. Era o constante espectro do futuro da minha família que me mantinha sob controle. Se havia a menor chance de a minha conformidade permitir que um deles sobrevivesse, aquele era um preço pequeno a se pagar.

O FILHO DE HITLER

Passava horas enrolada no meu cobertor no canto do amplo terraço de pedra anexado à casa principal, aproveitando o sol de inverno e lendo. Em dias tranquilos, o espaço era ocupado por mesas e guarda-sóis listrados, dando a impressão de um hotel escondido e muito exclusivo. Fräulein Grunders me concedeu um feliz acesso às estantes de livros dela, e eu, ávida, passeava por clássicos alemães e ingleses — Austen e Goethe, Dickens e Thomas Mann. Os céus zuniam com a passagem de pequenas aeronaves, possivelmente caças, mas, dali de cima, cercada pelo ar mais puro, não havia indício de guerra; as nossas nuvens de algodão não tinham nenhuma semelhança com a fumaça das armas lá debaixo.

A guerra, de fato, parecia estar a uma vida inteira de distância. Além dos jovens soldados que patrulhavam o complexo, fumando nos intervalos, não havia nenhum indício de algo desagradável no mundo. Eles se mostravam entediados e ansiosos para conversar, usando as armas penduradas nos ombros como se fossem brinquedos. No campo de concentração, tínhamos poucas notícias do mundo exterior — somente quando uma nova prisioneira era trazida é que descobríamos quais fronteiras haviam caído ou quais novos países haviam sido ocupados. Não havia jornais, nada pelo qual pudéssemos avaliar o nosso lugar no grande contexto. Presumi que fosse intencional, uma vez que a nossa ignorância contribuía para o regime do medo, para a capacidade de alavancar as nossas vidas e a das nossas famílias. Qualquer coisa para isolar a nossa humanidade.

No alto, sobre as montanhas da Baviera, também parecíamos estar em um vácuo de notícias. Às vezes, via um jornal sobre a mesa do sargento Meier e nutria uma fome voraz pela leitura de suas páginas. Mas eu também sabia que era pura propaganda — como filha de um professor de Política, eu havia sido ensinada a ter um

83

desrespeito saudável pela mídia. "No bolso dos políticos" era um dos lemas mais pronunciados por meu pai. "Leia sempre nas entrelinhas, Anke. Não aceite nada como verdade absoluta." Qualquer jornal nazista àquela época — controlado servilmente por Goebbels — era mais ficção do que realidade.

No salão da criadagem, havia um pequeno aparelho popular de rádio, um *Volksempfänger* do Reich, mas que raramente era ligado, e a nossa conversa limitava-se a indagar sobre a família imediata que não estava na guerra ou sobre a refeição abundante à nossa frente. De fato, tudo em Berghof fazia parecer que a guerra era uma invenção elaborada de nossa imaginação: a qualidade do mobiliário e os luxos de sabonete, xampu e até lustrador de sapatos, que eram repostos regularmente em meu quarto.

Inevitavelmente, a minha cintura começou a alargar, e as minhas costelas foram ganhando uma camada carnuda, de modo que eu já não podia tocá-las como um xilofone e produzir um eco. No espelho, notei uma mudança sutil no meu rosto, uma coloração gradual invadindo as bochechas agora mais arredondadas, e meu cabelo ficou mais grosso, adquirindo um leve brilho. Eu parecia quase saudável. Era a velha Anke que eu conhecia, mas não reconheci. Meu eu exterior e interior estavam em um estranho desacordo um com o outro.

Em uma ou duas ocasiões naquele mês, fui autorizada a ir mais longe. Fräulein Braun costumava passear depois do café da manhã com os seus terriers, Negus e Stasi — eu a via atravessando a cerca do perímetro e seguindo por um caminho que ligava a outra área do topo da montanha. Uma manhã, depois da nossa reunião habitual,

O FILHO DE HITLER

ela perguntou se eu gostaria de ir com ela. Quando eu disse que não tinha casaco, ela pareceu um pouco surpresa e procurou em seu guarda-roupa um que pudesse servir em mim.

— Este vai mantê-la quentinha — disse ela, radiante, e, por uma fração de segundo, a atmosfera era quase de irmã, como se estivéssemos trocando fofocas por algumas horas, arrumando o cabelo uma da outra no estilo da moda.

Eva virou os óculos escuros contra o sol branco e brilhante que batia para aquecer o ar gelado. As nossas respirações deixavam trilhas no ar enquanto andávamos pelo caminho gelado, seguidas a uma distância discreta por um guarda armado, com os cães brincando na frente. A conversa foi interrompida no início, uma vez que havia poucos tópicos que podíamos compartilhar e muitos que seriam considerados inapropriados. Nos círculos em que vivia, ela havia adquirido uma certa dose de tagarelice diplomática, falando muito sobre quase nada. Conversamos sobre alguns dos nossos filmes favoritos, nossos dias de escola, e ela me contou um pouco sobre a sua família, de quem claramente sentia falta. Sua irmã, Gretl, vinha frequentemente a Berghof, pois estava noiva de um oficial sênior da ss, mas ela raramente via a sua irmã mais velha, Ilse. Quando eu revelei que tinha uma irmã com o mesmo nome, ela sorriu e pareceu genuinamente satisfeita por termos algo em comum. Ela quase perguntou onde estava a minha Ilse e o que estava fazendo.

— Então, conte-me sobre quando você trabalhava em Berlim e sobre os bebês que você deu à luz — disse ela, ansiosa para saber. — Costumo pensar que deve ser um trabalho adorável. Acho que, se as coisas tivessem sido diferentes, eu poderia ter sido atraída para a enfermagem, ou algo assim.

Era o mais próximo que ela chegava de se referir à guerra e ao seu efeito catastrófico no mundo inteiro abaixo de nós, e não pela primeira vez. Eu me questionava sobre o seu verdadeiro conhecimento e sobre a sua vontade de perguntar.

Contei a ela algumas histórias otimistas de partos, alguns eventos inesperados, mas nada de coisas ruins, dos momentos em que podia dar errado e as emergências com as quais tínhamos de lidar. A parte amarga de mim podia até ter sugerido isso, mas era uma regra tácita entre as parteiras não mostrar o lado negativo. Afinal, por que faríamos isso? As mulheres grávidas iniciavam uma jornada, durante as horas sinuosas do trabalho de parto e na maternidade, sem opção de pegar um atalho. Por que eu revelaria que o processo era potencialmente repleto de riscos, reafirmando a antiga visão alemã do parto como algo perigoso? Como parteiras, sabíamos que o medo intenso podia impedir um trabalho de parto saudável, levando a consequências não desejáveis. Precisávamos de mães que acolhessem a dor em seus corpos. Durante inúmeras horas assistindo e esperando com mulheres em trabalho de parto, eu acreditava firmemente que a ansiedade era nossa inimiga e uma dose generosa de humor, o melhor remédio.

Demoramos meia hora para chegar a um destino, uma clareira entre as árvores com um edifício retangular em uma das extremidades, parte em tijolo e parte em madeira, circular na outra ponta. As janelas davam para o outro lado da fronteira lá embaixo, para a Áustria. Os cães latiram com a nossa chegada.

— Calma, bobões! — Eva os repreendeu, brincando.

A construção era composta por uma sala principal, com uma antessala circular visível pela porta aberta. Cadeiras confortáveis estavam encostadas nas paredes, e o chão de madeira era coberto por tapetes caros.

— Esta é a Teehaus — disse Fräulein Braun, apresentando-me a casa de chá enquanto os cães se jogavam sobre as almofadas bordadas. Ela parecia satisfeita por estar encarnando a anfitriã. — Não é adorável?

Ela sorriu enquanto me oferecia o chá de cima de um pequeno fogão, já pronto para ela — o que tornava as suas caminhadas matinais tudo, menos árduas — e continuou falando enquanto enchia as xícaras.

— Nós costumamos vir aqui tomar chá em algumas tardes. Em um dia claro, você pode ver dezesseis quilômetros à frente ou até mais. A vista é de tirar o fôlego.

Ela não olhou para mim, mas o "nós" provavelmente apenas foi usado por minha causa.

— É adorável — eu disse, como se estivesse em um tipo de conto de fadas.

— Deus do céu! — ela exclamou de repente quando terminamos o chá. — É hora de voltar. Frau Grunders deve estar me chamando para almoçar e se perguntando onde estamos.

Pensei em por que ela gostava de se afastar — que eu soubesse, ela não saía de casa havia semanas. Eu ouvira algumas criadas fofocando sobre quão cheia costumava ser Berghof, com um fluxo constante de convidados. O turbilhão social, no entanto, parara abruptamente, sem dúvida por causa da influência dos Goebbels. Eva exibiu o sorriso de uma criança travessa, convidando-me a ser cúmplice de sua travessura com a governanta, e eu sorri de volta como que por reflexo. Sem querer, Frau Grunders nos ajudou a forjar uma pequena aliança.

9

CONTATO

Uma semana depois, Eva me pediu para caminhar com ela novamente. O dia estava frio, mas tanto o ar mais pesado com a névoa quanto o seu humor estavam umedecidos, embora ela fizesse um esforço para manter a conversa fluindo.

— Então, você acha que um dia terá filhos, Fräulein Hoff? Quero dizer, a sua profissão, o que você faz, não a desanima?

Fiquei um pouco surpresa com a franqueza dela, pois não tínhamos abordado nada tão pessoal antes. Ela devia saber pelos meus arquivos que eu era apenas um ano mais nova que ela e ainda era capaz de ter um bebê, supondo que a vida no campo de concentração não tivesse me apodrecido por dentro — eu não tinha um ciclo menstrual há mais de um ano.

— Espero ter um bebê um dia — eu disse. — Certamente não estou desanimada nem com medo. Longe disso. Eu acho, espero, que gostaria da experiência, seria algo bem-vindo. Meu trabalho me ensinou a ter grande fé nas mulheres. A Mãe Natureza parece acertar na maioria das vezes.

— Espero que ela seja gentil comigo — disse Eva Braun com uma voz melancólica. — Realmente espero.

Eu não sabia dizer se ela estava se referindo ao parto, ao bebê ou a ambos; a pressão sobre ela para produzir um herdeiro devia ter sido muito forte até então. Nada menos que perfeição seria tolerado.

— E, é claro, a recompensa por um trabalho árduo é sempre o bebê — eu disse para aliviar o clima, mas, quando as palavras saíram, pensei instantaneamente nas mães que não tinham permissão para manter o seu prêmio, e fiquei com vergonha de envernizar aquele horror. Como pude esquecer tão rapidamente? Tão facilmente? Fui atingida por uma onda de culpa e corei de vergonha.

Eva Braun, no entanto, ouviu apenas a parte boa.

— Oh! Fico tão feliz de ouvir isso. Minha mãe falou que o parto é uma coisa boa — disse ela. — Espero me sentir assim quando chegar a hora.

— E sua família, eles estão animados?

A pausa disse-me que eu tinha ido longe demais, mas o Reich de Eva não se voltou contra mim. Ela só levantou os ombros e assumiu a fachada.

— Gretl está muito animada. Na verdade, ela chegará daqui a alguns dias, então você poderá conhecê-la. Espero que ela esteja aqui no parto.

Sua falsa alegria denunciou muita coisa. O manto de sigilo significava que apenas os seus parentes mais próximos saberiam — pais e irmãos — e apenas se fossem nazistas entusiastas ficariam, de fato, orgulhosos. Mas se apenas estivessem dançando conforme a música com o Terceiro Reich, como eu sabia que muitas famílias em Berlim estavam fazendo, bem versadas na etiqueta como técnica de sobrevivência, eles teriam medo pela filha e por si mesmos. Ouvi alguns criados falando sobre como Eva não era digna de seu lugar em Berghof, questionando quem era sua família — eu interpretei como inveja e ciúme, já que quase todos pareciam leais apoiadores de seu mestre. Eu me perguntei, então, se os pais dela lamentavam o lugar da filha na cúpula nazista.

Fräulein Braun interrompeu a nossa caminhada, dizendo que precisava urgentemente escrever algumas cartas antes do almoço.

— Espero que você também faça isso — disse ela.

Eu pensei em deixar passar, mas a falta de contato com a minha família me aborrecia, principalmente porque as notícias de seu bem-estar pareciam fazer parte do acordo. E, no entanto, o sargento Meier estava muito ocupado sempre que eu tentava perguntar algo a ele.

— Receio que não posso me corresponder com ninguém — disse categoricamente.

— Oh... Eu não tinha percebido. Sinto muito.

Ela ficou vermelha, envergonhada, e virou-se em direção à casa.

Depois de mais ou menos um minuto, passei pela entrada de serviço e fui até o salão de Frau Grunders para escolher um novo livro. Havia a agitação habitual da cozinha, mas o quarto dela estava silencioso. Pelo teto, ouvi vozes agitadas e urgentes. Captei apenas a pontinha de algumas palavras, sons abafados — a voz de Fräulein Braun e o lamento característico do sargento Meier.

— Eu terei... somente o capitão pode dizer... — As palavras desapareciam.

— Eu ficaria grata... assim que...

Forcei o meu ouvido para sintonizar ainda mais o som, muito curiosa para escutar o que estava sendo dito. Nunca os tinha visto na mesma sala antes, e o escritório do sargento Meier e o quarto de Eva ficavam em lados opostos da casa.

— Eu vou dar um jeito...

— Obrigada...

Uma cadeira raspou o chão acima, depois aquele clique inconfundível de salto e, por fim, o silêncio.

Eu estava voltando para o meu quarto quando o sargento Meier me alcançou.

— Ah! Fräulein Hoff.

— Bom dia, sargento Meier, como vai?

O meu diálogo ao longo das semanas com aquele homem odioso era tão doce e cortês quanto eu podia suportar — a minha recompensa era o seu desconforto visível e suado.

— Estou perfeitamente bem, Fräulein. Tenho algumas novidades para você.

— Sim? Da minha família? — presumi rapidamente.

— Ainda não, mas espero que em breve. Foi decidido que você pode escrever algumas cartas para os seus familiares, se assim desejar. Ou aos seus amigos.

— Ah — eu fiz. — Que surpresa. Pensei que não pudesse falar sobre o meu trabalho aqui. — Sorri inocentemente.

— Não haverá menção ao seu trabalho, é claro — disse ele, com um brilho na testa. — Apenas para dizer que você está bem. Você poderia falar sobre o clima ou o andamento da guerra, mas sem detalhes. Obviamente, as cartas serão revisadas por mim.

— Não esperaria menos, sargento Meier. Quantas cartas tenho permissão para escrever, e onde encontro papel para escrevê-las?

O sargento Meier já havia me dito que o lápis e as folhas que me haviam sido entregues serviam unicamente para fazer os meus relatórios clínicos sobre Fräulein Braun. Manter um diário não era permitido.

O FILHO DE HITLER

— Não mais do que duas por semana, e providenciarei para que tenha um bom estoque de papel e envelopes — disse ele, com uma pequena gota de suor serpenteando em direção a uma sobrancelha. — Se você colocar as cartas no meu escritório, cuidarei para que sejam encaminhadas, e todas as respostas serão dadas a você. Em breve, estarei esperando o seu relatório mensal em minha mesa. O capitão Stenz fará uma visita para recolher uma cópia.

Eu praticamente corri para o meu quarto, passei pela porta e abracei a mim mesma, com um sorriso largo se transformando em uma risada. Cartas! A perspectiva de receber notícias era muito empolgante. Percebi, então, como me sentira isolada naquelas últimas semanas, sem amigos em quem confiar ou contato físico com quem quer que fosse. Claramente, Eva Braun havia planejado aquela mudança como um genuíno ato de amizade, por pena de mim ou como uma maneira de atrair um favor meu. A verdade é que eu não me importava. Eu não era orgulhosa demais para não aceitar a ajuda dela, desde que eu pudesse saber se a minha família estava viva. E, se estivessem mortos, eu também queria saber. Para cessar a esperança, aquele vazio infinito e desconhecido.

O papel e os envelopes chegaram ao meu quarto na mesma tarde — folhas de pergaminho espesso e granulado, cada qual estampada com o ícone da águia do Terceiro Reich. Sentei-me para escrever aos meus pais, uma carta para cada, pois era quase certo que eles não estavam juntos, mas em campos de concentração diferentes. O que diabos devia escrever? Como descrever o meu estado de espírito — aquele fio constante e estridente de ansiedade que tira do sono às três da manhã, que me fazia encarar o teto por horas a fio, perguntando-me o que diabos estava fazendo e como poderia sobreviver. Como transmitir real significado em uma mensagem na qual até as palavras tinham barreiras?

Concentrei-me em tornar positivo o tom das minhas notícias, assegurando-lhes que eu estava fora de perigo — por enquanto. Quando as nossas vidas em Berlim se tornaram cada vez mais precárias, o meu pai e eu criamos um código entre nós. Decidimos duas palavras para sinalizar nosso bem-estar; qualquer menção a "luz do sol" significava que estávamos seguros, ao menos em termos relativos, mas "nuvens acinzentadas" ou "horizonte plano" sinalizavam o contrário.

Escrevi que estava bem, comendo bem — era verdade naquele momento — e que o sol estava fazendo com que eu me sentisse otimista. "O horizonte às vezes é bastante brilhante, papai", divaguei, desesperada para transmitir algo que ele pudesse interpretar, ainda que de forma não totalmente segura, mas sem perigo evidente. O resto foi preenchido com: "Espero que você e mamãe estejam bem, penso em você, Franz e Ilse todos os dias". Se a mente do meu pai continuasse afiada, ele encontraria uma maneira de ler nas entrelinhas. E eu tive de confiar em sua fé para saber que, apesar do papel de carta, eu não havia me tornado uma fiel nazista. Não tinha virado a casaca.

Eu estava enrolada em um cobertor na minha varanda, tentando aproveitar os últimos raios de sol, quando ouvi passos. Concentrada no romance que estava lendo, não olhei para cima.

— Goethe? Estou impressionado.

— Capitão Stenz — eu disse em saudação. — Você precisa falar comigo? Gostaria que eu fosse ao seu escritório?

— Não, não — ele disse, tirando o quepe. — Não quero incomodá-la. Mas gostaria de uma breve conversa. Posso? — Ele apontou para a segunda cadeira.

Seu tom sugeria que eu não seria repreendida se recusasse, e seus modos pareciam relaxados enquanto ele se sentava.

— Claro.

Fiquei feliz com a iniciativa e, sim, fiquei contente em vê-lo. Seria apenas porque ele não era o sargento Meier? O capitão usava o mesmo uniforme e, no entanto, a minha reação ao homem lá dentro era completamente diferente.

Ele se acomodou, virando o olhar e apertando os olhos enquanto o sol deslizava atrás das montanhas cobertas de neve à direita da nossa vista. Eu observei os seus olhos vidrarem por alguns segundos, então ouvi um suspiro deslizar por entre os seus lábios, antes que um barulho chamasse a sua atenção.

— Então, como está indo? Está sendo bem tratada e tem tudo de que precisa?

— Sim, sou bem cuidada — assegurei a ele. — E tenho tudo de que preciso para fazer o meu trabalho.

Eu o observei entender o que eu queria dizer.

— Fräulein Braun me diz que está muito feliz com o arranjo e que está se sentindo muito bem, que devemos ser gratos por isso.

— Sim — eu disse. — Ela está com boa saúde. Na verdade, sinto-me um pouco ociosa. Não é com isso que estou acostumada.

Nós dois parecíamos cientes da troca de detalhes sem precisar dizer muito.

— Eu não ficaria muito preocupado com isso — disse ele, sorrindo. — Você mostrará o seu valor nos estágios posteriores, não tenho dúvida. É um trabalho importante.

Os seus olhos voltaram-se novamente para o horizonte. O sol estava se pondo rapidamente atrás dos picos; era o branco contra as labaredas alaranjadas. Eu toquei as páginas do meu livro, olhando para os seus cabelos loiros cortados ordenadamente na nuca de seu colarinho preto, mas que poderiam virar cachos se crescessem. Do pescoço para cima, ele parecia um garoto do campo, não um homem que carregava poder no tecido plúmbeo que cobria o seu corpo.

Eu me perguntei por que ele não fora embora, já que, claramente, não tinha mais nada a dizer. Fui eu quem cortou o silêncio, impedindo a sua partida repentina.

— Capitão Stenz, posso lhe perguntar uma coisa?

A sua cabeça rígida girou, e ele pareceu um pouco alarmado.

— Você pode perguntar, embora eu não prometa responder.

De repente, ele era ss novamente.

— Bem, entendo que o segredo seja uma questão de segurança para Fräulein Braun, dado o que acredito ser a linhagem. — Ele lançou um olhar, mas não me contradisse. — Mas ninguém além de um pequeno número de pessoas reconhece a existência desse bebê. Ninguém parece estar dando boas-vindas à notícia. O Terceiro Reich acredita em famílias, em famílias numerosas. E já trabalhei em um Lebensborn antes... antes de tudo isso. Eu sei que mães solteiras são toleradas quando se trata de ajudar... a causa. — As palavras ficaram presas na minha garganta. — Então, eu não entendo por que esse falso disfarce. O bebê nascerá e será difícil de esconder. Eles não deveriam estar felizes como casal? Não elevaria o moral da guerra se o país soubesse?

Ele respirou fundo e juntou os dedos enluvados.

— É complicado, Fräulein Hoff, e não sou especialista em relações públicas... temos um departamento para isso — ele disse, com um sorriso resignado. — Você me dá muito crédito: sou simplesmente um engenheiro e um mensageiro, nada mais.

— Então, em que *é* especialista?

— Perdão?

— Quero dizer, o que fazia antes da guerra?

Finalmente, eu estava envolvida em um diálogo que não parecia nem submisso, nem perigoso.

— Eu era estudante de Arquitetura. Tive de desistir dos meus estudos.

— Teve?

— Era o que se esperava de mim — disse ele.

— E você vai voltar para os estudos? Depois, quero dizer?

— Depende.

— De quê?

— De eu sobreviver à guerra — ele falou, abrindo um sorriso. — E de restar ainda um mundo para reconstruir. — Ele se levantou, quase cauteloso por ter baixado a guarda. — Eu preciso ir. Se puder me entregar os seus relatórios, Fräulein Hoff?

— Certamente — respondi e os trouxe lá de dentro.

— Adeus, até a próxima — ele disse, batendo os calcanhares, parando antes de fazer a saudação.

Ele a substituiu por um aceno de cabeça, embora os seus olhos mirassem nos meus. Eu assisti à sua longa sombra desaparecendo na direção da casa e, de repente, senti-me muito sozinha.

10

VISITANTES

Os dias seguintes viram uma mudança dramática na calmaria de Berghof. No café da manhã, na manhã seguinte, houve uma tensão palpável, e a cozinha ficou estranhamente barulhenta e ocupada. Foi trazida grande quantidade de comida da cidade. De manhã, Frau Grunders bebia o seu chá aos goles, depois saía correndo e gritando com as criadas que passavam. Eu as ouvi resmungando sobre "Mais trabalho do que somos pagas para fazer, apenas pelo prazer de Sua Majestade", mas, mesmo assim, sem parar de correr.

Imaginei o que poderia estar acontecendo, e uma dor doentia invadiu as minhas entranhas. Nas últimas semanas, eu pensara pouco no dono da casa como uma entidade real — a guerra parecia tão distante, e ele estava fora de vista, fora da minha mente. E isso me convinha. Eu não queria nem considerar a possibilidade de entrar em contato real com ele. Não sabia o que diria ou faria, ou como me comportaria. A dissidência seria estúpida, até fatal, e, no entanto, uma postura complacente também faria com que eu me sentisse uma traidora — da minha família e dos nossos amigos antes da guerra, de todas aquelas mulheres que sofriam no campo, de todos aqueles bebês cujos dias de nascimento eram também os seus dias de morte.

A empolgação na casa refletia-se em Fräulein Braun. Ela estava agitada, entusiasmada e atipicamente vaidosa — havia conferido o seu guarda-roupa antes de eu chegar e arrumava os cabelos em um estilo mais natural, movimentando-se como uma criança incapaz de conter sua excitação. Ela estava ansiosa para que eu ouvisse os batimentos cardíacos do bebê, mas impaciente demais para fazer outros exames.

— Eu me sinto bem... podemos fazer isso amanhã? — ela perguntou.

Tentei sorrir, como se entendesse a sua ânsia de estar com o seu amado, mas o meu sentimento era totalmente egoísta; quanto menos tempo eu passasse na casa, melhor para mim. Quando eu estava saindo, Frau Grunders me parou, sugerindo que eu fizesse as refeições no meu quarto durante a próxima semana, "pois todos estaremos muito ocupados". Para mim, isso indicava que a conivência sobre o bebê de Eva era completa. Exceto Eva, toda a Berghof negava a gravidez. O que será que Herr Hitler, eu me perguntei, pensava sobre a paternidade de um bebê, assim como de toda uma nação? Eu só podia supor que ele não compartilhava a mesma emoção que a mãe do bebê. E o que aquilo significaria para o futuro da criança e da Eva?

Ele chegou mais tarde naquele dia, o barulho gutural de motores me puxando para a minha varanda. Um caminhão do exército liderava a caravana de carros pelo caminho de cascalho. O caminhão continha oficiais que se espalharam por todo o perímetro da cerca, armas prontas para um possível ataque. Dos primeiros carros saíram vários oficiais do exército em verde, seguidos por oficiais da ss em suas jaquetas cor de ardósia e botas de ébano perfeitas, refletindo o brilho da tarde. O quinto ou sexto carro estacou e permaneceu parado enquanto os policiais formavam um semicírculo ao redor. O grupo me impediu de vê-lo emergir, mas eu percebi pela onda de deferência que ele descera do veículo. Não avistei a cabeça loira do capitão Stenz entre eles, e parte de mim ficou feliz por não o ver se curvando. Meu estômago revirou, a boca estava seca e eu queria afastar os meus olhos, mas, por algum motivo, não consegui. Era difícil conceber que, a algumas centenas de metros, havia um homem que tinha grande parte do mundo na palma da mão e cujos dedos podiam dobrá-lo e esmagá-lo, por um capricho. Não apenas eu ou minha família, mas qualquer pessoa que ele quisesse, em qualquer lugar. Não foi a primeira vez em que tive pena de Eva Braun, por todo o seu amor e fé cegos.

Ela estava, a essa altura, no topo do pequeno lance de escada que levava à varanda. Com os cabelos soltos e o rosto quase sem maquiagem, ela usava um vestido azul tradicional justo no busto, que tinha o efeito de esconder a sua barriga. Negus e Stasi não estavam a seus pés, mas ela já havia me dito que não se davam bem com Blondi, a amada pastora-alemã do Führer; o tamanho e o status de Blondi tinham precedência em Berghof. O olhar de expectativa no rosto de Eva, de uma criança querendo agradar, era quase lamentável.

Ele subiu as escadas devagar e deu um beijo amigável na bochecha dela; dificilmente o abraço de amantes há muito distantes, ansiosos por ficar sozinhos. Eles se viraram e entraram juntos, e a comitiva uniformizada os seguiu — reconheci Herr Goebbels no grupo — enquanto as tropas cercavam a casa. A fortaleza estava completa.

Pela primeira vez desde a minha chegada a Berghof, tive um desejo desesperado de correr o mais rápido que as minhas pernas pudessem a fim de me levarem para longe daquele oásis infectado. Aquele sentimento de inquietação, que ardia no fundo da minha barriga desde a chegada, agora estava cheio em brasa e eu precisava escapar, mesmo que aquilo significasse perigo. Mas não fiz nada. O medo de represália me manteve sentada, enraizada na cadeira, fazendo o que me foi dito. E, não pela primeira vez, eu me odiei por isso.

Depois de comer no meu quarto, sentei-me mais tarde na varanda, lendo primeiro e depois apenas vendo a luz morrer. A casa em si ficou mais iluminada e os sons de risos masculinos flutuaram no ar da montanha. Lá embaixo, em todo o mundo, milhares — milhões — de pessoas estavam chorando, gritando e morrendo, e tudo que eu podia ouvir era diversão. Fui para cama e pressionei o travesseiro contra os ouvidos, desesperada para silenciar tudo de errado naquela arena louca chamada vida.

11

A PRIMEIRA-DAMA

Eva me enviou uma mensagem na manhã seguinte para vê-la às onze da manhã no terraço — um alívio tomou conta de mim por eu não precisar entrar na casa; o Führer estava organizando uma importante conferência de guerra, e Berghof ficaria cheio de verde e cinza por algum tempo.

O dia estava glorioso, um sol brilhante subindo no céu enquanto eu contornava a casa. Seu brilho refletia boa parte da vegetação abaixo, apenas o cobalto de vários lagos rompendo a paisagem verdejante. Felizmente, o terraço parecia quase vazio, com apenas Eva sentada sob um grande guarda-sol, bebendo chá. Diante dela, com cabelos loiros bem visíveis, estava outra mulher. Supus que fosse a sua irmã, Gretl, que havia chegado a Berghof com o noivo. Elas pareciam concentradas na conversa quando me aproximei.

— Bom dia, Fräulein Braun — interrompi.

— Ah, Fräulein Hoff, bom dia — disse ela. — Obrigada por adiar o nosso encontro. Você conheceu Frau...

E, ao contornar a cadeira, vi que era a cabeça de Magda Goebbels, seu estilo loiro impecável, o rosto com pouca maquiagem, mas os lábios cor de rubi. Ela fez uma pequena tentativa de sorrir, mas não conseguiu torná-la amigável.

— Sim. Sim, Frau Goebbels e eu nos conhecemos.

Fiquei surpresa e demonstrei isso.

— Por favor, sente-se, Fräulein Hoff — disse Frau Goebbels, assumindo o controle imediato e parecendo confortável com ele. — Nós (eu) temos um favor a pedir.

Eu sorri, ainda achando levemente engraçado que elas pudessem pensar em qualquer coisa como um favor, como se um pedido significasse que eu tinha o direito de recusar.

— Antes de tudo, quero agradecer pelo seu cuidado com Fräulein Braun até agora, ela tem elogiado muito as suas habilidades.

Ela deu uma longa tragada no cigarro. Eva parecia desconfortável, como se fosse uma criança sobre a qual estavam falando, enquanto eu me sentia uma espécie de escrava favorita — era uma habilidade que Frau Goebbels aperfeiçoara. Os olhos dela se encontraram com os meus por uma fração de segundo, mas ela os afastou com a mesma rapidez, dando a impressão de que eu merecia a sua atenção, mas não a esse ponto.

Ela continuou:

— Mas, como ela está com boa saúde e não precisa dos seus serviços diariamente, me pergunto se poderíamos emprestar o seu serviço por alguns dias.

O que ela esperava que eu dissesse? "Deixe-me pensar sobre isso?" Eu disse o que eles queriam ouvir.

— Se Fräulein Braun concordar, irei para onde posso ser mais útil.

Dessa vez, Magda Goebbels sorriu completamente, apagando o cigarro. Ela voltou sua atenção para mim, como se estivesse entregando uma lista de pedidos.

— Uma prima minha está se preparando para ter bebê. Já passou da data prevista para o nascimento, mas ela está sendo... bem... com toda a honestidade, acho que ela está sendo bastante difícil e se recusando a sair de casa para ir ao hospital. No entanto, eu não sou a mãe dela e, portanto, a única influência que posso ter sobre ela é oferecendo a ajuda que puder.

Achei estranho que ela tivesse pensado em mim, mas fiquei igualmente irritada por ser a ajuda contratada. De algum lugar lá dentro, um pequeno toque de coragem surgiu do aborrecimento.

— Frau Goebbels, com todo o respeito, fico feliz em ajudar qualquer mulher, mas não sou o tipo de parteira que força alguém a fazer algo que não queira ou não precise.

Em segundos, seus olhos arregalados estavam nos meus, fixos e ardentes. Depois, como da outra vez, desviaram-se.

— Não, não, obviamente — ela concordou. — Simplesmente queríamos que uma parteira experiente a acompanhasse em casa. Espero que por uma semana, no máximo. Isso é razoável, Eva? — Ela virou-se para a anfitriã. Era óbvio que isso não havia sido sancionado pelo Reich e era um favor da parte de Eva.

— Claro, perfeitamente — ela assentiu como um filhote obediente.

A casa ficava a uma hora de distância, e eu devia partir cedo na manhã seguinte. Foi quando decidi calcular meu valor atual com Frau Goebbels, criando um pouco de poder de barganha.

— Vou precisar de alguém comigo para ajudar no nascimento — eu disse. — Alguém em quem eu possa confiar.

— Acho que haverá uma criada disposta e de confiança — disse Frau Goebbels com desdém, desviando o olhar.

— Gostaria que Christa viesse comigo — disse com convicção. — Ela é muito engenhosa e sinto que não entrará em pânico.

— Christa? A *minha* Christa? Mas você mal a conhece — argumentou Frau Goebbels.

— Mas confio nela para me ajudar quando eu pedir — eu disse.

Talvez ela estivesse entediada com qualquer possível confronto, porque Magda Goebbels concordou com o meu pedido — ela liberaria Christa. Talvez ela não tenha visto isso como uma concessão, um pequeno triunfo da minha parte, mas eu vi. Voltei para o meu quarto, aliviada por ter sido liberada dos jogos psicológicos da casa da guerra e animada com a perspectiva de encontrar novamente a única pessoa a quilômetros de distância que um dia poderia chamar de amiga. Ou até de aliada.

Marquei um encontro com Fräulein Braun mais tarde naquele dia para um exame pré-natal, já que eu não a veria por uma semana. Parte de mim também queria avaliar o seu humor naquele momento estranho e perturbador — não havíamos trocado mais do que algumas palavras desde que o Führer chegara a Berghof. Na casa, circulavam rumores — sussurrados, é claro — sobre a gritaria vinda do apartamento do Führer — dele e de Eva. Eu fingi estar concentrada na minha tarefa, mas os meus ouvidos estavam grudados nas fofocas da criada sobre as lágrimas e os pedidos implorados que ecoaram do quarto de Eva.

— Deus me perdoe, mas foi cruel da parte dele chamá-la daquilo — disse a criada. — Eu não gostaria de estar no lugar dela, nem mesmo ser dona deste lugar.

Os detalhes foram perdidos quando elas se viraram e se afastaram, mas o significado era claro. Em sua própria guerra doméstica, o bebê de Eva a deixou mais fraca, em vez de mais forte.

Naquela tarde, a porta de Eva estava entreaberta, e ela estava frente à sua penteadeira, fazendo uma careta diante do próprio reflexo. Ela parecia cansada. Estava com olheiras, e a sua pele, em geral clara e vibrante, parecia seca e áspera. Não é à toa que ela estava desaprovando o seu reflexo.

— Se você não se importa que eu o diga, Fräulein Braun, você parece cansada. O bebê a está impedindo de dormir?

— Um pouco — ela disse. — Uma tia minha sempre disse que os bebês ganham vida à noite, e este não parece ser uma exceção. É assim mesmo?

— Sim, eles não têm nenhuma concepção de dia e noite por um longo tempo. Talvez, quando você está quieta, o bebê se lembre de que precisa se mover. Você está conseguindo tirar uma soneca durante o dia?

— Não agora, não enquanto... — Ela hesitou e escolheu suas palavras. — Não enquanto a casa estiver tão ocupada.

Ainda assim, não conseguimos ir além do espectro de Adolf Hitler. Ficou claro que eles estavam intimamente envolvidos — ela era a única mulher que sempre podia circular livremente em Berghof, além de Magda Goebbels — e o ciúme mal reprimido de Frau Goebbels era suficiente para sinalizar o caso entre Eva e Adolf. Ela estava grávida e ainda não conseguia reconhecer em voz alta que ele era o pai. Pelo que eu tinha visto, a hierarquia da ss mal reconhecia o seu valor, e ainda assim ela parecia colada ao lugar que era uma criação dele, que continha um pedaço do seu coração. Supondo que ele tivesse um.

Fizemos o exame, e eu ouvi as batidas rápidas do coração do bebê. Foi quando o rosto de Eva se suavizou e tornou-se feminino novamente. Eu estava consciente de que o meu rosto denunciou o sobressalto quando comecei a ouvir, mas pude senti-lo relaxar conforme os sons entravam no meu ouvido, e o rosto dela também se abriu de alegria quando acenei que tudo estava bem.

— Não estarei muito longe e, se o bebê não chegar dentro de uma semana, solicitarei que o motorista me traga de volta, pelo menos para um exame — disse a ela.

— Obrigada — ela respondeu, com genuína gratidão. — É gentil de sua parte pensar no futuro. Mas eu vou ficar bem.

Na verdade, senti pena dela — ela parecia tão sozinha. Até a irmã, Gretl, não aparecera naquele cume de guerra nas montanhas. A resposta que esse sentimento despertou dentro de mim foi difícil de processar. Eva Braun aliou-se a Adolf Hitler de bom-grado. Ela parecia amá-lo. De quanta empatia ela era digna — e o quanto era vítima de uma armadilha que ela própria criara? Entre tudo isso estava o bebê, uma nova vida com um coração que estava — por enquanto — vazio de todo pecado.

Berlim, fevereiro de 1942

A panela ainda estava quente, recém-saída do forno da mamãe, quando a abracei perto do meu peito e caminhei em direção ao posto de controle. Um vigia de aparência entediada estava no meio da Friedrichstrasse e deu um passo quando me aproximei. Ele fez uma tentativa de parecer magistral, puxando o coldre da arma e empurrando os ombros para trás. Ele tinha vinte e um, vinte e dois anos. Um menino.

— Boa tarde — eu disse, com um sorriso largo.

— Boa tarde, Fräulein. Você sabe que está se aproximando da seção judaica? — Ele olhou rapidamente para o braço do meu casaco, caso não tivesse visto a estrela amarela remendada na manga.

Sem ser loira e sem feições tipicamente arianas ou a estatura pesada de algumas mulheres alemãs, é verdade que a minha aparência era ambígua e às vezes atraía suspeitas. Achava estranho que as reações das pessoas fossem fortes ou moderadas dependendo do lugar ao qual pensavam que eu pertencia. Eu era eu; eu era Anke — a mesma pessoa na frente delas. É triste dizer que na guerra houve pouco espaço para adivinhação; os judeus não menos orgulhosos de sua religião foram forçados a exibi-la ao mundo, a estrela amarela grosseiramente costurada para ser usada não como um talismã da sorte ou orgulho, mas como um símbolo de sua derrota.

— Vou visitar minha tia — disse, mostrando a minha carteira de identidade do hospital.

— Ela ainda não se mudou? — perguntou o soldado. — Há muitos apartamentos no lado oeste, de onde os judeus saíram. Ela poderia encontrar um lugar legal lá, muito elegante, me disseram.

— Ela é velha e, bem, você sabe como são as pessoas velhas — eu ri. — Ela é muito teimosa e não será convencida, e o mínimo que posso fazer é visitá-la e trazer comida.

— Parece tão teimosa quanto a minha avó. E o que há na bolsa? — Ele apontou com a ponta do rifle para a grande mochila no meu ombro.

— Ah — eu disse, como se nem me lembrasse da bolsa. — Em geral, uma de suas úlceras da perna a incomoda e, como enfermeira da família, cabe a mim resolver o problema.

O rosto dele enrugou. Era certo que qualquer menção a úlceras interromperia uma pesquisa detalhada. Ele olhou brevemente dentro da bolsa, como se o conteúdo em si pudesse estar supurando, e acenou para que eu passasse.

— Boa noite para você — falei por cima do ombro.

— Boa noite, Fräulein. Não se esqueça do toque de recolher.

Senti os olhos dos guardas me seguindo pela rua até o desconhecido bairro da humanidade e depois ri quando a sua atenção se deslocou para outro lugar. O alívio percorreu o meu corpo.

Na cidade, não havia um gueto oficial, mas as famílias judias haviam sido ordenadas a abandonar as suas casas e os seus negócios do lado oeste, no início da guerra, e foram reunidas em um pequeno enclave no canto nordeste da cidade, uma área claramente marcada pelas sinagogas queimadas da Kristallnacht. Graças a um enorme êxodo voluntário de famílias judias desde o início do domínio do nazismo, a população judaica em Berlim já não era tão alta quanto em algumas cidades alemãs. Aqueles que previram o pior, mudaram-se de país para escapar da perseguição. Outros haviam fugido de Berlim após o incêndio da Kristallnacht, mas ainda estavam ao alcance.

Nos últimos meses, ouvimos falar de grandes transportes de judeus de Berlim enviados para viver em guetos recém-criados do outro lado da fronteira, na Polônia, cercados e superlotados, com doenças vivendo lado a lado. Não era de conhecimento geral, mas aqueles com ligações no comércio ou que manuseavam correspondências no mercado clandestino davam os detalhes sombrios. Em apenas alguns poucos anos, a estrela amarela brilhante havia se silenciado, e o arco-íris de culturas de Berlim havia se tornado um espectro sombrio.

Subi a Kaiser Wilhelm Strasse com toda a confiança que pude reunir e — tomando cuidado para que nenhum homem uniformizado ou desconhecido, que pudesse ser da Gestapo, estivesse me vigiando — virei à esquerda, entrando no coração do bairro judeu. O olho de Minna apareceu através de uma fenda na porta.

— Sou eu: Anke — sussurrei.

Ela abriu e me conduziu, pegando a panela e a levando até o primeiro andar, onde a nossa clínica estava esperando.

Como nos meses anteriores, a sala era uma mistura de velhos e jovens, doentes e simplesmente cansados, que não tinham mais o direito de acessar o serviço de saúde alemão, e foram forçados a se espremer em uma sala de estar já superlotada para obter ajuda. Sempre eficiente, Minna classificava as necessidades mais prementes primeiro. Como auxiliar de enfermagem até o momento em que as suas habilidades se tornaram subitamente desnecessárias para o Reich, ela era uma mestra em organização. A panela foi imediatamente para uma mesa na cozinha improvisada, onde o ensopado seria entregue às crianças mais famintas.

111

Esvaziei a mochila e comecei a organizar a estação de trabalho. Uma tigela de água limpa estava esperando, ao lado de uma pequena barra de sabão e uma toalha; nunca deixou de me surpreender que, com tanta aglomeração e potencial de sujeira, a roupa estivesse sempre impecável. Uma panela de água já estava fervendo as tesouras e os instrumentos de que precisávamos para a variedade de doenças daquele dia, com a mãe de Minna no comando.

Eu levava o que conseguia tirar do hospital nos bolsos do meu uniforme, que eram misericordiosamente profundos. Todos os dias, no ano passado, tomava o cuidado de não os encher demais, de levar apenas um pouco de coisas para que o armário da enfermaria nunca parecesse invadido: curativos estéreis, cremes antissépticos, agulhas e fios cirúrgicos, ataduras e qualquer quantidade de remédios não trancados no gabinete oficial. Eu era furtiva na minha técnica.

Será que pensava naquilo como roubo? Nunca. O Reich havia abandonado o seu próprio povo, boas famílias que haviam trabalhado duro por toda a vida, pagaram os seus impostos e mereciam mais do que essa traição imunda. Seria demissão instantânea — e, pior — se eu fosse pega, mas a minha própria bússola moral nunca vacilou. Além disso, ao longo da história, diz a lenda que houve muitas outras pessoas felizes em redistribuir a riqueza. Eu era apenas uma de uma longa fila e, suspeitei, uma das muitas naquela guerra.

Sem perder um momento, Minna guiou o primeiro paciente a uma das duas cadeiras e trabalhamos na lista de vinte ou mais. Enfrentei as feridas que precisavam ser costuradas, com Minna encarregada do curativo, cortando-os em pedacinhos para fazê-los durar mais. Conversávamos pouco uma com a outra, trabalhando diligentemente. Havia sempre uma ou duas mordidas de cachorro para desinfetar e costurar, principalmente em homens jovens que haviam feito uma incursão noturna em um lote e quase foram pegos pelos cães, se não por seus guardas. No inverno, no chão duro de geada, eles eram forçados a transpor os muros de fábricas ou armazéns, correndo por suas vidas.

O resto eram problemas respiratórios, principalmente entre as crianças, com as suas costelas estufadas enquanto eu ouvia os seus peitos frágeis e o chiado empoeirado de dentro, uma membrana nua de pele entre o mundo e o seu próprio esqueleto quebradiço. Minna demorou a moer os preciosos comprimidos de antibióticos para formar um pó fino, misturando-o com água, e nós dávamos a mistura na boca das crianças como se fossem filhotes de passarinho no ninho — uma ou duas gotas, dependendo da profundidade do ruído da respiração.

No final, chegaram os idosos e os enfermos, alguns dos quais podíamos tratar, outros que simplesmente precisavam de um lugar para ir e de um ouvido amigável. Minna e eu dispensávamos um bom bálsamo de simpatia e empatia, examinando os dedos doloridos e os hematomas misteriosos, assentindo juntas e pronunciando-os bem o suficiente para ir para casa. Não havia outra escolha, mas o simples ato de dedicar um tempo para examiná-los já era, muitas vezes, remédio suficiente.

Quando terminávamos, a mãe de Minna estava lá com uma xícara de chá fresco. Eu nunca a vi sem uma chaleira na mão, finas gotas de suor logo acima das sobrancelhas pesadas e um sorriso amigável, apesar da triste virada em sua vida, com o marido perdido na violência da Kristallnacht.

— Você tem tempo de ver Nadia? — perguntou Minna. — Ela tem apenas algumas semanas de folga. Ainda não tenho certeza se o bebê virou.

Eu olhei para o meu relógio.

— Se formos rápidas. O toque de recolher é rigoroso e, se eu for parada, pegarão o meu nome.

Ela me entregou um casaco pertencente à sua irmã, com a estrela amarela já costurada na manga. Andamos na escuridão para uma casa semelhante a duas ruas de distância. Minna não parecia afetada pela dela, mas senti a insígnia amarela como um farol no meu braço, ardente de significado e profunda injustiça dos meus compatriotas. As estrelas não deveriam brilhar? Parecia que aquela só podia levar à escuridão.

Nadia estava no segundo andar, no canto mais distante de uma pequena sala com o colchão coberto por um velho lençol. Era algo que se aproximava do luxo, já que apenas uma família ocupava aquele quarto, e ela o compartilhava com a mãe, o pai e dois irmãos mais novos. Nadia não falava sobre o pai do bebê, mas as suspeitas da família eram de que se tratava de um soldado alemão, que pensava que a sua superioridade lhe dava o direito de invadir a sua inocência. Apenas o amor da sua família superou a vergonha e a raiva em igual medida.

Ela estava sentada quando apareci de trás da cortina, claramente feliz em me ver. A sua barriga tremeu um pouco com o esforço, fazendo-a rir e estremecer ao mesmo tempo.

— Esse bebê ainda está fazendo ginástica? — perguntei.

— Nunca para. Espero que seja cheio de vida... mas talvez não seja tão ativo assim quando sair!

O rosto de Nadia estava animado, mas pálido; era provável que ela estivesse anêmica. Entreguei à sua mãe alguns tabletes de ferro e disse-lhe para fazê-los durar pelo menos por uma semana, com a maior quantidade possível de sopa de urtiga.

— Então, vamos ver como está o bebê? — Eu abaixei a minha cabeça para ouvir as batidas do coração, consciente de que, sob os meus dedos, a cabeça do bebê ainda estava aninhada abaixo das costelas de Nadia e não profundamente em sua pélvis. Nas últimas quatro semanas, não havia mostrado sinais de querer girar.

— *O bebê parece adorável, com o coração forte* — eu disse, com um sorriso largo.

Ela sorriu de volta, encantada por ter nutrido um bebê tão saudável. Com a pressão sanguínea e a urina de Nadia normais, eu disse que viria novamente na próxima semana, já que estimávamos a data do parto em algum momento das próximas três semanas.

— *A posição é um problema?* — perguntou Minna enquanto descíamos as escadas.

— *É difícil dizer* — eu falei. — *Não parece um bebê grande, e muitos nascem sentados, mas é uma jornada mais difícil. Eles ou vêm sem problemas ou acaba ocorrendo um problema que logo se torna uma emergência. Não há meio-termo para bebês sentados.*

— *Você sabe que ela não vai ao hospital?* — perguntou Minna.

Eu temia isso. O Hospital Judaico era o único centro de saúde aberto aos judeus atualmente, mas também era um ponto de coleta para o primeiro transporte rumo aos guetos de Berlim. Notícias — *e suspeitas profundas* — *já estavam circulando.*

— *Você sabe que o tio de Nadia foi levado no primeiro transporte?* — Minna disse, os olhos brilhando na escuridão.

— *Sim. E não posso dizer que a culpo. Mas seria melhor se ela estivesse pelo menos mais perto do hospital. Você pode falar com ela?*

— *Vou tentar.*

Saí antes do toque de recolher, bem a tempo. Os mesmos jovens estavam no posto de controle.

— *Ela gostou do ensopado, a sua tia?*

— *Ela não se cansa daquele peixe falso* — eu ri, bordando a mentira.

— *Até parecia que era um prato gourmet, pela maneira como ela o devorou.*

— *Bem, gosto não se discute* — brincou. — *Boa noite, Fräulein.*

Eu me virei e caminhei, não como um passeio, mas também não fui rápida demais, e pude sentir os seus olhos entediados em mim, debatendo enquanto batiam os dedos de frio.

— *Faz o seu tipo?* — *perguntou um deles.*

— *Não, não para mim, muito morena, tem muita cara de judia.*

— *Sim, talvez você esteja certo. Tem um cigarro?*

12

TRABALHO

Saí cedo na manhã seguinte, quando os raios do sol começaram a brilhar na montanha. Sem dúvida, o sempre eficiente sargento Meier alertaria Frau Grunders que eu não havia fugido. O motorista de Berghof, Daniel, estava esperando, e, assim que entrei no carro, o sedã preto do capitão Stenz se aproximou, e ele desceu. Ao me ver, olhou interrogativamente.

— Você está indo a algum lugar, Fräulein Hoff? — ele se inclinou para espiar pela minha janela aberta.

Com Daniel ao meu lado, sua voz não era de confronto, apenas curiosa. E talvez tivesse também um pouco de pena?

— Sim, tenho de ir ajudar uma parente da Frau Goebbels. Fräulein Braun deu o seu consentimento.

— Não duvido — disse ele com um sorriso irônico. Depois, olhou para cima. — Dirija com cuidado, Daniel. Precisamos de Fräulein Hoff de volta sã e salva.

Ele tirou os dedos compridos da porta do carro e como que levou as mãos aos bolsos. Quando partimos, olhei para trás — uma das mãos do capitão ergueu-se levemente no ar, quase acenando. Eu não pude deixar de ficar perplexa... e de abrir um sorriso.

Para lá dos portões, senti um peso físico saindo pelo alto da cabeça, como se estivesse presa a um vício por semanas a fio. Até então, eu não tivera a noção do nível de opressão que estava sentindo; apesar de toda a sua beleza, Berghof era uma prisão eficaz, e não apenas para mim.

Nós descemos a estrada caracol, e Daniel começou a conversar. Ele era um homem amável, de meia-idade e contente, grato pela estabilidade que recebera àquela época de horrores da guerra. Seu filho estava no Wehrmacht, e ele sugeriu as cicatrizes que a guerra infligira. Eu me perguntava o quanto aquele mundo irreal na montanha poderia mascarar o que estava acontecendo, embora, no último mês, mais ou menos, eu tivesse ficado tão inconsciente quanto qualquer outra pessoa. Dirigimos pela cidade de Berchtesgaden, e eu olhei as lojas com cobiça. Fazia pelo menos dois anos desde que eu entrara pela última vez em uma boutique, ou comprara mantimentos, ou até manuseara dinheiro. Apenas a oportunidade de sentar em um café e ver o mundo passar parecia um luxo inatingível.

Passamos pelo bairro próspero da classe média de Berchtesgaden, confortável atrás de grandes cercas de teixo e pinheiro. Christa estava esperando quando passamos para pegá-la na calçada dos Goebbels, e fiquei aliviada por não ser necessária uma audiência com a patroa. Ela entrou no carro ansiosamente, e seguimos em frente.

— Christa! — eu a abracei como se fosse uma amiga perdida há muito tempo.

— Fräulein Hoff, você parece bem! — ela sorriu. — Estou muito feliz em vê-la novamente. Pelo jeito, estão cuidando bem de você.

Ela se sentou e examinou o meu corpo, que havia sido preenchido desde a última vez em que a vira. Não apenas as minhas bochechas haviam engordado — o meu corpo ainda não tinha as curvas naturais que exibia antes em Berlim, mas a comida substanciosa e a falta de exercício e trabalho haviam me tirado do estado anterior de inanição.

— Eu sei. Tenho passado muito tempo sentada e pouco tempo fazendo coisas — falei.

— Eu pensei mesmo que haveria alguma mudança — disse ela, acenando com a cabeça na direção da bolsa grande que estava ao seu lado. — Já separei mais algumas roupas e trouxe linhas e agulhas. Achei que poderíamos ter algum tempo de espera para ajustar algumas coisas para você.

Nós optamos por uma conversa inofensiva — eu estava desesperada para saber sobre a direção da guerra, mas as lealdades de Daniel eram desconhecidas e, como a maioria dos motoristas que eu havia encontrado, ele parecia ter uma audição aguda. Seguimos em campo aberto, vendo poucas evidências de tropas ou conflitos, apenas um caminhão do exército aqui e ali. A vida parecia praticamente inalterada ali também.

Por fim, chegamos a uma pequena vila, saímos da estrada principal que a cortava e depois entramos em uma estradinha. A casa era menos grandiosa que a dos Goebbels, mas ainda imponente, sólida e isolada, e cercada nas três laterais por um enorme jardim bem cuidado, que, por sua vez, era rodeado por árvores robustas. Duas crianças estavam brincando no jardim, junto com uma jovem mulher, obviamente não grávida.

Uma criada nos recebeu na porta e nos levou a um quarto no térreo, depois até o andar de cima, onde ficava o quarto da patroa. Fiquei surpresa — ninguém me disse que ela estava prostrada, de cama, e comecei a me perguntar que cenário eu enfrentaria. Frau Schmidt estivera chorando, isso era óbvio. Com olhos avermelhados e fundos, ela mal levantou a cabeça quando entramos no cômodo. As cortinas estavam fechadas, e o ar estava pesado de tristeza.

Foram necessárias apenas algumas palavras para descobrir a sua angústia; Sonia Schmidt estava sofrendo. No dia esperado do nascimento do bebê, ela recebeu o telegrama que todos os entes queridos temem — seu marido de uma década fora morto no norte da África. Corajosamente, e com honrarias, mas, mesmo assim, morto. Diante da perspectiva de que ele não perderia apenas a chegada do bebê, mas também o resto de sua vida, seu corpo havia se fechado para o trabalho de parto. A família a havia levado ao hospital, com a certeza de que os médicos poderiam facilmente induzir um terceiro bebê. Mas ela estava praticamente catatônica, quase incapaz de funcionar normalmente, e eles desistiram, confundindo a sua genuína tristeza com um comportamento difícil.

— As crianças não sabem ainda — ela soluçou — e eu não sei como contarei a elas que o seu papai não voltará mais. O que direi a este bebê?

Não senti nada pela situação geral dela — a sua vida parecia mais do que confortável —, mas aquilo pelo que ela estava passando seria doloroso para qualquer mulher, qualquer humano, seja lá do que o seu marido fosse capaz.

O batimento cardíaco do bebê estava normal, movia-se bem e estava encaixado na pelve. Sonia estava se segurando; o seu abdômen endureceu com um simples toque, mas ela estava simplesmente em negação. O lado físico do parto era uma força poderosa, mas às vezes a psicologia de uma mulher — sua vontade pura e simples — podia ir até mesmo contra a Mãe Natureza, ainda que por um tempo limitado. Aquela mãe simplesmente não queria pegar no colo o seu bebê.

A sua mera presença, como uma criação de seu pai, a lembraria tão agudamente da perda.

Ajudei-a a tomar banho, refiz a cama com lençóis limpos e disse-lhe que simplesmente esperaríamos a chegada do bebê. Não havia pressa: era saudável e forte, com um bom tamanho, e ela precisava se sentir bem antes de querer se esforçar para expeli-lo. Eu não fiz nada além de lhe dar permissão para sofrer e ter o bebê quando se sentisse pronta.

— Você tem certeza? — Ela olhou para mim através de uma névoa de descrença. — Não há nada que você precise fazer?

— Não agora. Tenho certeza de que o seu bebê virá quando vocês dois estiverem prontos.

Demorou apenas dois dias. A espera parecia um feriado; o tempo estava frio, mas vesti um casaco que Christa trouxera para mim, e nós duas caminhávamos e conversávamos. Não havia presença visível do exército, exceto por um guarda no portão, e, quando nos afastávamos da casa, Christa me revelava um pouco do que sabia: informações colhidas aqui e ali nas conversas da casa dos Goebbels, nas lojas em Berchtesgaden e nas cartas que ela havia recebido do seu pai.

A guerra estava indo mal para a Alemanha — os Aliados atacaram a Itália e ganharam força. Stalingrado estava agora nas mãos dos russos, e partes da Alemanha haviam sido bombardeadas em ataques contínuos de combatentes britânicos, com enormes perdas no solo e no ar. Leipzig fora praticamente arrasada, e Berlim, alvejada repetidas vezes. Eu me senti tão ignorante sobre o que estava acontecendo no mundo real e com raiva da nossa posição de casulo lá no alto. Gostaria de saber quanto disso estava sendo discutido em Berghof entre o alto comando alemão, e quanto tempo ainda permaneceria como uma fortaleza protegida. Não era de se admirar que Fräulein Braun se sentisse negligenciada. Hitler tinha uma guerra inteira em mente, uma guerra que nós — a Alemanha — poderíamos estar perdendo.

Na casa de Schmidt, as criadas mantinham nós duas bem alimentadas e confortáveis, mas o seu tempo era gasto com as crianças e a jovem governanta. As mãos hábeis de Christa equiparam-me com vários vestidos novos, e nos divertimos com a liberdade de poder falar à vontade, com os ouvidos dos Goebbels e dos partidários de Berghof bem longe de nós. Até nos atrevemos a falar da vida após a guerra, o que poderíamos fazer como mulheres em uma posição talvez mais forte, com quem poderíamos nos casar e como seriam os nossos filhos. Christa estava tão cheia de vida — quando a guerra começara, ela estava prestes a deixar o emprego para ir estudar Moda. No entanto, ambas parecíamos sentir que isso dependeria de nosso tempo — quando poderíamos descer da montanha e ir para um lugar seguro.

Nós rimos muito, mas havia sempre uma camada obscura, como que proibida, em cada assunto que abordávamos. Senti as teias de aranha se abrindo para uma conversa sincera. E, então, enquanto caminhávamos, os seus doces traços se tornaram extraordinariamente sérios.

— E o que você fará com o bebê?

— O bebê? Acho que chegará em breve — falei.

— Não, eu quero dizer *o* bebê. O bebê de Fräulein Braun.

Parei de andar e me virei para encará-la.

— Como assim, o que vou *fazer*?

De repente, Christa parecia muito mais velha do que era. O seu rosto endureceu, e os seus olhos brilharam.

— Quero dizer, Anke, que você tem certo grau de poder sobre o que se passará. Não pense que não. Você nunca se perguntou como as suas ações podem influenciar eventos muito além de Berghof, muito além de Fräulein Braun?

Eu não queria admitir, mas tinha. Em todas aquelas horas ociosas, a minha mente vagara por cantos desconfortáveis de possibilidades. Cada fibra do meu ser profissional moveria o céu e a terra para salvar qualquer mãe ou bebê. Mas eu sabia da gravidade daquela gravidez, o que ter um herdeiro significaria para o Reich. Como parteira, poderia eu contemplar algum tipo de sabotagem? Eu preferia pensar que não, mas, na verdade, isso me passara pela cabeça, e havia apenas uma alternativa a uma mãe e um bebê felizes. Bebê nenhum.

— Eu... suponho que sim, que tenha me perguntado algumas vezes, mas acho que não... não. Seria suicídio para mim e morte certa para a minha família. Christa, estou fazendo tudo isso por eles, por qualquer chance que eles possam vir a ter. Além disso, eu nem acho que Adolf Hitler se importe com esse bebê. Qualquer ação que eu tome não vai afetá-lo.

Eu me senti sem fôlego e segui em frente. Qualquer coisa era melhor do que enfrentar a atmosfera pesada entre nós. Christa caminhou silenciosamente ao meu lado.

— Acho que você está errada — ela disse, finalmente. — O que acontece em Berghof pode ter um grande efeito. É só isso que eu ouço em casa...

— Nos Goebbels? O que eles dizem? — retruquei.

Minha desconfiança em Magda já estava bem enraizada.

— Eles brigam como cães e gatos por causa disso — contou Christa. — Hitler pode não querer ser pai, mas Goebbels está desesperado por esse bebê, para usá-lo como um incentivo moral, como uma maneira de transformar a guerra, em direção a uma "nova esperança", diz ele. Mas a patroa quer que isso seja mantido em segredo para sempre, que Eva seja como uma Rapunzel em uma torre lá no céu.

Eu já tinha visto Christa cheia de diversão e sorrisos, até travessuras, mas nunca a tinha visto tão altiva, tão endurecida. Os seus olhos faiscavam, vermelhos de paixão.

— Mas por que ela quer o bebê escondido?

— Ciúme — disse Christa, sem hesitação. — Ela pariu sete bons exemplares de sangue germânico, mas eles não são filhos de Adolf Hitler. Ela teria feito quase qualquer coisa para ser sua mulher, se não fosse casada. E ele sabe disso, o patrão. Joseph Goebbels sabe disso.

— E, então, por que ela me trouxe aqui, para cuidar de Eva?

— Não foi Magda, mas o marido. Ela queria que Eva fosse enviada para a Áustria, para longe da vista de todos, mas Goebbels insistiu em oferecer-lhe o melhor tratamento. Ele quer manter tudo discreto, mantê-la fora do hospital até que se revele o bebê no momento ideal.

— E você já ouviu tudo isso? Não é apenas fofoca?

— Com meus próprios ouvidos — afirmou Christa. — Eles não se controlam, e as paredes não são tão grossas. Frau Goebbels pode parecer a esposa alemã perfeita, mas é ela quem manda dentro daquela casa.

Fiquei calada para digerir as revelações de Christa. Pensei em Eva, em sua ingenuidade estúpida, mas também em seu desejo de cuidar do seu bebê. O *pai* do bebê não deveria ser um fator. Ou deveria?

— Acho que não conseguiria fazer nada além de cuidar dela da melhor maneira ao meu alcance — disse, finalmente. — Está nas mãos do bebê agora. Se sobreviver ou não, não será porque eu quis dar uma de Deus ou qualquer outra coisa do tipo. Eu sou parteira; eu não tenho esse direito. Ninguém tem.

Christa olhou para mim em um silêncio agitado, como se ela soubesse. Como se pudesse dizer. Foram os olhos dela que disseram: *não conseguiria mesmo?*

— Odeio essa guerra, Christa, odeio realmente o que é feito à Alemanha, aos alemães e a todos os outros... a dor que ela causa. E sim, esse homem... aquele homem repugnante... é o responsável. Mas não posso ser responsabilizada pelo destino de toda essa guerra. Não é a chegada de um bebê, algo tão pequeno, que mudará o rumo das coisas.

— Tem certeza disso? — Os olhos de Christa faiscaram de novo.

— De onde vem tudo isso, Christa? Eu nunca vi você assim. Por que ficou tão furiosa, assim de repente?

— É o meu irmão — ela respondeu, com uma voz quase inaudível, a lava escorrendo dos seus olhos.

— Sim, eu sei. Ele ficou cego na guerra. É trágico e...

— Ele está morto. — As palavras dela cortaram o ar como uma adaga. — Duas semanas atrás, ele se enforcou no celeiro. Não conseguiu encarar uma vida dependendo do meu pai. Foi papai quem o encontrou, quem teve de cortar a corda do próprio filho e enterrá-lo. Ele faria vinte e cinco anos no mês que vem.

— Eu sinto muito — falei. — Não sabia. Por que não me disse antes? Você nem deu nenhuma dica, parecia tão, tão... normal.

— Porque estamos em guerra, Anke. Não quero achar que estou sofrendo mais do que qualquer outra pessoa, mas isso precisa parar. *Precisa.*

Seu olhar marmóreo cedeu e, em seu lugar, brotaram lágrimas — ela pareceu pequena e vulnerável de novo. Eu a puxei e a abracei, e ela verteu a sua dor sobre o casaco que havia tão bondosamente costurado para mim.

— Meu Deus, Christa, quando isso irá acabar? — eu falei sobre o cabelo brilhante dela. — Quando?

13

VIDA E MORTE

Depois de nossa segunda noite tranquila na casa, examinei Sonia. Ela passara um tempo com os filhos, vestiu-se à tarde e desceu para tomar chá. Ela se movimentava aos gritinhos e gemidos, com olhos escuros e perturbados, mas estava se mantendo forte pela família, apesar do crescente desconforto.

— Quanto tempo você pensa que ainda levará, Anke? Quanto tempo antes que eu possa dar à luz este bebê e contar aos meus filhos? — ela implorou durante o exame, desesperada para se livrar do duplo fardo que havia nela.

— Eu não sei, mas meu palpite é de que não falta muito tempo — eu disse. — Você parece diferente agora, e o seu corpo está pronto. A sua mente simplesmente precisa se soltar.

— Estou tentando — ela falou. — Realmente estou.

— Apenas não se concentre demais nisso que vai acabar acontecendo.

A criada foi me chamar à meia-noite. Sonia estava andando em seu quarto, corada e agitada. Era o trabalho de parto, mas deixei

Christa dormir até que as suas mãos fossem realmente necessárias. O batimento cardíaco do bebê estava bom, e Sonia parava para respirar a cada três ou quatro minutos. Devia estar na fase de dilatação. No meio do processo, ela sorriu pela primeira vez desde que havíamos nos conhecido.

— É agora, eu sei — ela ofegou. — Foi assim com os outros dois.

E ela entrou em uma nova contração, soprando com força para escalar o pico da montanha de sessenta segundos antes de poder descansar novamente.

Sentei-me esfregando as costas de Sonia, murmurando palavras tranquilizadoras à meia-luz. Durante o período em que trabalhara fazendo partos em casa, nos subúrbios de Berlim, aprendi a trabalhar no escuro, em contraste com o brilho da maternidade, no qual podemos ver tudo, mas não sentir o progresso. Ali, eu estava na minha zona de conforto. Na penumbra, olhei para a opulência ao redor, para os móveis caros, e lembrei-me do meu último parto no campo de concentração. De Irena e seu bebê nascido em papel sujo, e não em um cobertor grosso, cuidadosamente tecido, à espera daquele bebê. E, ainda assim, sem a camisola, Sonia poderia ter sido Irena ou qualquer outra mulher que eu já tivesse conhecido; desconfortável, assustada e precisando de tranquilidade. E igualmente forte.

Faltavam apenas trinta minutos para que a situação mudasse. Uma contração importante fez com que Sonia caísse no chão e se arrastasse como um gato de barriga pesada em direção a um canto. Quando ela alcançou o pico, seu corpo soltou um zurro distinto, o que pareceu surpreendê-la. Para mim, porém, era o chamado familiar do nascimento. Fiz sinal para a criada acordar Christa e pedi que a água quente fosse trazida para o andar de cima. Christa estava comigo em minutos, alerta e sem nenhum sinal de ansiedade. Ela ocupou um canto, arrumando silenciosamente qualquer equipamento de que precisássemos. Depois, sentou-se e assistiu — lá estava alguém que seria uma ótima parteira.

Sonia rapidamente parecia estar em transição, aquele meio mundo entre a necessidade de aguentar e o desejo do corpo de se purificar de tudo o que crescera nos meses intensos de gravidez. Com cada contração agora, ela respirava e uivava, balançava-se e murmurava para o marido morto:

— Está chegando, Gerd, está chegando, querido. Está quase aqui para você…

Eu tentei lhe passar segurança, mas ela não estava ouvindo muito além do seu próprio barulho.

Christa viu que era hora e, silenciosamente, foi ocupar o seu lugar ao lado da cabeça de Sonia, esta agarrando com avidez seus dedos e cujos olhos estavam fechados em foco profundo. Eu fiquei embaixo, sentindo que ela não estava muito longe de expulsar o bebê. A bolsa estourou na contração seguinte, mas, em vez de um jorro claro, era uma sopa grossa e granulada — sinais de mecônio, o primeiro movimento intestinal do bebê. O parto estava atrasado, mas também era um sinal de angústia, o mecanismo de "luta ou fuga" do bebê para sobreviver. Se estivéssemos dentro ou perto de um hospital, as parteiras em geral chamariam um pediatra, mas estávamos a trinta minutos do hospital e tínhamos um médico local como o nosso único apoio. Como parteira, eu não me incomodava com mecônio — era uma reação natural e causava problemas apenas se o bebê inalasse o fluido sujo em sua jornada para fora do corpo. A maioria saía chutando e gritando sem que nenhum tratamento fosse necessário além de um bom banho.

Era impossível verificar os batimentos cardíacos do bebê, pois Sonia estava ajoelhada de quatro. Ela estava tentando provocar a contração seguinte, e sua pele começou a se esticar da maneira normal, com um pequeno tufo de cabelo logo aparecendo. Ela estava naquele mundo inferior, chamando constantemente o nome do marido, enquanto Christa tentava apaziguar a sua ansiedade, acariciando a mão dela e falando sem parar. Minha principal preocupação era desacelerar o progresso da cabeça — os terceiros bebês geralmente nasciam com um grande empurrão, quando a mãe já não aguentava mais.

— Sonia, apenas respire para mim — tentei divagar constantemente. — Pequenos empurrões, vá com calma.

No minuto seguinte, ela soltou um grito quando a coroa do bebê se abriu e deslizou pela pele em um salto repentino para a frente, trazendo-a de volta ao aqui e agora. De repente, a sala ficou em silêncio.

— Maravilhoso — eu disse a ela, movendo-me para colocar lençóis debaixo dela para a chegada final. — A cabeça do bebê nasceu, você está quase lá.

Na maioria dos partos, há uma pausa de um ou dois minutos quando nada acontece, o rosto azulado do bebê olhando e fazendo beicinho, o pescoço preso ainda na mãe, às vezes agitando as pálpebras e fazendo uma pequena tentativa de chorar, mas ainda não é uma pessoa no mundo — o cordão umbilical ainda é a tábua de salvação do oxigênio. Para a maioria das mães, confirmar o nascimento da cabeça era uma maneira de despertar um último esforço para dar à luz os ombros, no momento em que estavam prontas para desistir. Mas, em retrospectiva, aquela fora a mensagem errada para Sonia, uma mulher que quase tinha medo de conhecer o seu bebê. Ela podia até querer conhecer o seu último filho, mas seu medo profundo, sua psique, não.

Nós esperamos, em silêncio. Um minuto se dividiu em dois e ainda não houve outra contração. O formigamento no meu pescoço aumentou quando o rosto do bebê foi ficando roxo.

— Sonia, me diga quando sentir uma contração — eu disse, tentando amenizar uma preocupação crescente.

— Não está chegando — disse ela, agora lúcida e consciente. — O que está acontecendo?

— Apenas faça uma boa força para baixo — eu disse a ela.

Seu corpo tentou se conter, mas o esforço foi ridículo quando comparado aos esforços gigantescos, incansáveis de alguns minutos antes.

— Eu não consigo — ela gemeu. — Simplesmente não dá.

Em uma fração de segundo, eu estava ao lado de Christa, sussurrando com urgência.

— Precisamos colocá-la em pé — eu falei, o medo nos meus olhos certamente evidente mesmo à meia-luz.

Christa entendeu na mesma hora, e nós duas puxamos Sonia de joelhos e agachamos, seu peso morto de fadiga nos fazendo respirar pesadamente, eu guiando para proteger a cabeça do bebê.

— Christa, você consegue segurá-la? — foi um grande pedido, dada a pequena estrutura de Christa, mas a adrenalina injetou uma força incalculável em seus membros.

— Não se preocupe comigo — disse ela.

Enquanto ela apoiava Sonia pelas costas, eu corri à frente. A cabeça do bebê pairava a poucos centímetros dos lençóis no chão, e eu não queria olhar a sua cor, muito menos o seu olhar. Precisava nascer — naquele instante.

A cabeça de Sonia estava pendurada, de volta ao seu meio mundo.

— Sonia! Olhe para mim! — eu chamei a atenção, e ela se levantou, de olhos arregalados. — Preciso que você faça uma *grande* força. Por favor, Sonia. Por mim, pelo bebê.

Um olhar para o meu rosto, no qual a urgência era aparente, e os seus próprios traços se contorceram. Ela fez força sem a ajuda de uma contração. Os ombros do bebê se moveram um pouco quando eu coloquei uma mão em cada lado da cabeça e puxei com tração firme, mas ela parou quando ficou sem fôlego, e o esforço acabou. Eu soube instantaneamente qual era o problema: os ombros do bebê estavam presos atrás do osso púbico da pelve. Nenhuma força expulsaria aquele bebê até que ele pudesse passar livremente. Esse era um dos piores pesadelos de uma parteira, já que o bebê tinha de sair e não havia como mudar para uma cesariana, mesmo em um hospital. Tínhamos que libertar o bebê, ou ele morreria meio nascido.

— Christa, de costas, *agora*!

Ela entendeu o meu tom e imediatamente baixou Sonia no chão.

Forcei suas pernas para cima e para trás em direção à sua cabeça, até onde elas iriam, todos os movimentos projetados para desalojar os ombros do bebê. Sonia estava gemendo, entrando e saindo da realidade, mas felizmente não resistindo à nossa ginástica forçada.

— Venha aqui — eu chamei Christa de modo urgente, mas contido. Peguei a sua mão esquerda e coloquei a base logo acima do osso púbico de Sonia, com a mão direita no topo da barriga ainda grande, mas flácida, de Sonia. — Agora esfregue firmemente a barriga dela, em círculos — eu orientei. — Quando eu disser para empurrar para trás, pressione em direção ao umbigo, e para baixo com a outra mão. E, Christa?

— Sim? — Seus olhos estavam arregalados.

— Empurre com força.

Voltei à cabeça do bebê, pendendo frouxamente sem muito sinal de vida. Christa estava esfregando furiosamente, e o crescente gemido de Sonia me disse que uma contração estava se formando.

— Sonia — falei em voz alta. — Sonia! Você precisa empurrar, faça *muita* força!

De alguma forma, em meio à sua confusão, ela conseguiu. Coloquei a minha mão direita dentro da sua vagina e encontrei a frente do ombro direito do bebê. Em uníssono, empurramos e puxamos — a luz pegou os tendões do braço de Christa enquanto ela pressionava para trás e para baixo, o esforço de Sonia que eu podia sentir enquanto os ombros do bebê tentavam avançar, e os meus próprios músculos doendo conforme eu girava os ombros. Depois do que pareceu uma eternidade, mas que foram apenas alguns segundos, o ombro se soltou, desceu repentinamente, e eu logo agarrei debaixo do braço do bebê, literalmente puxando os dois ombros, seguidos pelo tronco e pelas pernas. Sonia voltou a gemer e Christa exalou alto, aliviada.

O bebê era de bom tamanho, mas estava completamente flácido, com a cabeça azulada e o corpo branco, o que nunca era uma visão bem-vinda para uma parteira. O oxigênio havia sido severamente limitado nos últimos cinco minutos, e ele não estava respirando. Ele parecia sem vida, e fiquei feliz de ver os olhos de Sonia voltados para o teto; nenhuma mãe deveria ver aquilo. Novamente, Christa — a grande Christa — logo apareceu com o meu estetoscópio e uma toalha. Enquanto ela vigorosamente tentava reavivar o bebê, eu ouvia a frequência cardíaca. Felizmente, tínhamos sessenta batimentos por minuto, mas fracos e lentos, e precisávamos oferecer mais oxigênio para o bebê.

Fiz da única maneira que conhecia. Enrolei um lençol pequeno, enfiei-o embaixo do pescoço do bebê para que ele ficasse virado em direção ao céu e verifiquei se não havia um tampão de mecônio na garganta. Como não vi resquícios, coloquei a boca sobre o nariz e os lábios minúsculos. Estavam frios e pouco acolhedores. Mantendo a minha própria adrenalina sob controle, infundi a vida que pude naquele bebê, lenta e firmemente. Massageei o seu peito e observei a subida, um pequeno sinal de que o ar estava entrando em sua caixa torácica.

Na segunda ou terceira tentativa, vi a sua pele magicamente se inflar. Coloquei dois dedos sobre o peito e bombeei rapidamente sobre o esterno macio — um, dois, três, outro pequeno golpe, depois um, dois, três. Repetindo três ou quatro vezes, talvez mais, Christa sentada ao meu lado e murmurando "Vamos lá, bebê, outra vez".

Depois do que pareceu ser outra eternidade, senti-o sacudindo e dando um suspiro para mim — ele ofegou, tossiu um pouco e começou a miar, baixinho no início e depois mais alto. Aquilo me lembrou da sirene de ataque aéreo em Berlim. O gemido se transformou em um grito, e seu corpo mudou de cor até ficar em um tom de rosa tranquilizador. Peguei-o e examinei o seu tônus, ainda um pouco flácido, mas melhorando a cada respiração. Em um minuto, ele estava uivando, irritado com as duas mulheres que o manejavam.

O rosto de Christa disse tudo. Seu sorriso largo demonstrava alívio e alegria, mas os seus olhos refletiam o terror dos últimos minutos. O choro saudável do bebê trouxe Sonia de volta à realidade, e o colocamos ao lado dela, enfiando o corpo nu debaixo da camisola. Ela olhou para o rosto dele, congestionada e roxa pelos esforços do parto, e sua boca primeiro sorriu e depois se encolheu, seguida por lágrimas — de alegria ou tristeza, eu não sabia dizer.

— Oh, querido — ela disse. — Aí está você.

Depois, para nós:

— É menino ou menina?

— Menino — eu disse, com um pouco de medo de que fosse a resposta errada.

— Oh, um menino — ela sorriu. — Eu esperava que sim. Um garoto para Gerd. Um garoto para o meu homem.

Ela era um amálgama de emoções, boas e ruins, mas naquele momento ficou grata por ter sentido a vida depois de enfrentar a morte.

Levamos mais de duas horas para limpar e acomodar Sonia em sua cama, amamentando o bebê todo contente em seu peito e não demostrando os efeitos de uma chegada tão traumática a este mundo. A criada ofereceu-se para ficar com ela, e Christa e eu nos retiramos para a cozinha.

Sempre argumentei que a primeira xícara de chá após um parto é a melhor para qualquer mãe, independentemente da qualidade da bebida, mas é o mesmo para as parteiras também. Seguramos as nossas xícaras uma de cada lado da mesa, e Christa não conseguiu reprimir um sorriso.

— Você já viciou, não é? — Eu ri.

— Como você passa por isso uma vez atrás da outra? — ela disse.

— É tão intenso!

— Bem, nem sempre é tão dramático — eu disse. — Mas você se acostuma com os altos e baixos. Aliás, você depende deles. Conheço algumas parteiras que ficam muito felizes desempenhando todos os cuidados de rotina, mas evitam o parto em si. Para mim, é o melhor; é disso que eu me alimento. Fazer partos é como uma droga. — Mas as imagens do campo de concentração vieram à minha mente, então me corrigi: — Bem, nos velhos tempos, antes da guerra.

— E agora?

— Bem, digamos que já vi tragédias demais para considerá-las agradáveis.

Nós duas ponderamos em silêncio, ouvindo a família começar a acordar, mas eu não queria diminuir a efervescência de Christa — ela acabara de testemunhar o seu primeiro parto importante, um que ela nunca esqueceria. Ela parecia mais viva.

— Mas tenho de admitir que esse foi um dos mais exigentes, mesmo que por apenas alguns minutos — eu disse.

Foi o gancho para que Christa fizesse uma série de perguntas — por que eu fiz o que fiz e quando, o que fazer em tal e tal momento e quais eram as consequências. Quando nos arrastamos para as nossas camas, eu estava exausta, mas banhada por um bálsamo de satisfação que não sentia desde os primeiros estágios da guerra, um bálsamo para desfrutar, já que aquela mãe e aquele bebê estavam destinados a ficar juntos.

Ficamos mais três dias na casa de Frau Schmidt, garantindo que o bebê estivesse se alimentando bem e apoiando Sonia em sua recuperação. Ela estava dolorida desde o parto e movia-se devagar, enquanto seu humor oscilava entre uma mãe feliz e contente e a viúva em luto que era. As crianças adoravam o novo irmão, dizendo inocentemente à mãe o quanto o pai amaria o novo bebê — chamado "Gerd" — quando ele voltasse para casa. O rosto de Sonia contorcia-se, mas ela ainda não estava pronta para lidar com o sofrimento deles.

Christa e eu acenamos um adeus àquela família fraturada, embora a gratidão de Sonia tenha nos feito sentir que tínhamos colaborado para curar as feridas, mesmo que por um curto período de tempo. Comecei a me perguntar se ela era mesmo parente de Magda Goebbels, já que era calorosa e emotiva, sem tantas reservas. Casada com um oficial nazista, mas, ainda assim, com um lado humano.

14

ASCENSÃO RENOVADA

A viagem de volta causou emoções contraditórias em nós duas. Christa estava claramente infeliz na casa dos Goebbels, mais ainda desde a morte de seu irmão, e desesperada por estar mais perto de seu pai. No entanto, seu salário era necessário para enviar para casa, e posições como a dela não eram fáceis de se encontrar durante uma guerra em plena fúria. Dentro do carro, perto da varanda dos Goebbels, nós nos abraçamos, não querendo abrir mão do vínculo fortalecido.

— Vou tentar planejar uma viagem para visitar você — disse ela, antecipando os meus pensamentos mais uma vez. — Tenho certeza de que posso ajeitar alguma coisa. Tome cuidado, Anke. Apenas mantenha-se segura.

O ar lá embaixo estava abafado e enevoado, mas, quando subimos pela névoa, entrando e saindo da luz do sol, houve aquela sensação novamente — Berghof existia em outro plano, no mundo além do pé de feijão. O nó no meu estômago, que havia sido visivelmente relaxado na casa dos Schmidt, agora começava a apertar e retorcer de novo. Ver Eva não me preocupava — eu não sentia falta dela nem estava infeliz por vê-la —, mas eu esperava mais do que tudo que *ele* tivesse ido embora.

Vários carros estavam em frente à casa principal, com os motoristas fumando e esperando, os motores em marcha lenta. Pessoas notáveis sairiam em breve. Peguei a minha pequena bolsa e fui para o meu chalé, a minha mente ocupada com nada além de um banho e do exame de Eva. Os meus olhos deviam estar fixos no chão, porque foi apenas no último minuto que os virei em direção às encostas das montanhas que me vi em uma armadilha.

Ele estava vindo diretamente na minha direção, cabeça também baixa, estatura inconfundível. A pastora-alemã ao seu lado confirmou o que eu temia. Eu não podia correr para o meu quarto, nem me virar e andar para o outro lado sem que a aversão fosse óbvia. Talvez sentindo a presença de outra pessoa, ele olhou um segundo depois de mim, suas características distintas exibindo uma ligeira confusão, embora não alarmada. É claro que reconheci o Führer instantaneamente, e a sua expressão mostrava, também, algum tipo de reconhecimento.

Eu parei no meu caminho, sem saber o que fazer. Sempre pensara em mim como uma pessoa não afetada por status, por celebridades ou pompa, e ainda assim fiquei pasma. Os nossos olhos se encontraram, os dele escuros e inflexíveis; os meus, sem dúvida, como os de uma raposa assustada. E aquele nó no meu estômago foi puxado com força, como um cachorro na coleira. O tempo parou, por um ou dois segundos, até que ele quebrou o ar estático e assentiu, como uma maneira de dizer "bom dia", estalou a língua para o cachorro e voltou a olhar para o chão, seguindo em frente.

E esse foi o meu encontro com o Führer, sem nenhuma sílaba pronunciada — nenhum medo exalado, nenhum monstro à mostra, nenhum brilho diabólico em seus olhos. Um homem que demonstrou cortesia comum a alguém que ele nunca vira antes.

Por algum tempo, fiquei deitada na cama, com o coração acelerado, reunindo tudo o que queria dizer a ele — sobre a minha família, o campo de concentração, o sofrimento, as mulheres torturadas, os bebês mortos, tanto sofrimento — mas nunca diria. Acima de tudo, pensei em como minha vida era mais um conto de fadas distorcido do que qualquer coisa, depois senti um profundo alívio ao ouvir os motores afastando-se um por um.

Dentro de Berghof, era como se o fervor do Natal tivesse vindo e ido; os aposentos refletiam um vazio pesado, os criados moviam-se habilmente, e os ruídos da cozinha refletiam uma indústria estável, em vez do frenesi perpétuo dos dias anteriores. Frau Grunders não estava em lugar algum, e eu almocei quase sozinha. Mais tarde, relatei ao sargento Meier, mal reprimindo a tentação de fazer uma falsa saudação. Ele parecia desapontado ao me ver.

— Ah, Fräulein Hoff, você voltou. — O olho esquerdo dele tremia irritadamente, e eu me perguntava como ele se sentia perdido por não estar mais sob o brilho da presença do Führer.

— Ao que parece, sim. Preciso saber de alguma notícia antes de encontrar Fräulein Braun novamente?

— Acho que ela esteve envolvida demais com os seus convidados para se lembrar das consultas com você — disse ele com um tom de triunfo. — Sei que ela se retirou para o seu quarto e perguntou se você pode vê-la amanhã.

A presunção dele levantou as cerdas do bigode, revelando dentes amarelos e pouco atraentes.

— Como ela quiser — eu disse, sem perder o ritmo. — Bom dia, sargento Meier.

Então, mais horas perdidas para refletir. Ao longo dos anos, eu dizia às mulheres impacientes repetidas vezes que a gravidez é um jogo de espera — eu podia me ouvir repetindo sem parar — mas nunca me pareceu assim, pois eu tinha um fluxo constante de partos e de cuidados a realizar. E, no entanto, esperar um bebê crescer e nutrir-se era meticuloso e interminável. Como uma vida.

Eu não tinha certeza de como estaria o humor de Eva na manhã seguinte — vibrante após ter visto o amante por apenas alguns dias, ou melancólica com a partida dele? Ela era toda sorrisos quando cheguei.

— Oh, Anke, que prazer ver você! — Mas a fachada logo caiu, e ela se transformou em tristeza e desânimo.

Sim, o bebê estava se mexendo bem e, sim, ela se sentia saudável, às vezes esquiva. Houve uma mudança na barriga durante a última semana, e ela claramente havia comido bem durante a estada do Führer; ainda faltavam três meses, mas o bebê crescera junto com o espaço ao seu redor. Ela estava olhando o meu rosto atentamente, traduzindo a minha expressão, enquanto eu tocava e examinava o seu abdômen.

— Está tudo como deveria estar? Você parece... impressionada.

Eu sorrio.

— Não, está tudo bem, Fräulein Braun. Só que às vezes me empolgo ao tentar mapear a posição do bebê. Ainda é muito cedo, mas acho que ele está de ponta-cabeça. Pode não continuar assim... o bebê ainda é capaz de dar cambalhotas, mas é um bom sinal de que pode encaixar corretamente na sua pélvis.

— Bebê esperto — ela disse, tocando a barriga.

Eu me virei para ir embora:

— Gostaria de mais um exame amanhã?

— Sim, obrigada.

Virei-me para a porta e ouvi a voz dela novamente, desta vez fraca e carente.

— Anke?

— Sim? — Ela parecia pequena e vulnerável, olhando para mim.

— O bebê. Será... Está tudo bem, não está? O que você pode sentir é... normal?

Era como se a própria pronúncia daquelas palavras pudesse prejudicar o bebê. Eu precisara tranquilizar inúmeras mulheres quanto à mesma coisa — se era o primeiro, segundo ou quinto bebê, mulheres alemãs, ricas ou pobres, educadas ou não, acreditavam em um mito estranho e alimentado ao longo do tempo de que meros caprichos agiam sobre a condição de um bebê, até pensamentos desagradáveis poderiam influenciar a sua saúde e criar deficiências. Sem uma janela no útero, era a dependência da benevolência da Mãe Natureza que nos era imposta, e cada vez mais não gostávamos das surpresas que ela ocasionalmente nos fazia. O Terceiro Reich havia acelerado esse medo mil vezes. Eu sabia exatamente o que Eva Braun queria dizer.

— Tudo o que sinto e ouço me leva a acreditar que o seu bebê está em forma e saudável — disse a ela.

E era a verdade naquele momento. Como parteira, aprendi desde cedo que você não podia fazer promessas absolutas. Em uma noite de inverno, eu fizera um parto em casa com uma parteira da velha escola nos arredores de Berlim. Eu estava pronta para assumir a liderança, ela disse, e ela ficaria em segundo plano.

A mulher em trabalho de parto estava nervosa como de costume, mas pareceu tranquila quando, a cada vez que eu ouvia o batimento cardíaco, dizia a ela: "O bebê está bem, tudo vai dar certo". Senti uma onda de satisfação por minha capacidade de acalmá-la. Até o bebê emergir sem vida, uma menina branca como giz que se engasgou com o próprio cordão, a linha da vida respirando até os estágios finais. Através das lágrimas, a mulher olhou para mim, incrédula. Ela não disse uma palavra, mas não precisava. Prometi o que não podia dar, e foi uma lição muito aprendida.

"Você diz a elas: 'O bebê *parece* bem, que é a verdade naquele momento", explicou a parteira depois, com palavras gentis, mas sábias. "A Mãe Natureza é maior do que qualquer uma de nós, e só ela sabe". Então o bebê de Eva Braun parecia bem, mas as minhas palavras foram bem escolhidas.

— Obrigada — disse Eva, apegando-se à esperança. — Ah, e Anke?

— Sim?

— Por favor, chame-me de Eva. Acho que já passamos da fase mais formal.

15

ESPERANDO

A natureza desenvolveu-se em um ritmo mais rápido do que o das nossas vidas no mês seguinte. As flores da primavera brotaram, e o ar claramente ficou mais quente; a neve nos picos do lado oposto recuava em direção ao topo, como se alguém estivesse tirando um chapéu de lã do fundo, mantendo apenas as pontas quentes. Eva estava bem, então passei o dia no terraço principal sob os feixes luminosos, perseguindo o sol em direção ao meu pequeno terraço à tarde, mudando a minha cadeira até que finalmente os baixos raios desaparecessem completamente e eu fosse forçada a entrar ou a buscar o meu cobertor e uma lâmpada.

Percorri os livros nas prateleiras de Frau Grunders, a criada quase em silêncio quando eu invadia a sua sala. Ela estava quase de luto desde a partida do Führer, como se o seu próprio filho tivesse ido para o campo de batalha. Parecia que toda a casa estava em estado de depressão.

A saúde de Eva era estável, mas o seu humor era extraordinariamente instável. Às vezes, ela era otimista e infantil em seu entusiasmo pela vida e pela gravidez, falando empolgadamente sobre as roupas de bebê e as próximas visitas de sua irmã, que sempre pareciam ser canceladas no último momento.

— Ela está tão ocupada com o planejamento do casamento — dizia Eva, desculpando-se pela irmã "dedicada".

Em outros dias, ela se mostrava visivelmente abatida, mal reconhecendo a mim ou ao bebê, e parecia arrastar a sua cintura cada vez maior como se fosse uma mala inconveniente.

As criadas conseguiam prever o seu humor conforme o fluxo de cartas; nos primeiros dias da guerra, Hitler escrevia a Eva quase todos os dias em que ele estava fora. O humor e a forma como ela tratava a equipe eram simpáticos e agradáveis quando a afeição dele no papel fluía. Em dias sem carta — que estavam se tornando cada vez mais comuns à medida que a guerra e a gravidez avançavam —, eles caminhavam na ponta dos pés para o quarto, cautelosos para não levar patadas, e às vezes eram mandados embora com palavras azedas ou um enfeite atirado contra a porta.

Continuei escrevendo as minhas cartas obrigatórias para os meus pais, Franz e Ilse, mesmo que houvesse se tornado difícil expressar os mesmos sentimentos repetidamente. Toda semana, levava as cartas para o sargento Meier, que apenas assentia enquanto eu as colocava sobre a sua mesa, e que sempre balançava a cabeça sem expressão quando eu perguntava se havia retornos.

Para passar o tempo, comecei a fazer uma lista de desejos de itens práticos para o capitão Stenz, caso ele aparecesse novamente. Eu estava estranhamente preocupada com o fato de ele possivelmente ter sido levado para outra parte da guerra ou para o campo de batalha, ficando fatalmente exposto. Surpreendi-me com o tempo que passei olhando para os portões e esperando que fosse o carro dele deslizando sobre o caminho de cascalho. Apesar da tonalidade escura de seu uniforme, da ameaça das insígnias de caveira presas ao colarinho, eu o via como humano, quase como um amigo.

Berlim, fevereiro de 1942

A neve estava tremelicando enquanto eu enrolava o meu cachecol com força na saída do hospital. Eram apenas três da tarde, mas o céu já era um teto de lodo escuro, pequenos tornados de flocos chicoteando no ar. Apesar do tempo, planejava voltar para casa depois de um turno movimentado e mergulhar em um banho quente, ler um bom livro e dormir — nessa ordem.

Ele se aproximou enquanto eu descia os degraus, a aba larga do chapéu puxada para baixo sobre o rosto. Assustei-me por um momento — ele poderia facilmente ser da Gestapo, com a sua capa de chuva com cinto e sapatos pretos.

— Fräulein Hoff?

— Sim? — Continuei caminhando, determinada a não lhe mostrar o medo no meu rosto.

— Minna me enviou.

— Minna? Eu a conheço? — Mantive a cabeça abaixada, pois qualquer hesitação seria uma verdadeira denúncia.

— Ela diz que as compras estagnaram e que você precisa vir rapidamente.

Ergui a cabeça, os flocos caindo no meu nariz. Esse era o código que tínhamos estabelecido para quando Nadia entrasse em trabalho de parto; era muito arriscado estar de plantão para todos os nascimentos no gueto, mas, se não houvesse mulheres na vizinhança que se sentissem confiantes para fazer o parto de um bebê que estava sentado, eu disse que eu poderia ir. Se Minna estava me chamando, era porque precisava de ajuda.

Eu parei.

— Tudo bem, em quanto tempo?

— Ela disse para trazê-la imediatamente.

— Vamos levar um tempo a pé, contanto que peguemos o bonde até a metade do caminho.

— Eu tenho um carro e passes — disse ele. — Por aqui.

Eu hesitei. Uma coisa seria andar ao lado daquele estranho, outra seria entrar em um carro com ele. Ele viu o meu receio.

— Está tudo bem — ele disse. — Eu não sou da Gestapo, prometo.

— Mas você é alemão? — Havia mechas loiras sob o chapéu, e as feições dele eram indubitavelmente arianas.

— Assim como você — ele sorriu, dentes brancos e uma simpatia genuína. A sua respiração apareceu no ar gelado. — Estou apenas tentando ajudar, como você. Faço o que posso.

— E seu nome?

— Sem nome — ele disse. — É mais seguro.

Mesmo sob a névoa da desconfiança, havia horas em que você tinha de acreditar em algumas coisas, nas pessoas, e o meu instinto me dizia que eu devia segui-lo. Não saberia se o que ele dizia era verdade. Mas Nadia podia estar em trabalho de parto. Intenso e rápido.

Sejam lá que passes fossem aqueles que ele tinha, funcionaram como mágica, e passamos pelos postos de controle com poucas perguntas. O carro alcançou os perímetros do bairro judeu, onde estacionamos e andamos o resto do caminho.

— Pegue meu braço, Fräulein — disse ele enquanto nos dirigíamos sob a nevasca, flocos maiores e mais consistentes caindo agora.

A visão de nós dois seria mais convincente de longe, um casal

O FILHO DE HITLER

caminhando para casa sob a neve, em busca de calor e segurança, contornando o bairro judaico de braços dados.

Seguimos em frente, fingindo uma conversa inocente e entrando no gueto sob uma capa de neve. Ele bateu quatro vezes na porta de Nadia, fez uma pausa e bateu duas vezes novamente. Um rosto que reconheci como irmão de Minna apareceu e entrei.

— Boa sorte, Fräulein — disse o homem, voltando à tempestade branca.

Senti uma pitada de tristeza ao vê-lo partir.

Todos estavam fora, exceto a mãe de Minna e Nadia.

— Desculpe chamar assim — disse Minna, com verdadeiro arrependimento. — A senhora que havia se oferecido para fazer o parto foi encontrada morta essa manhã.

Uma chaleira estava fervendo, e o lençol havia sido puxado para trás. A sala estava quente o bastante, pois todas os objetos possíveis da casa haviam sido colocados na pilha de lenha. Nadia estava no colchão, de quatro, com a cabeça nas mãos e as nádegas no ar, de calcinha, balançando como um pêndulo perfeito.

Eu levara o meu estetoscópio de Pinard para ouvir o bebê, mas nada mais, embora tivéssemos estocado luvas estéreis em casa e as inevitáveis toalhas, limpas e dobradas, estavam esperando. Sentei-me ao lado de Nadia quando ela entrou em contração, observando a torção da sua pélvis enquanto os seus gemidos subiam em um crescente e ela soprava ferozmente em suas mãos. Resisti e não a toquei, nem mesmo para oferecer uma massagem nas costas, pois era importante em partos daquele tipo deixar as mães se contorcerem o bastante para que o bebê ficasse encaixado em uma posição viável.

Com a contração, fiquei ao lado de sua cabeça, sua franja preta molhada e pegajosa.

— Ei, Nadia, você está indo tão bem. Esse bebê realmente quer vir.

— Acho que sim — ela disse e sorriu fracamente.

— Posso ouvir o bebê? Você pode precisar se mexer um pouco. É possível?

Ela caiu de lado, desci e encontrei o batimento cardíaco, ainda no topo de seu abdômen.

— O bebê parece bem — afirmei. — Sem problemas.

— O que você vai fazer? — ela perguntou, gotas de suor caindo em seus olhos, ansiedade aumentando em sua escuridão.

— Eu? Nada, apenas observe e aguarde.

Ela pareceu surpresa que eu não estivesse armada com alguma ferramenta mecânica para extrair o bebê, mas ela também era jovem demais para ter testemunhado tantos partos em sua comunidade.

— O que devo fazer? — ela perguntou.

— Exatamente o que você tem feito, Nadia. Deixe o seu bebê aparecer. Não resista, apenas se abra a qualquer sensação que você tenha por dentro.

Ela assentiu, infantil. Mas, para alguém tão jovem, ela parecia entender o que eu disse, como se as pressões internas já estivessem se formando. Instantaneamente, ela se ajoelhou quando veio outra contração, e o gemido se transformou no mais leve dos mugidos. Graças a esse som, estimei que não demoraria muito.

Minna ofereceu uma xícara de chá de boas-vindas, enquanto ela e eu nos retirávamos para o fundo da sala, e a mãe de Nadia tomava o seu lugar ao lado da filha, esfregando os ombros, murmurando encorajamento e dizendo que ela seria mãe em breve, para ter perseverança e continuar. A neve caía sobre as vidraças sujas, e a sala ficou ainda mais escura porque o *pó formava uma cortina branca para o mundo lá fora. Bebemos e esperamos, enquanto os homens fumavam no andar de baixo, os seus murmúrios ansiosos rangendo as tábuas do chão, sem risadas ou brincadeirinhas masculinas até que o choro do bebê fosse ouvido.*

O tom de Nadia aumentou e caiu durante a hora seguinte, e eu media os seus batimentos e os do bebê em intervalos. No fim, rompeu o pico de uma contração, seguido por um grunhido de fração de segundo, e ela mais uma vez desceu a montanha da dor.

— Eu não consigo fazer isso! — ela gritou e chorou.

Assim como eu esperava, duas peças do quebra-cabeças no lugar. Coloquei o meu chá e fui para o lado dela.

— Nadia, talvez seja hora de tirar a calcinha. É seguro. Somos apenas nós aqui.

Ela assentiu com as mãos e sua mãe arrancou o material frágil, molhado com um líquido — a bolsa estourada, provavelmente — com uma mancha de sangue saudável e mucosa. Peça número três.

A contração seguinte caiu no número quatro; no pico, um gemido se libertou de sua boca e um rosnado parecido com o de um urso se enrolou dentro daquela garota inocente, um esforço dos pés à cabeça de purgação quando as suas nádegas se separaram, e a linha púrpura em seu sacro surgiu para sinalizar bebê descendo.

— Mamãe! Anke! Me ajude! — a angústia dela soou abafada, conforme ela pressionava a cabeça contra o colchão, sem conseguir erguê-la.

— Nadia, está tudo bem, tudo normal — eu sussurrei, a minha boca perto do ouvido dela.

— Acho que você está pronta para empurrar o seu bebê, mas você me deixará sentir por dentro, só para ter certeza?

Ela assentiu novamente. Minna apareceu na mesma hora com água e luvas. Idealmente, eu queria que Nadia caísse de costas, mas, uma vez nessa posição, ela talvez não se mexesse novamente, e a sua posição agora era melhor para a jornada do bebê. Deslizei os meus dedos, primeiro um depois dois, em sua abertura úmida, escorregadia com a geleia do parto, e toquei bruscamente o bebê, uma nádega dura e esticada preenchendo todo o espaço e agindo exatamente como uma cabeça. As minhas expectativas continuaram as mesmas: ele nasceria sentado, iniciando pelas nádegas. Eu circulei as partes ósseas e não senti o colo do útero, o que era importante porque não tínhamos ideia do quão grande ou pequeno o bebê podia ser. Se uma pequena borda do colo do útero impedisse a passagem, as nádegas poderiam até deslizar, mas a cabeça bulbosa ficaria presa no interior, um cenário perigoso — quase sempre fatal — para bebês magros.

Eu me afastei e me virei para Minna, sorrindo e assentindo. Ela indicou alívio para a mãe de Nadia, e a sala inteira soltou um suspiro comunitário. Minna acendeu o fogo para ocupar as mãos e colocou mais água para o chá. Recuei em direção à beira do colchão, enquanto Nadia sentia toda a força dos comandos de seu corpo.

As nádegas do bebê logo se mostraram, com um vinco revelador. Nadia se ajoelhava de um lado para o outro, inquieta, como se estivesse trabalhando em uma tábua de lavar roupa, um verdadeiro sinal das suas reações internas, clamando por nós, mas sem esperar uma resposta. Não havia chance de ouvir o bebê agora, com a velocidade do trabalho de parto e a posição do bebê. Eu tive de prender a respiração e confiar na do bebê.

Acenei para Minna chegar mais perto, pois a mãe de Nadia não aguentava ver a própria filha naquele sofrimento e pôs-se ao lado da chaleira, abraçando a si mesma.

— Quando chegará? Quando? — Nadia implorou.

— Em breve, Nadia, em breve. Eu consigo ver o bebê. Está muito perto.

Minna começou a cantarolar baixinho, algo que eu já ouvira em outros partos, e o clima animou-se um pouco, até que uma contração tomou conta, e o grito alto de Nadia encobriu-a. Em um movimento contínuo, ela se empurrou para trás, sobre os pés e as ancas, e Minna a pegou e a embalou antes que caísse para trás. O bebê lançou-se para a frente, as nádegas totalmente atravessadas e as pernas dobradas para cima, pés minúsculos apenas mantidos dentro da pele tensa de Nadia. Diante de mim, não pude deixar de ver a genitália inchada, mas inconfundível, das ameixas azuladas de um menino.

— Lindo! — eu disse a ela. — Nadia, continue quando o seu corpo lhe disser para continuar. Você está quase chegando lá.

O trabalho foi muito mais tranquilo do que eu esperava, mas o suor ainda ardia no meu pescoço. Eu não fiz nada além de segurar uma mão enluvada sob a nádega, pronta para pegar se o bebê se soltasse repentinamente. Nadia soltou a respiração de um leão, pronta para o próximo rugido.

A contração seguinte foi poderosa. Ela deixou voar com a voz para cima e para baixo com coragem. À luz da vela mais próxima que eu assisti com admiração, Nadia bombeava seu corpo para cima e para baixo, as pernas esticadas e molhadas — os pés do bebê surgiram aos chutes, um a um, depois os braços em rápida sucessão, esquerda e direita, e o queixo do bebê apareceu na abertura, como esta jovem mas onisciente mãe, que se abaixou para pousar o bebê no colchão. Ele sentou-se, dobrado na barriga, como se estivesse usando a própria mãe como um chapeuzinho. Atrás de Nadia, os olhos arregalados de Minna estavam fixos nos meus em busca de pistas, e ela me viu visivelmente relaxar naquela fração de segundo — se o queixo passasse, eu poderia ter certeza de que a cabeça não estava presa. A própria força de Minna manteve Nadia na vertical e flutuando, e toda a sala existia em estado de suspensão.

Enquanto esperávamos outra contração, o bebê ofegou e torceu as pernas, como se estivesse desesperado para sugar o ar, mas eu afastei minha voz. Eu queria dizer: "Apenas dê um empurrão, Nadia", o suor escorrendo de mim agora. Foi um momento crucial para a culatra, ainda não totalmente nascida, com o cordão preso e achatado contra a pele rígida da mãe. Eu queria esse bebê fora — agora — mas sabia em minha mente que a hora tinha que estar certa.

Demorou menos de um minuto, mas pareciam dez. Por fim, Nadia abriu os olhos, olhou para mim e, como se tivesse avistado o diabo, lançou o seu bebê para o mundo. Liberado, ele se jogou para a frente e rolou para o lado, despertando para a vida antes que eu tivesse a chance de alcançá-lo com uma toalha. O homenzinho foi o que gritou mais alto, mas as mulheres na sala se uniram em celebração, a delas com um tom de boas-vindas, a minha de puro alívio. Segundos depois, ouvimos gritos lá embaixo, quando a notícia chegou aos homens. Havia mais chá, intercalado com o nascimento e a verificação da placenta, lavando e limpando, enquanto o mais novo morador daquele pequeno quarto sugava ansiosamente o peito de sua mãe. O rosto de Nadia estava vermelho, um halo de cabelo molhado em volta da cabeça, radiante de orgulho e alívio. Felizmente, o bebê era moreno, com um nariz minúsculo e sem ponta, nenhum sinal de traços arianos ainda. Misericordiosamente, a natureza tinha dado a ele a aparência de sua mãe, sendo a aceitação na família a sua melhor chance de sobrevivência.

Quase duas horas após o nascimento, sinalizei para Minna que estava pronta para partir. Depois do anoitecer, e com a neve caindo, um dos homens costumava me levar até o perímetro, onde uma entrada bem escondida no gueto me empurrava para além de Berlim, de modo que, se eu fosse parada por uma patrulha, era geralmente apenas curiosidade e não uma inquisição com a qual eu teria de lidar. Eu poderia facilmente afirmar ter me perdido em meio à escuridão da tarde.

Minna desceu as escadas para procurar um dos irmãos de Nadia. Ouvi uma batida distante na porta, dois andares abaixo, e imaginei que as notícias já tinham vazado — as famílias viriam com quaisquer presentes que pudessem trazer. Mas uma subida estrondosa pela escada de madeira de repente nos assustou e, antes que eu tivesse tempo de trancar a porta a qualquer hóspede indesejável, ela foi aberta.

Os homens que entraram confiantemente na sala não apenas se pareciam com a Gestapo. Eles eram da Gestapo.

16

PLANOS

Em abril, houve um florescimento tardio de eventos em Berghof. Eu estava lendo na varanda quando reconheci o corpo magro do capitão Stenz caminhando em minha direção. Senti um breve formigamento... Era emoção? Ou simplesmente alívio com a perspectiva de ter uma conversa real? Foi a primeira vez que o vi desde o ápice da guerra, e parecia ter passado uma eternidade.

— Capitão Stenz — eu disse, tentando mascarar uma saudação superentusiasmada.

— Fräulein Hoff — ele falou, sorrindo. — Imaginei que a encontraria aqui. Você está bem?

— Como esperado.

Os seus olhos, com o tom turquesa da minha memória, brilhavam sob a luz.

— Acabei de ter uma breve reunião com Fräulein Braun e parece que não há problemas. Os parentes dos Goebbels também estão muito gratos pelo seu trabalho.

— Fiz o que faria por qualquer mulher e, para ser honesta, capitão Stenz, foi bem-vinda a experiência de sair daqui e ser parteira novamente. Sei que já disse isso antes, mas me sinto muito ociosa aqui, quase inútil.

Ele se sentou, tirou o quepe e passou os dedos magros pelos fios loiros do cabelo, fixando as suas pupilas nas minhas.

— Mas apenas ter você aqui, com a sua experiência, é vital para manter tudo em… — ele ponderou cuidadosamente suas palavras — em equilíbrio. Ele sorriu novamente, uma pequena covinha que eu não havia notado antes aparecendo nos cantos de suas bochechas. — Não subestime, Fräulein Hoff. A sua contribuição. Certamente facilita muito a minha vida, o meu trabalho.

Nunca ficaria feliz em tornar aquela guerra repugnante mais suave para o Partido Nazista, mas ele me fez me sentir digna novamente. Igualmente, eu me odiava por precisar disso.

Consciente da recente emergência na casa dos Schmidts, eu estava interessada em discutir detalhes do parto — o momento de trazer o equipamento e o alívio da dor de que eu sabia que Eva precisaria. Capitão Stenz fez anotações abundantes em seu caderninho de couro preto, clássico e elegante, adequado para um estudante de Arquitetura.

— E a equipe médica, quando acha que eles devem chegar e ocupar a sua posição? — ele perguntou.

Era uma pergunta que eu não queria responder. Mas Eva nunca teria permissão de parir no topo da montanha sem apoio médico e, como não eu não queria nenhuma emergência com consequências para ela ou para o bebê, tive de aceitar a presença de médicos. Dada a minha reputação recente, porém, testei o meu poder de barganha.

— A partir de trinta e seis semanas seria o padrão — eu disse —, mas quero enfatizar que eles devem permanecer fora da sala de parto o tempo todo, a menos que sejam convidados a entrar. Aliás, a minha preferência seria fora da casa principal.

— Certamente, Fräulein Hoff, há uma vantagem em se ter tudo à mão, não? — Ele usava aquele olhar familiar de confusão sobre os procedimentos do parto, que eu tinha visto em inúmeros rostos.

Recostei-me e sorri.

— É difícil de explicar — eu disse —, especialmente para alguém com o seu passado.

— Como assim? — ele rebateu, na defensiva.

— Bem, eu não sei muito sobre Arquitetura, mas presumo que, quando você planeja um edifício, planeja que ele permaneça na vertical, acima de tudo, e que você construa bases sólidas, não?

— Sim... — Ele amoleceu um pouco com a analogia, embora claramente sem saber para onde o meu argumento estava indo.

— E você tem certeza de que o seu prédio será seguro porque colocou em prática leis da Física, da ciência?

— Sim — ainda cético.

Ele afundou um pouco mais na cadeira, talvez sentindo que eu estava jogando.

— Bem, eu trabalho exatamente da mesma maneira, exceto que as minhas fundações estão enraizadas nas pessoas: experiência, intuição, treinamento, protocolos. A Obstetrícia é uma arte muito mais do que uma ciência.

Recostei-me de novo, satisfeita por ter me explicado.

— Mas e as surpresas desagradáveis, Fräulein Hoff? E o fato de que os bebês são humanos e que o comportamento humano nem sempre pode ser previsto. Afinal, olhe para esta guer...

Ele parou abruptamente, antes de nos levar a um campo de batalha moral. Era um tema recorrente nos debates em que defendia a minha crença inabalável no nascimento de bebês.

— E você pode me dizer, capitão Stenz, que quando o último tijolo é colocado no topo de seu prédio, você sabe com absoluta certeza, cem por cento de certeza, lembre-se, que não vai tombar?

— Nesta vida nada é cem por cento, mas...

Eu o interrompi:

— Então, o que faz você colocar aquele último tijolo? Se você não tem certeza absoluta, sem sombra de dúvida?

— Suponho que haja uma pequena quantidade de fé... — E ele sorriu enquanto dizia isso, admitindo a derrota. Xeque-mate. — Mas é a fé na ciência — ele se corrigiu rapidamente.

— Não deixa de ser fé — eu disse. — No meu trabalho, estou autorizada a ter muita fé. E, para quando a fé se esgota, ou a natureza se afasta, temos treinamento e protocolo.

— E certamente isso significa equipamentos, equipe médica, planos de apoio? — ele soltou, confuso novamente.

— Sim, às vezes, mas não partimos do princípio de que algo dará errado. Ao ver as mães em trabalho de parto, pode parecer, às vezes, que o processo irá dar errado, como se estivesse fora de controle. Mas, não. É o trabalho da natureza, a jornada progredindo. É sempre temporário. — Inclinei-me à frente, aproveitando a discussão, e continuei: — Essa é a minha única garantia, capitão Stenz. Que a gravidez e o parto sempre terminam. As partes intermediárias são as que nos mantêm em alerta. É isso que eu amo.

Ele parecia genuinamente envolvido.

— Bem, Fräulein Hoff, se o que você diz é verdade, estamos em boas mãos, embora eu não tenha a pretensão de entender exatamente o que está falando. — Ele se levantou, e eu fiquei subitamente desanimada com a partida dele. — Não se encaixa no modo militar do Reich, na ordem ou nas regras...

— Não tenho certeza de que você se encaixe também — interrompi.

Ele sorriu com a boca fechada.

— Possivelmente. Mas tenho de ir — ele disse, erguendo o caderno com as listas — trabalhar em suas demandas. — E sorriu ao se virar. — Ah, mais uma coisa, Fräulein Hoff — ele disse, girando para trás —, você ficou mais tranquila com as cartas da sua família?

— Cartas? Que cartas? — A minha frequência cardíaca disparou em vinte batidas.

Ele corou, e sua boca se firmou.

— Acredito que algumas cartas tenham chegado para você. Dê-me licença por um momento. Espere aqui.

Sem explicação, capitão Stenz caminhou rapidamente em direção à casa principal, enquanto o meu coração pulava na garganta. Em minutos, ele voltou, o seu pescoço vermelho como cereja acima da gola apertada da jaqueta. Estendeu a mim um pequeno pacote de envelopes — contei quatro bordas rapidamente.

— Minhas sinceras desculpas, Fräulein Hoff — disse ele. — Só posso pensar que a memória do sargento Meier não foi o que deveria ter sido. Você pode ter certeza de que qualquer correspondência futura será encaminhada a você o mais rápido possível.

Puxei o embrulho, como uma criança pequena pegando um brinquedo novo, e aproximei-o do peito, querendo abri-lo ali e desfrutar de todos os sentimentos. Parei a tempo de deter a minha grosseria e reconhecer a ajuda dele. O seu corpo estava rígido e engasgado, e imaginei que haveria um encontro zangado com o seu assistente.

— Obrigada — agradeci. — Você não tem ideia do quanto isso significa. Realmente.

Ele baixou a cabeça e parou logo antes de bater os calcanhares — ele parecia menos propenso a fazer aquilo na minha presença.

— Bom dia, Fräulein. Tenha uma boa tarde.

— Bom dia, capitão Stenz — eu disse, mas já estava me virando para ir ao meu quarto.

Eu precisava me concentrar, respirar tudo o que eles diziam nas cartas, entrar no meu próprio mundo.

As minhas mãos estavam tremendo quando eu estendi os quatro envelopes sobre a cama, o papel barato improvisado. Dois continham a letra distinta do meu pai, embora um pouco mais frágil do que eu lembrava, e dois na letra sólida e reta da minha mãe. No entanto, não havia nada de Franz ou Ilse, e não me permiti adivinhar o motivo.

Timidamente, tirei cada carta do envelope e verifiquei a data. A primeira, do meu pai, datava de cinco semanas atrás e a última, da mamãe, de duas semanas atrás. Então ela estava viva! Deitei-me na cama, esperando que o colchão absorvesse o pulso nervoso do meu corpo, embora não fizesse nada para conter o tremor nas minhas mãos. As cartas eram apenas de uma página cada, como se um número máximo de palavras tivesse sido ditado. Os meus olhos nadaram sobre a tinta.

Papai começava:

Minha querida Anke,

Você não pode imaginar como fiquei aliviado e encantado por receber a sua carta — tão inesperada. Você parece bem, em boa saúde. Tenho alguns camaradas adoráveis e mantemos, juntos, o otimismo.

Você não acreditaria no quão habilidoso eu me tornei, trabalhando o dia inteiro no meu banco — eu quase sinto que tenho um emprego de verdade, menina querida, assim como você! Meu peito está aguentando, mesmo durante o inverno, então há todos os motivos para ficar alegre. Podemos ver a luz do sol em nosso local de trabalho, mas seria bom vislumbrar um horizonte mais consistente de vez em quando. Talvez um dia.

Penso em você, minha linda, em todos vocês, e espero que um dia possamos nos reunir — se não em casa, ao menos todos juntos. Por favor, fique bem e seja boa.

Espero ouvir novidades suas de novo.

Todo o meu amor, Papai

Eu li várias vezes, procurando mensagens ocultas. Ele estava no campo de concentração masculino — ele só usava a palavra "camarada" no sentido masculino — e não havia menção à minha mãe, então eles não estavam juntos e — eu só podia imaginar — já fazia tempo que não estavam juntos. Claramente, ele estava em um campo de trabalho forçado desempenhando alguma função fabril, o que acalmou um pouco os meus nervos. Nosso código — nuvens acizentadas ou horizontes planos — me dizia que ele estava sobrevivendo e implorando para que eu "fosse boa", ou seja, seguisse as regras, *continuasse viva*. Acima de tudo, o tom do papai era tranquilizador; a sua antiga tenacidade em relação à política havia se transferido para a sobrevivência. Ele não desistia.

A carta seguinte, pela data, era a da mamãe. Ela transmitia o mesmo tipo de mensagens, de estar em uma barraca cheia de mulheres com muitas irmãs novas, mas seu tom parecia ser de solidão, sem a família, até que escreveu: *Ilse está bem e envia o seu amor. Ainda tenho que repreendê-la para que proteja o peito com chiado, mas você conhece a sua irmã! Nós duas estamos trabalhando duro, mas também conseguimos descansar.*

Então Ilse estava viva, e elas estavam juntas! Pareceu quase um milagre, mas, então, quando pensei na noite em que todos fomos levados, de fato fazia sentido que tivessem ficado juntas. Homens e mulheres eram automaticamente separados, mas não necessariamente parentes do sexo feminino. Era comum no meu campo ver mães e filhas amontoadas umas nas outras nos beliches, alimentando-se com o calor uma da outra, aquelas crianças com idade suficiente para trabalhar, geralmente adolescentes, com corpos como pedra cinzelada por causa do trabalho pesado nas máquinas da fábrica.

Embora papai tivesse escolhido as suas palavras cuidadosamente para evitar o censor, o estilo naturalmente emotivo de mamãe atraíra algumas marcas pretas. Eu segurei o papel parecido com tecido na luz, na esperança de ver por trás, mas a tinta preta do Reich era infalível a olho nu.

A segunda carta de cada um dizia quase a mesma coisa; como eu, eles lutavam para dizer algo novo e, quando assinaram uma segunda vez, houve um apelo mascarado por notícias. *Espero que você esteja bem e sorrindo*, escreveu papai. *Talvez estejamos todos juntos novamente algum dia*, disse mamãe. Eles estavam famintos por notícias um do outro e de Franz. Era a minha tarefa, nas novas cartas que eu poderia escrever, ser o canal entre eles.

Eu me senti empolgada, embora não totalmente livre do frio na barriga. Eu imaginei que explodiria de emoção, mas me vi não em soluços, mas em um fluxo constante de lágrimas, escorrendo pelas laterais do rosto. Deixei uma piscina se formar e, quando acordei brevemente, havia-se formado uma pequena crosta de sal em torno de cada orelha. O quarto estava escuro e me lembrava de que ainda estávamos na escuridão.

Foi a tosse que me trouxe à realidade, um ritmo constante de tosse seca e úmida alternadas, catarro espesso movimentando-se em pobres pulmões infelizes. Aproximei-me da cama, os meus sapatos de hospital grudando e fazendo barulho no piso — clip, clop, cof, clip, clop, cof. Olhei para baixo e notei vários pontos de sangue no meu avental branco como a neve. "Não era um bom sinal", pensei concisamente. "A enfermeira-chefe ficará irritada".

Puxei a divisória para um lado.

— E como estamos hoje, Herr Hoff? — perguntei, procurando o pulso fino do homem deitado na cama. Seus cabelos grisalhos em desalinho, barba longa e despenteada, e seu pijama listrado salpicado de manchas de sangue nas costelas ósseas e na carne manchada. "Oh, as nossas manchas de sangue são iguais", pensei enquanto contava o seu pulso lânguido.

— Sobrevivendo, enfermeira Hoff — ele conseguiu dizer, com o peito subindo a cada respiração difícil, o chiado de fole trabalhando duro para funcionar. — Não tenho do que reclamar.

— Esse é o espírito, Herr Hoff — falei, e me virei para ir embora. — Apenas certifique-se de permanecer vivo um pouco mais. Há uma guerra, você sabe.

Seus dedos finos agarraram a ponta do meu avental quando girei, outra bola de catarro empurrando a sua garganta.

— Por favor, fique — ele murmurou, suprimindo o chocalho da morte.
— Fique comigo.

Seus dedos rastejaram no ar, procurando contato.

Outra voz se elevou para lá da divisória, urgente e suplicante:

— Enfermeira! Enfermeira!

Entrei na enfermaria, raios de sol brancos clareando as paredes calcárias, e ajustei os meus olhos para a figura que estava chamando. O contraste era dramático: um halo de luz, no meio do qual havia uma cabeça, balindo como um cordeiro antes do sacrifício.

— Anke, Anke — dizia, um corpo vestido derretendo no brilho, pernas cor de palha conectando-se ao chão. Fui em direção ao formulário, seu olhar focado no piso e azulejos limpos. Uma mancha vermelha serpenteava em direção aos meus sapatos pretos e austeros, como um réptil experimentando o ar.

"Oh, não, mais sangue não", suspirei para mim mesma. "Assim não vai dar."

Eu segui até a fonte do rio de rubi, em direção aos pés descalços, e, acima, um pequeno pulso perceptível no tornozelo, enquanto o sangue continuava escorrendo de dentro do vestido. Duas mãos emergiram da auréola, ensanguentadas entre os dedos e nas palmas das mãos, como uma criança travessa que enfiou as mãos em um pote de tinta.

— Anke, Anke — continuou o grito monótono.

Foi só então que eu olhei para cima, através da névoa de marfim, e vi que era o rosto de Eva, os seus olhos fixos nos meus.

— O bebê, o bebê — ela disse, uma, duas, três vezes, olhando tristemente para a poça irregular de sangue. — E o bebê?

Atrás da divisória, o ar estava infectado por uma tosse fleumática, e uma voz viajava pela cortina que dividia os ambientes.

— Enfermeira Hoff, volte, por favor, fique. — Os meus sapatos giraram sobre a substância viscosa, os ouvidos escutando ambos os apelos, puxado pelas necessidades moribundas do velho e atraídos na direção oposta,

pelos balidos patéticos da angústia de Eva. Qual deles mais precisava de mim? Senti a minha própria ansiedade e apertei uma mão contra o meu peito enquanto o coração se partia em dois.

Acordei, e desta vez foi o suor, não as lágrimas, que cobria o meu rosto, suspiros pesados, acompanhando o ritmo do meu coração acelerado. A sala estava iluminada, com um brilho matinal, e fiquei deitada por um tempo, aliviada por estar de dia e conscientemente diminuindo a minha respiração. Pesadelos não eram comuns para mim — no campo de concentração, algumas mulheres eram atormentadas por um noticiário contínuo de horror enquanto dormiam — mas eu tivera apenas alguns, e surpreendentemente nenhum desde que deixara o campo.

Enquanto eu lavava as marcas de sal, as imagens do sonho pendiam como um leve negativo de uma fotografia, nunca se mostrando completamente. Aquelas cartas haviam desencadeado algo lá dentro, mas de alguma forma eu estava consolada. Eu tinha as emoções certas. Eu ainda podia me sentir como eu. Humana.

17

UMA FATIA DE VIDA

Houve pouca conversa na sala de jantar dos criados na manhã seguinte e, mais uma vez, eu comi praticamente sozinha. O sargento Meier me interceptou a caminho do quarto de Eva — ele cultivava o seu joguinho de aparecer do nada e me assustar.

— Bom dia, sargento Meier. Posso dizer que o senhor parece um pouco cansado? O senhor está bem?

Automaticamente, ele apalpou o rosto de cera e o bigode arrepiado. Missão cumprida.

— Estou perfeitamente bem — disse ele. — Vim lhe dizer que Fräulein Braun pediu para você ir vê-la mais tarde. Ela está se sentindo um pouco mal e está dormindo.

— Bem, talvez eu deva vê-la agora, caso esteja doente?

— Eu acho que seria melhor se...

— Acho que essa é uma decisão minha, sargento, já que sou uma profissional de saúde.

Ele hesitou diante da minha tentativa, mas permaneceu firme.

— Ela me deu instruções estritas para ser deixada em paz. Você pode vê-la depois que voltar do seu passeio.

— Passeio? — O pensamento de uma saída repentina criou um pequeno pânico, mas ele tinha pelo menos falado em um retorno. Estranho como o topo da montanha vacilava entre uma prisão e um porto seguro.

— Fräulein Braun estava planejando uma viagem de compras a Berchtesgaden, para comprar suprimentos para o bebê. Ela está ansiosa e não quer atrasar as compras. Pediu que você vá. Ela escreveu detalhes, mas disse para você usar a sua experiência se achar que a lista não está completa.

Ele me entregou um pedaço de papel, grosso e caro, e eu vi de oito a dez itens listados.

— E com quem eu devo ir? — Fiquei frustrada com a ideia de ter o sargento Meier como um companheiro de compras, seguindo todos os meus movimentos e mantendo uma conversa desajeitada.

— Fico feliz em acompanhar Fräulein Hoff esta manhã. — O capitão Stenz aproximou-se, vindo de trás. — Tenho uma reunião à tarde; posso ir direto de Berchtesgaden. Sargento Meier, tenho certeza de que você pode mandar um motorista buscar Fräulein Hoff mais tarde?

A cabeça engomada afundou, os saltos estalaram e o sargento Meier se foi.

De minha parte, eu estava confusa e em silêncio.

— Vamos? — O capitão Stenz fez um gesto em direção ao corredor. — Você tem alguma coisa que precisa pegar em seu quarto?

Eu meio que ri.

— Você quer dizer, como uma bolsa, capitão Stenz? O que diabos eu colocaria nela?

Eu não quis parecer irritadiça, especialmente em relação a ele, mas foi uma reação natural à minha raiva ardente, à subversão latente de uma prisioneira. A sua expressão impassível não era nem de raiva nem de diversão, um sinal da sua diplomacia impecável.

— Eu estava pensando mais em um casaco, mas, se você acha que não precisa de um, talvez devêssemos ir?

O carro dele era antigo e confortável, com cheiro de couro envelhecido e do próprio perfume dele, uma fragrância leve que eu ainda não conseguia identificar.

— Obrigado, Rainer — ele falou ao motorista, e partimos.

Eu olhei para a lista de Eva e lembrei-me das conversas que tivemos durante a caminhada para Teehaus — camisolas e musselinas, fraldas e cobertores. No fim, ela havia rabiscado a lápis — talvez como uma reflexão tardia — um *chocalho*.

— Estou bastante aliviado por Fräulein Braun não ter conseguido viajar hoje — disse o capitão enquanto dirigíamos, e senti meu coração pular. Cruzamos o olhar, mergulhando rapidamente em suas piscinas azuis. — Bem, Herr Goebbels não quer que ela seja vista em público, por mais que ela... Por mais que a *condição* dela possa ser disfarçada.

Só então a sua expressão ficou constrangida. Dirigimos para o centro da cidade, saindo para um dia ensolarado de primavera, com um cheiro de indústrias artesanais no ar e uma agitação constante de pessoas que não paravam para olhar duas vezes nem o carro, nem o uniforme.

— O senhor conhece bem a cidade, capitão? — perguntei, procurando as lojas de que precisávamos.

— Não tão bem, não — ele disse. — Teremos de investigar.

— Ele sorriu, brincalhão de novo, e visivelmente relaxado ao sair do carro.

Eu estava errada ou o seu uniforme era como uma camisa de força para o homem de verdade?

Fomos até a praça da cidade, com uma fonte marcando o centro, sentindo que poderíamos olhar nas lojas das ruas laterais, se necessário. Era uma cidade típica da Baviera, com casas em estilo enxaimel e floreiras exibindo vasos recém-plantados, criando um colorido contra as madeiras em preto e branco. Os picos montanhosos espreitavam entre as construções, com um céu azul-claro como pano de fundo. Assim como em Berghof, era difícil imaginar que ali havia uma guerra. Somente as numerosas suásticas, com as suas bordas duras e afiadas contra a exibição floral, nos lembraram de que era o país do Reich, infinitamente orgulhoso de seu herói local.

— Talvez devêssemos ir para a loja de tecidos mais próxima e depois perguntar sobre as melhores lojas de roupas de bebê? — sugeri.

— Se é isso que um casal à espera de um filho faria, então é o que vamos fazer, Fräulein Hoff. — A expressão dele era de pura zombaria.

Em meio à exibição suntuosa de tecidos, o lojista gorducho sorriu amplamente, falando sobre a "chegada" e sobre como a sua própria esposa havia usado um tecido particular para cortar as fraldas. Será que estávamos esperando um menino ou uma menina? Avistei outro movimento de diversão nos olhos do capitão Stenz.

— Oh, não — eu corrigi rapidamente. — Não é para mim, é… para a minha irmã. Ela não está muito bem.

— Oh, sinto muito — o homem disse. — Mas você sabe que ela ficará satisfeita com a qualidade dos produtos.

Atrás de mim, o silêncio do capitão Stenz apenas reforçou a mentira, e ele pegou um maço de notas para pagar. Colocou o pacote debaixo do braço, em vez de mandar entregar. Sem ver Eva nos últimos meses, a cidade não teria conhecimento da gravidez. Fofocas não eram toleradas, e os seus moradores entendiam muito bem os perigos de fofocar. O manto secreto dos Goebbels parecia ter sido bem fechado.

Em uma loja próxima de roupas de bebê, eu quase me diverti escolhendo várias camisolinhas, brancas como a neve, como as de um anjo. A ironia não se perdera completamente em mim, nem o sentimento de culpa com tanto luxo, quando eu sabia que as mulheres do campo de concentração ainda estavam descascando trapos do chão imundo como forma de manter os seus bebês aquecidos. Vivos. Eu só poderia me justificar como sobrevivente. Eu poderia — deveria — ter me recusado a ir? Um pequeno ato de desafio, mas que lembraria a eles, ao inimigo, onde estavam os meus sentimentos? Em vez disso, eu tinha concordado e — para ser realmente honesta — estava gostando da experiência de estar ali fora, era um tipo de liberdade além das farpas de Berghof. No entanto, a vergonha sempre ardia, uma fogueira lambendo o meu interior.

Enquanto capitão Stenz pagava a conta, os meus olhos vagaram pelas prateleiras bem abastecidas em direção a um chocalho de madeira. Eu toquei no brinquedo liso e lindamente esculpido — horas da vida humana enterradas nele, tão distantes das armas feias e frias, das bancadas de trabalho do campo, dos tecidos ásperos.

Lembrei-me de Ira, o carpinteiro, batendo timidamente na porta de nossa barraca um dia — ele fora autorizado a entrar na seção das mulheres para fazer reparos — e me entregando três versões do chocalho que eu agora segurava na minha mão, simples e rústico, mas imbuído de seu talento e abnegação. Eu o vi sentado em sua própria barraca escura, forçando os seus velhos olhos lacrimejantes enquanto trabalhava para o deleite dos outros. Eu não revelei que os bebês nunca viveriam tempo suficiente para segurarem aquele brinquedo simples, pois provavelmente seriam mortos antes mesmo de conseguirem sorrir. Eram valiosos como uma lembrança para as suas mães, um lembrete tangível de um bebê cujas pequenas palminhas poderiam um dia agarrar a madeira. As memórias, quando tão breves, desapareceriam com o tempo, mas o brinquedo prevaleceria.

— Fräulein Hoff, você está bem? — O capitão Stenz estava ao meu lado quando uma lágrima escorreu pelo meu rosto.

— Perdão? Ah, sim, tive apenas uma recordação. — Limpei o rosto de forma elegante e virei para ele com um sorriso fraco.

— Você quer comprar isso? — Ele apontou para o chocalho.

— Não, acho que não. É melhor Fräulein Braun escolher esse tipo de coisa.

Houve um silêncio constrangedor quando eu me virei para me livrar da outra lágrima que ele não tinha visto, e ele deu alguns passos.

— Talvez, se terminarmos as lojas, podemos beber algo? Um café?
Eu olhei em descrença silenciosa. Ele disse ir a um café? Juntos? Ele emendou:

— Bem, se você preferir voltar...?

— Não, não! Eu só não esperava... só isso.

Ele sorriu — o sorriso diplomático, apenas com os lábios, sem dentes à mostra.

— Acho perfeitamente adequado que eu convide a minha companheira de compras para uma bebida — disse ele. — Sou capitão, afinal, e posso desfrutar de alguns benefícios.

Agora, ele estava brincando comigo.

— E muitas prisioneiras são tratadas dessa maneira?

— Você é uma funcionária em Berghof, Fräulein Hoff, e, como tal, ser convidada é perfeitamente adequado.

— Bem, "funcionária" talvez seja um pouco exagerado, mas obrigada mesmo assim. E por favor, me chame de Anke. Acho que, depois de comprar fraldas para o *nosso* bebê, já passamos da fase da formalidade.

Ele riu, e eu me senti mais relaxada, embora não soubesse por quanto tempo. A brisa soprou pelas ruas ensolaradas e, por um momento, esqueci que havia uma guerra.

Capitão Stenz nos levou com segurança a um café na praça, tradicional e ornamentado, com cadeiras e mesas do lado de fora. Ele se sentou sob um guarda-sol e retirou o quepe e as luvas. Para qualquer outra pessoa, as suas costas estavam eretas e o seu comportamento era o de um oficial da ss, mas eu estava perto o suficiente para ver os seus músculos se acomodarem na cadeira e ouvir aquele pequeno suspiro de relaxamento.

— Café? — ele disse. — Conheço Berchtesgaden o suficiente para saber que eles fazem café de verdade aqui, sem falsificação.

Café *de verdade*. A última xícara que tinha tomado, daquele líquido forte e grosso, com leite de verdade — quando havia sido? Em Berlim, com papai, quando a guerra começou? Quando a amargura do café combinava com o nosso humor. Desde então, o racionamento trouxera o infame Ersatzkaffee, que fazia o meu pai torcer a boca e se enfurecer contra a guerra, o Reich e o mundo. "Café feito de bolotas!", desabafava para a pobre mamãe. "Agora eu sei que todos enlouquecemos!" Para os alemães, um bom café era sinal de estabilidade, intercâmbio, amizade e do mundo em seu devido lugar. O Ersatzkaffee indicava que o universo estava girando fora de controle — insípido, fraco e falso.

— Será *maravilhoso* beber uma xícara de café.

Mais uma vez, ele entendeu o que quis dizer nas entrelinhas. Ele fez o pedido — a garçonete flertando um pouco com o seu uniforme — e ficamos sentados olhando a cena na praça, as pessoas andando por ali, tocando as suas vidas normalmente. O turquesa em seus olhos parecia mais intenso sob o guarda-sol, enquanto ele olhava para longe, em paz. Mas eu estava curiosa demais para manter um silêncio prolongado.

— Posso saber o seu primeiro nome, capitão Stenz?

— Ah, é Dieter — ele falou como se tivesse quase esquecido.

— Eu tenho um tio Dieter, bem aqui na Baviera — eu disse. — Mas ele é agricultor — eu ri de mim mesma — e não consigo imaginá-lo de uniforme. Ou mesmo de terno.

— É irmão do seu pai?

— Sim, embora um não tenha nada a ver com o outro. Tio Dieter adora o seu gado. E meu pai não se sairia bem na lama, apenas com livros. Mas, estranhamente, eles se dão bem.

— Ele é casado, o seu tio?

— Apenas com o rebanho — eu disse. — E o seu pai, o que ele faz?

— É engenheiro de aeronaves. Eu cresci com motores. Até a adolescência, pensei que todos os pais cheiravam a óleo de motor.

A luz nos olhos denunciava um verdadeiro afeto.

— E ainda assim você preferiu edifícios?

— Sim, mas acho que as duas coisas envolvem construir, juntar as coisas. Montei tantos motores que pude ver o valor que têm as boas fundações. Além disso, o meu irmão tornou-se engenheiro e com certeza se saiu melhor do que eu teria me saído.

Os seus lábios se contraíram, meio sorrindo com a memória.

— Ele está servindo também?

— Na Luftwaffe, algum cargo alto ligado a engenharia de motores, acredito. Sou grato por ele ser importante demais para pilotar.

Senti que estávamos em pé de igualdade, a troca não era dura nem banhada em constrangimento. A minha curiosidade ficou ainda mais aguçada.

— Foi daí que surgiu a expectativa? De você ter de seguir o exemplo, quero dizer?

Ele se virou e olhou diretamente para mim, os olhos fixos nos meus, como se não pudesse acreditar que eu ousara ser tão aberta. E, no entanto, não havia raiva.

— Algo assim — disse ele, e virou o olhar azul para outro lugar.

A garçonete cortou o silêncio constrangedor ao chegar com o café. O cheiro me pegou imediatamente — forte e profundo, a promessa do gosto subindo quando o tom escuro do café tocou a superfície do leite levemente espumado, evocando imagens e lembranças da vida antes da guerra. Normal. Segura. Fiquei observando a beleza pelo menos por um minuto, assistindo às pequenas bolhas derretendo quando a brisa atingia o topo.

— Está adequado? — ele perguntou, bebendo da sua xícara.

— Sim, sim, está ótimo — eu disse. — Só que faz muito tempo. Estou saboreando. — Então eu sorri para que ele soubesse que eu estava animada, não me afundando em tristeza. — O meu pai nunca me perdoaria se eu não desfrutasse da experiência completa.

O primeiro gole cumpriu todas as promessas amargas e cremosas, patinando sobre o meu paladar e caindo na minha garganta como seda pesada. Acho que suspirei audivelmente. O capitão virou-se e sorriu novamente com o som. Apesar de todos os luxos alimentares, o café de Berghof nem de café podia ser chamado; Frau Grunders não bebia café e os suprimentos dos criados eram naturalmente de segunda categoria.

Conversamos um pouco sobre a nossa infância — a dele perto de Stuttgart — e ele me perguntou sobre Berlim, as nossas lembranças sempre em terreno seguro: antes da guerra, na escola e na adolescência. Exceto que, naquele momento, eu não me importei de falar sobre a minha família, não estava com raiva ou amargurada a ponto de não querer mencioná-los. Mesmo que o meu pai estivesse vivendo sem liberdade, sob ameaça de morte, e o próprio capitão Stenz estivesse contribuindo ativamente com a guerra. Se estivéssemos falando dos meus pais, de Franz e Ilse, eles estavam pelo menos vivos para mim naquele mundo. Senti que haveria alguma esperança enquanto as suas personalidades continuassem coloridas, não sombrias e pálidas como coisas do passado.

Dieter não parecia ter pressa e pediu um segundo café. Eu tinha acabado de beber o último gole precioso quando o motorista apareceu, com o rosto vermelho e sem fôlego. Capitão Stenz ficou tenso e rígido em sua jaqueta cinza.

— O que foi, Rainer?

— Perdoe a invasão, capitão, mas Fräulein Hoff está sendo chamada de volta a Berghof… imediatamente.

Foi a minha vez de ficar em prontidão. Só poderia significar uma coisa. Eva.

— Ela está passando mal?

Ele com certeza não saberia me dizer se ela estava em trabalho de parto precoce. Com trinta e duas semanas, isso poderia ser um problema.

— As minhas instruções são para levá-la imediatamente. Daniel foi enviado para procurar um médico, mas pode demorar um pouco.

— Vamos agora.

O capitão Stenz encarnou o oficial da ss novamente. Pegou algumas notas e as deixou em cima da mesa, e fomos seguindo Rainer, os seus membros longos precisando diminuir o ritmo para eu conseguir acompanhar.

Mil possibilidades passavam-me pela cabeça. Por que não insisti em vê-la naquela manhã? Por que eu tinha me curvado àquele homem, sargento Meier? Eu poderia ter percebido alguma coisa. Se o bebê viesse agora, lutaríamos para ter a ajuda certa a tempo. Estaríamos tirando o melhor proveito de uma situação ruim, e isso não era bom o suficiente para o Reich.

18

APAGANDO O
INCÊNDIO

Rainer dirigiu em alta velocidade, forçando o motor estridente, mas a jornada parecia dolorosamente lenta, e foram necessários quarenta minutos antes de eu sair do carro e subir as escadas correndo. A própria Frau Grunders abriu a porta, com a minha pequena bolsa de equipamentos nos braços e olhar de aço cravado.

Eva estava em seu quarto, a cabeça apenas visível sob os cobertores. Cintilando de suor, ela estava quente ao toque e com a cor da sopa de beterraba servida pela cozinha. As suas pálpebras estavam caídas, lutando para permanecerem abertas.

— Eva, Eva — eu disse baixinho, depois mais alto. — Está conseguindo me ouvir?

Ela acordou um pouco, gemendo, e finalmente abriu os olhos, piscando várias vezes antes de parecer me reconhecer.

— Anke? Fico feliz em vê-la. Eu não me sinto bem. Diga-me que o bebê está bem.

A fala dela era lenta e cansada, entrando e saindo da consciência. Frau Grunders estava vigiando do lado de fora da porta, e pedi algumas toalhas frias e ajuda para mover Eva. Ela logo foi, e a chefe da criadagem apareceu quase que instantaneamente.

Juntas, Lena e eu arrancamos os cobertores e colocamos Eva de lado. Embora a sua pele irradiasse um calor de brasas, ela estava tremendo como se estivesse em um banho de gelo, choramingando para que os cobertores fossem recolocados. O seu pulso estava acelerado a cento e vinte batimentos por minuto, veias lutando para empurrar sangue por seu corpo infectado. Não havia dúvida de que estava com febre — a causa era desconhecida, embora eu tivesse as minhas suspeitas.

Sob pressão, ajudamos Eva a ir ao banheiro, onde eu pedi uma amostra de urina dela enquanto ela se sentava, de pálpebras pesadas e semiconsciente. De volta ao quarto, as janelas foram abertas e Lena aplicou toalhas frias na cabeça e no peito de Eva enquanto eu trabalhava na cômoda, analisando a amostra. Estava repleta de proteína — uma infecção urinária, como eu suspeitava, comum em mulheres grávidas e facilmente tratada nos estágios iniciais, mas que se tornava perigosa com o tempo. Se a intensa irritação atingisse os rins, poderia causar espasmo no útero e provocar um parto prematuro. Com trinta e duas semanas e sem atendimento especializado, o bebê teria poucas chances de sobrevivência.

Eva ainda estava gemendo baixinho, mostrando menos angústia, mas agora apertando a barriga enquanto a sobrancelha se enrugava. Eu esperava que a contração dos músculos faciais dela não estivesse imitando nada que estivesse ocorrendo mais abaixo.

— O bebê — ela dizia. — Salve o bebê, Anke.

Automaticamente, ela ficava quieta quando eu colocava o estetoscópio de Pinard sobre a sua barriga, o que era suficiente para que eu sentisse as ondas de calor emanando da sua pele. O batimento cardíaco do bebê estava forte e regular, com bom ritmo, mas senti uma ligeira irregularidade sob a trombeta de madeira, a malha dos músculos da barriga contraindo. Era como se ela estivesse se apertando por dentro.

— O bebê parece bem, Eva, bem e forte. Nós apenas temos de acalmá-lo.

Ela gemeu, sinalizando alguma compreensão. Ela não precisava saber sobre a contração. Se fosse forte demais, ela me diria.

Eu pedi a Lena para resfriá-la com as toalhas e colocar água gelada na boca de Eva, e fui em busca de notícias. No meio do corredor, o capitão Stenz apareceu, com o rosto cheio de preocupação pela primeira vez desde que eu o conhecera.

— Como está a Fräulein? — Sua voz soava ansiosa.

Expliquei sobre a infecção e a necessidade de um médico imediatamente.

— Mas temos que garantir que traga antibióticos e meios para administrá-los rapidamente. O médico já saiu do hospital?

— Irei ligar e verificar. Vou enviar o piloto de motocicleta mais rápido como reserva. Você acha que o bebê está em perigo?

— Não no momento, mas, se desencadear o trabalho de parto, aí sim. As próximas horas vão nos dizer, mas não podemos arriscar movê-la daqui agora.

— Vou avisar o médico.

Quando me virei, ele pegou o meu braço.

— Anke?

— Sim?

— Estou feliz que seja você. Aqui em cima, com ela. Com tudo o que você sabe.

— Assim veremos — eu disse. — Precisamos de sorte do nosso lado também.

19

ESPERA ATENTA

Fiquei sempre ao lado de Eva depois disso, examinando o seu rosto enquanto ela se movia inquietamente no sono, acordando e dormindo de novo, instintivamente apalpando o abdômen enquanto o seu rosto demonstrava desconforto. Sua barriga estava quente ao toque e, às vezes, dura e rija, recuando após sessenta segundos, mais ou menos, para o seu estado normal de concha macia. Eu não pude evitar, mas a imagem do ovo de um dragão surgiu nos meus pensamentos, as ilustrações do meu livro de contos de fadas, uma história favorita que minha mãe lia para mim na hora de dormir. E, no entanto, em todos os meus anos como parteira, nunca pensara nisso, comparando qualquer nascimento ou bebê àquela imagem ardente. Até ali.

Os apertos de Eva se aproximavam cada vez mais, de um a cada quinze minutos para a cada dez, depois em uma média de sete ou oito, escalando perigosamente em direção ao trabalho de parto. Como com qualquer mulher, era difícil medir o nível da dor, mas observei a boca e os olhos de Eva atentamente a cada contração, observando a contorção em seus traços. Até agora, o controle da dor era estático. Talvez um pequeno presente da sorte? A pele dela permanecia pastosa, mas havia perdido o rubor violento de antes, apenas uma linha fraca de suor caindo em torno de seu cabelo.

Foi então que notei, enquanto reorganizava a camisola fina — uma cicatriz na pele do seu pescoço. À primeira vista, pensei que fosse um respingo d'água, e fui limpá-lo, mas logo percebi que era parte dela, fixa. A pele estava levantada como uma queimadura antiga, manchas em torno de uma pequena fenda circular, uma pequena cratera vulcânica. Quase como se ela tivesse sido queimada por um objeto pontiagudo ou — e minha imaginação foi loucamente longe — esfaqueada ou até baleada? Em sua semiconsciência, eu não pude deixar de deslizar os meus dedos sobre a área, e Eva se contorceu, irritada, forçando-me a tirar a mão, como uma criança que não quer largar o pote de biscoitos.

Os minutos passavam ruidosamente no relógio da lareira até que, finalmente, o barulho do cascalho do lado de fora sinalizou uma chegada. Era um médico local de meia-idade, especializado em Obstetrícia em seus dias de hospital, que administrou prontamente os antibióticos. Trabalhamos juntos, administrando uma injeção intravenosa no braço de Eva e um cateter na bexiga, para monitorar a sua urina.

Com os medicamentos serpenteando nas veias de Eva, Lena assumiu a vigilância por meia hora para eu fazer uma pausa, e eu caminhei em direção aos escritórios. O médico estava empoleirado nervosamente em uma cadeira de couro, em frente à mesa, quando eu apareci. Ele e o capitão Stenz olharam para mim com inquietação.

— Ela está dormindo agora, não há mudança para pior — eu disse rapidamente. — Certamente, na última meia hora as retrações diminuíram, e a Fräulein não parece estar sofrendo. A temperatura dela está baixa. O quadro parece estar progredindo.

Dois pares de ombros relaxaram visivelmente.

— Dr. Heisler me disse que os antibióticos devem funcionar rapidamente e saberemos muito mais sobre o estado de Fräulein Braun pela manhã — acrescentou o capitão Stenz.

— Eu também acho — concordei. — Mas, por segurança, vou passar a noite no quarto dela e me reportar a vocês no café da manhã.

O médico remexeu-se de novo, a transpiração brilhando em sua testa.

— Posso providenciar transporte para o hospital local o mais rápido possível, esta noite, se necessário. E um quarto particular, é claro. Privacidade completa.

Capitão Stenz olhou para mim, as suas feições me convidando a dar uma opinião.

— Bem, eu concordo que um médico deve rever o seu estado de manhã — eu disse. — Mas, se a urina da Fräulein estiver limpa e o seu estado melhorar, não vejo motivo para não cuidar dela em casa, como planejado.

— Doutor? — O capitão Stenz estava encarnando novamente o diplomata, mas as suas expectativas eram claras.

Dr. Heisler pronunciou as palavras com cuidado:

— Naturalmente, eu preferiria exagerar nos cuidados por precaução, mas fico feliz de poder examinar a Fräulein em casa, se o consenso geral for esse.

— Obrigado, doutor, a sua experiência é muito apreciada — disse o capitão Stenz, encerrando o jogo de palavras.

De repente, fiquei irritada. Por que eles não podiam simplesmente dizer o que queriam dizer? Por que todas aquelas insinuações e sutilezas, quando todos os presentes sabiam que o verdadeiro significado era sujo e feio, uma ameaça sinistra à única coisa que você realmente podia possuir naquela guerra — a sua vida? O médico iria embora, não cantando vitória, nem se gabando da sorte de ter podido tratar a amante do Führer, mas olhando por cima do ombro diariamente, rezando todas as noites para que ela e o bebê sobrevivessem e que ele não abrisse a porta tarde da noite para uma Gestapo pronta para se vingar. Aquela era a Alemanha em que vivíamos.

Mais do que tudo, eu não conseguia entender por que estava tão irritada com o capitão Stenz por fazer parte daquilo. Afinal, ele pertencia à ss, era um dos escolhidos, um dos meninos de Hitler. Mulher idiota, Anke idiota. Por que eu havia sido tão cega, por que me abrira um pouco para alguém que nunca passaria de meu superintendente ou, pior, meu captor? Depois de anos construindo uma bolha de proteção desde o início da guerra, deixei a minha guarda baixar um pouco por ele. Expus um coração já ferido. E, no entanto, eu esperava mais dele, da nossa interação; desde o nosso primeiro encontro, eu não o via como um corvo atroz do nazismo. Ali, naquele momento, eu me perguntei: será que ele não era simplesmente muito bom no fingimento, mascarando-se por trás daquele uniforme? Se sim, a máscara era para mim ou para o regime nazista? A irritação intensificou-se como uma coceira que eu não tinha esperança de coçar.

Berlim, fevereiro de 1942

A neve ainda estava caindo espessa, mas o carro estava ao menos aquecido pelos nossos corpos, dois deles atrás de mim, um motorista na frente.
Eles falavam muito pouco sob as abas dos chapéus, olhando sempre para
a frente. Adivinhei exatamente por onde estávamos indo. O imponente
edifício de número oito da Prinz-Albrecht Strasse atuara como galeria de
arte no início dos anos 1930, mas desde então fora transformado por trás
de uma capa escura. Não era segredo que milhares haviam sido sugados
pelas portas ornamentadas, ou, pior ainda, pelas entradas dos fundos,
engolidos por suas entranhas. A sede da Gestapo não era lugar para uma
visita agradável.

No carro, eu tremia incontrolavelmente, todas as artérias pulsando
e um buraco doentio no estômago. Talvez por causa do meu trabalho eu
tenha sido capaz de conter um movimento violento no dedo mindinho da
minha mão esquerda, mantendo-a fechada e em concha na minha outra
mão, enquanto pensava na minha família e em todas as coisas que não
tinha dito a eles. Quando fora a última vez em que disse à mamãe que
a amava? Passado um dia com Ilse? Tido uma conversa com Franz? A
guerra inundou todos nós, e agora estava prestes a me inundar também,
talvez para sempre.

Chegamos à elegante entrada da frente; a Gestapo possuía muitos segredos profundos, mas os interrogatórios de dissidentes não era um deles. Eles
não tinham vergonha do abate de oponentes em nome do Reich. O grande

vestíbulo e os corredores de mármore estavam mal iluminados — passamos por várias passarelas compridas e margeadas por portas antes de subir degraus de pedra por vários andares, até as minhas panturrilhas começarem a doer. Ali, o prédio era muito menos ornamentado — na verdade, era decrépito. Por fim, paramos em frente a uma porta com um número nove desenhado na madeira arranhada e caindo aos pedaços. A minha escolta abriu-a e disse: "Aqui".

O cômodo estava escuro e frio, com tábuas nuas e uma pequena janela no topo da parede, fora do meu alcance. Tinha sido deixada aberta de propósito, imaginei. Esfreguei os meus braços instintivamente. Havia trocado o meu uniforme por uma blusa leve antes de sair do hospital; meu cardigã e casaco estavam na casa de Nadia, e eles — os que foram me buscar — não me permitiram pegar nenhum deles antes de ser escoltada. O frio em si era um método eficaz de tortura, pensei. Essa palavra continuava piscando diante dos meus olhos e, por mais que tentasse, não conseguia afastá-la — como uma mancha escura, feia e oleosa que fazia o meu corpo tremer de medo.

Havia uma cama com um colchão nu. Mas nada mais, nem jarro ou tigela de água, nem penico. De repente, percebi que estava com muita sede e, ao mesmo tempo, precisava esvaziar a bexiga. O suor do parto de Nadia secara a minha hidratação, e eu também podia sentir um odor azedo subindo do meu corpo. Aquele banho que prometera a mim mesma agora parecia uma fantasia distante. Se eu não chegasse ao banheiro em breve, seria forçada a me aliviar no canto da sala e depois conviver com o fedor. Talvez fosse isso que eles quisessem, parte do ritual? Arruinar a pessoa com os seus próprios dejetos.

Senti uma repentina onda de cansaço e me enrosquei na cama, encarando o brilho fraco da neve que caía, que formava um quadrado no teto. Eu agucei os ouvidos para escutar sons de Berlim — carros, bondes, risadas e conversas que me convenceriam de que o mundo lá fora era normal, e não congelado como ali dentro. Mas, ali em cima, parecia que a Gestapo também detinha o monopólio dos sons. Eu me abracei e me encolhi, sentindo-me completamente sozinha.

Depois do meu turno da manhã e do nascimento de Nadia, a exaustão deve ter tomado conta do medo, porque eu acordei com dois homens entrando na sala.

— Fräulein, levante-se. Rápido.

Ainda estava escuro, e eu só conseguia distinguir as suas formas pela luz no corredor. Sentei-me e calcei os meus sapatos enquanto eles se mexiam impacientemente. Atravessamos mais corredores, descemos vários andares e voltamos à antiga galeria de arte, de frente para outra porta.

Pelo menos estava mais quente naquela sala, com a luz elétrica da única lâmpada, mas sem janela. Fui guiada para uma cadeira ao lado da mesa de madeira nua, com uma cadeira vazia em frente. Eu seria interrogada. Mas por quem? E o que eles fariam? Rumores da tortura criativa da Gestapo circulavam constantemente em Berlim, e era difícil saber o que era fato ou ficção para alimentar o medo. Tudo parecia incrivelmente desumano.

Eles me deixaram ali por não sei quanto tempo, pois meu relógio havia sido tirado de mim. Eu racionalizei que isso fazia parte do plano — suspender a mente em meio ao limbo, de forma que eu não conseguiria vencer a própria fadiga, sede ou fome. E eu estava sentindo todas essas coisas, sem jantar na noite anterior, e a última bebida tomada fora o chá de Minna. Pensei em seu rosto aterrorizado e angustiado quando as botas barulhentas invadiram o espaço seguro que criamos, gritando "desculpe" quando olhei para trás. Eu não tinha dúvida de que ela não revelara informações do parto — a tristeza era por ter me colocado em perigo.

Evitei os horrores do futuro tentando rememorar o passado: contando o número de bebês que trouxera ao mundo, os partos que realizara — algo que deixaria para trás caso fosse cuspida para fora daquele prédio em um caixão. Um legado do qual os meus pais poderiam se orgulhar. "Oh, Senhor, mamãe e papai... Eles devem estar morrendo de preocupação!"

Ele entrou, bateu os calcanhares, jogou uma pasta sobre a mesa e sentou-se em frente. Abrindo o arquivo, folheou algumas páginas e olhou para cima, com um sorriso fraco. Era meio amigável, não o sorriso sujo que eu esperava.

— Fräulein — ele disse formalmente.

Era loiro, mas com uma mecha avermelhada nos cabelos e um bigode pequeno e mais fino do que o do Führer, dando a ele um ar de estrela de cinema. Seus olhos eram de um azul brilhante e aguado, e ele parecia, em seu terno marrom, uma raposa antropomorfizada.

Continuei em silêncio, e algo me disse para não demonstrar o meu desespero. Tentar, pelo menos.

Mãos estendidas sobre a mesa, ele começou:

— Você sabe onde está?

— Na sede da Gestapo.

— Você sabe por que está aqui? — Ele folheou de novo as páginas, e eu vi a minha foto do hospital.

— Imagino que seja porque eu estava ajudando uma mulher a dar à luz no bairro judaico.

Surpreendentemente, não havia tremores na minha voz. "Mantenha a calma, Anke", lembrei a mim mesma, "não antagonize".

— Isso é algo que você faz sempre? — O tom dele era de um diretor de escola lidando com um aluno levemente irritante.

— Não é costumeiro.

— Mas você já fez isso antes?

— O que dizem os meus registros?

Ele sorriu, gostando do jogo, talvez porque soubesse que não poderia perder.

— *Dizem que você gosta de ajudar os judeus.*

— *Eu gosto de ajudar pessoas. Pessoas que precisam de ajuda. É verdade que algumas delas são judias.*

"Cuidado, Anke — tempere a fúria, seja esperta."

Ele pegou um maço de cigarros do bolso e me ofereceu um. Eu fumava apenas ocasionalmente, mas fiquei extremamente tentada, exceto pelo fato de que isso talvez piorasse a minha sede. Eu abanei a cabeça. Ele acendeu um, soltou uma nuvem de fumaça em direção à lâmpada e recostou-se.

— *Parece que toda a sua família, a sua família alemã, Fräulein, não sabe ao certo onde estão as suas lealdades. Com o Reich ou com os seus amigos judeus.*

Eu me assustei com a menção da minha família. Certamente eles vinham me observando, rastreando os meus movimentos no gueto — onde alguém havia nos traído? Na pior das hipóteses, espionando-me no hospital. Mas em casa?

— *Isso não tem nada a ver com a minha família — disse bruscamente, com evidente desespero.*

— *Eu preciso discordar — respondeu ele.*

Agora ele estava aproveitando o seu trunfo com uma expressão astuta aos olhos. Prosseguiu:

— *Além da associação do seu pai com dois importantes líderes comunitários judeus, há visitas da sua mãe a várias famílias judias para levar comida.*

Aquilo era uma surpresa para mim; eu sabia que eles tinham estado em contato com várias famílias — ex-colegas do papai na universidade —, mas nenhum dos dois nunca mencionara um contato real.

— *Talvez elas estivessem com fome — eu disse.*

— Talvez sim. — Antes, o tom havia sido leve, mas agora sua voz endureceu. — Mas talvez haja famílias alemãs também necessitadas. Foram observadas três vezes — nesse ponto ele espiou as anotações — em que a sua família não fez a contribuição obrigatória de domingo e duas vezes em que não contribuiu para o Fundo Alemão do Bem-Estar.

Era verdade. Eu sabia que mamãe odiava a regra que exigia que toda família fornecesse um pote de comida aos domingos, a ser distribuído, supostamente, às famílias alemãs necessitadas, mas amplamente conhecido por ser apropriado por tropas já bem alimentadas.

— Tenho certeza de que foi um descuido — defendi. — Às vezes ela é esquecida.

— Hmm, talvez sim. Mas diga-me, Fräulein, você também se esqueceu de relatar — ele fingiu examinar novamente as anotações — as três vezes em que bebês nasceram com deficiências em seu hospital? Em oposição direta à diretriz da qual você foi informada, muito claramente, por seus superiores? Posso citar as datas, se quiser.

A minha mente ficou em branco. Não havia como negar. Eu havia conspirado duas vezes com outras parteiras para poupar bebês da separação de suas mães e de um futuro desconhecido. Certa vez, com uma criança obviamente cega, com os olhos esfumaçados e opacos cheios de cataratas, eu agira totalmente sozinha. Sentada ali, lembrando o olhar vazio e invisível do bebê, que, no entanto, parecia um apelo, não me arrependi das minhas ações — apenas de onde elas haviam me levado.

— O que você vai fazer comigo? — eu disse categoricamente. — Posso pelo menos entrar em contato com minha família? Eles ficarão preocupados.

— A sua família está bem e estão em boas mãos, eu te garanto — ele disse em tom casual.

— Como assim, em boas mãos? Eles não têm nada a ver com minhas ações, com o que eu fiz. — A minha voz traiu o pânico.

Ele fechou o arquivo e colocou as mãos sobre a pasta, o azul de seus olhos brilhando... Ele achava divertido? Sentia excitação?

— Dada a sua experiência, Fräulein, e a sua profissão, estou surpreso com a sua ingenuidade — disse ele calmamente. — Não pense que essas ações contra o Reich ficarão impunes. — Ele viu o olhar de puro terror passar pelo meu rosto e gostou de provocá-lo. — Ah, não se preocupe, Fräulein Hoff, não haverá repreensões físicas. Estou confiante de que você não tem nada de valor para nos contar. Nós sabemos tudo sobre você. Mas a sua presença em Berlim é, digamos, um problema para as forças do Reich. Lealdade é a chave. E não podemos confiar na sua família com relação a essa lealdade. Você já ouviu falar do Decreto Contra Inimigos Públicos, ou pragas nacionais, como gostamos de chamar? — Ele realmente estava sorrindo agora, com a marca do humor nazista. — Bem, você faz parte desse grupo: uma praga. E o que fazemos com pragas?

— São destruídas, imagino.

— Oh, nada tão desumano, Fräulein. — Ele arrumou os papéis, em conclusão. — Mas precisamos impedi-las de infectar os outros com o seu veneno. Colocamos as pragas em um recipiente... uma barreira eficaz e, às vezes, assim o veneno se esvai.

— Deem uma punição a mim, mas não à minha família — eu disse, em uma última tentativa.

Mas ele se levantou.

— Receio que não seja uma decisão minha, Fräulein. Você plantou as sementes, e como dizem? Você colhe o que planta. — Dessa vez, os seus olhos e a linha da boca exalavam uma superioridade presunçosa. Trabalho fácil para ele naquela noite. Uma tarefa simples, mas excitante o suficiente para motivá-lo: — Boa noite, Fräulein.

Eles me deixaram ali por um bom tempo, cultivando as minhas próprias imaginações horrorosas, depois me levaram de volta ao mesmo quarto. Ainda estava frio, mas com a luz de um novo dia entrando pela janela. Um jarro de água estava no chão, ao lado de um copo lascado e um pedaço de pão. Pus os dois na minha boca, com fome, e deitei na cama novamente.

A cena imaginada na minha cabeça não se esvaía — da batida na porta da casa dos meus pais, passando por mamãe e Ilse e descendo as escadas até o rosto cinzento de papai. Vívido demais. Eu não conseguia parar de piscar, como que bicando a minha consciência, sabendo que fora eu quem os colocou sob o temido olhar do Führer. Eu, cuja simples ideia de justiça nos colocou à mercê do pior tipo de vingança, daqueles que não tinham senso de justiça nenhum.

O que foi que eu tinha feito?

20

A FORÇA DE EVA

A minha noite foi longa e instável, embora Eva dormisse profundamente, murmurando algumas palavras durante o sono. Frau Grunders montou uma cama para mim no quarto depois que eu recusei que ela fosse colocada no quarto ao lado, com a porta aberta. A cama — a cama dele — não foi oferecida, e fiquei agradecida por isso. Por mais bobo que parecesse, eu não suportava a ideia de compartilhar o ar do Führer, alguma molécula restante de seu interior imundo, algo comum a nós dois. Ele já havia tocado o suficiente na minha vida, e eu não queria nenhuma outra parte dele.

Verifiquei o batimento cardíaco do bebê antes de me arrastar para debaixo das cobertas, depois de novo pela manhã — parecia imperturbável, bombeando feliz e se contorcendo irritadamente sob a minha mão.

— Você fique aí por mais um tempo, garotinho — ouvi-me dizendo, enquanto Eva dormia, seu corpo flácido de exaustão.

A temperatura dela estava dentro da faixa normal e a urina, praticamente limpa. Os antibióticos estavam quase no fim, e fiquei feliz em deixá-la sozinha brevemente.

Tomei café da manhã e saí para o belo e brilhante dia de primavera — aquela familiar saída da caverna do turno da noite, os raios do sol pegando você de surpresa. Eu havia dormido, mas acordado quase a cada hora para colocar a mão na testa de Eva, e, por isso, os meus olhos denunciavam o cansaço. Peguei o meu prato e fui até a varanda, por um pouco de consolo e privacidade. No entanto, não me importei quando o capitão Stenz subiu pelo caminhozinho, seu olhar deslizando naturalmente para a vista do pico.

— Bom dia — ele disse alegremente.

— Bom dia, capitão Stenz.

— Dieter, por favor. Achei que concordamos que formalidades não eram mais necessárias. Fico feliz em vê-la aqui. Suponho que isso signifique que não há com que nos preocuparmos?

— Sim, acho que Fräulein Braun superou o pior. A febre parece ter passado, e o bebê parece bem.

— Fico feliz. E aliviado. Por todos nós.

Ficamos desfrutando da vista gloriosa por um momento ou dois, até que uma nova curiosidade brotou na minha garganta.

— Dieter, você sabe alguma coisa sobre os ferimentos em Fräulein Braun?

— Lesões?

— Ontem à noite, notei algo no pescoço dela. Uma cicatriz ou algo assim… Não tenho certeza. Talvez um *tiro*?

— Ah.

Ele exibiu uma expressão semelhante à que exibira durante o primeiro encontro, meses antes, como se um segredo tivesse vindo à tona.

— Você diz isso como se soubesse do que estou falando?

— Bem, digamos que Fräulein Braun nem sempre tenha sido tão feliz quanto ela é agora.

Levei alguns segundos para entender aquilo.

— Você está dizendo que ela tentou se matar? E *sobreviveu?* — Agora os meus olhos não estavam mais meio abertos.

— A suspeita é de que ela apontou para o coração, mas felizmente errou. Isso foi há muito tempo, antes da guerra — disse ele. — Foi como um pedido de ajuda. Não foi a única vez.

— Ajuda de quem?

Ele olhou para mim interrogativamente.

— Dele, é claro.

— Mas ela o ama, até onde eu sei. Ela o idolatra.

— E o amor não é complexo? Tem certeza de que ele corresponde ao carinho?

Eu ponderei sobre a pergunta, todas as conversas com Eva voltando à minha cabeça — o seu humor, a sua necessidade de contato humano. O desejo era forte da parte dela, desesperado às vezes. E, no entanto, ela era a única mulher em Berghof, a amante oficial. Certamente aquilo devia significar alguma coisa?

— Ela está grávida — eu disse, e percebi imediatamente que estava sendo ingênua.

— Todos os homens têm necessidades — disse ele. — Nem sempre é igual a amor. Ou compromisso. Mas agora… agora Eva pode sentir que tem seu último trunfo, mais poderoso do que qualquer ameaça.

— E vai funcionar?

Dieter levantou-se e olhou da esquerda para a direita, verificando se a patrulha não estava passando.

— Ele não a trata tão bem quanto deveria. Qualquer mulher, aliás.

— O que você quer dizer? — respondi. — Ele é cruel com ela? Eu nunca vi nenhuma evidência.

— A crueldade vem de todas as formas — disse Dieter, abruptamente. — No Führer há um desprezo, um profundo desprezo, pela inteligência das mulheres. Eu já testemunhei. Vamos colocar da seguinte maneira, Anke: você e ele não se dariam bem. Nem um pouco.

Ele conseguiu dar um sorriso fraco, e eu aceitei aquela espécie de elogio. Ele pegou as luvas e foi embora, os olhos na vista.

21

RECUPERAÇÃO E REFLEXÃO

Não pude pensar seriamente naquela última revelação, pois fui chamada para me encontrar com o dr. Heisler e apresentar o meu relatório. Ele examinou Eva brevemente e declarou-se feliz por poder ir embora — o seu rosto parecia profundamente aliviado — e me disse para ligar para ele mais tarde. Ele voltaria se houvesse algum sinal de recaída, mas esperava que não, realmente esperava que não.

Eva acordou mais tarde naquele dia, grogue e precisando de uma explicação cuidadosa das últimas vinte e quatro horas. Os seus olhos azuis ficaram alarmados quando eu contei a ela, mas, uma vez que ouvi o bebê, com vários membros respondendo ao meu toque, ela ficou mais calma. O alívio em seu rosto era óbvio — não por si mesma, mas pela criança. Apesar de toda a sua tolice e ignorância, a sua natureza irritantemente alheia à vida fora de Berghof, Eva permanecia como no dia do nosso primeiro encontro, altruísta no que dizia respeito à vida do bebê. Ela pegou a minha mão enquanto eu mexia nas cobertas.

— Obrigada, Anke. Obrigada por cuidar de nós. E a Lena também. Somos gratos.

O "nós" implícito era ambíguo — não pude deixar de pensar: ela quis dizer ela e o bebê, ou ela e o pai ausente? Será que ele se importava?

Livre dos catéteres, Eva estava bem o suficiente para sair da cama e entrar no banho, e logo ficou mais animada depois de lavar o cabelo e aplicar um pouco de maquiagem. Eu aproveitei a oportunidade para tomar banho também e ir para a minha varanda, aproveitar a brisa da tarde fazendo cócegas nas raízes dos meus cabelos molhados, quando o capitão Stenz apareceu novamente. Estava se tornando um hábito.

— Boa tarde, Anke. — Ele se sentou na mesma hora, sem formalidades.

— Boa tarde, Dieter. Estou surpresa em vê-lo aqui tão cedo. Pensei que você teria reuniões.

— Sem importância em comparação com os eventos daqui de cima — disse ele. — A minha prioridade continua sendo o bom andamento... bem... como eu disse, dos eventos daqui de cima.

— Você quer dizer a gravidez? Bebê da Eva? Bebê do Führer? É isso o que você quer dizer? — Ficava irritada quando ele não falava claramente comigo.

— Sim, é isso que eu quero dizer — ele disse com as sobrancelhas arqueadas. — Por que está tão irritada?

— Bem, se é assim, por que você não pode dizer com todas as letras? — A minha voz era urgente, se não elevada. — Por que sempre há insinuações, palavras veladas, como em uma tragédia shakespeariana? É isso que eles ensinam a vocês, oficiais, que insinuações nunca são tão ruins quanto a verdade nua e crua? Essa pobre criança, é como se estivesse escondida antes mesmo de nascer.

O FILHO DE HITLER

Passei os dedos pelos fios molhados do meu cabelo, deixando a frustração se esvair. Seu rosto fechou-se, desolado. Por um segundo, ele parecia um garotinho magoado, por eu tê-lo igualado aos outros, reduzido-o a seu uniforme em vez de ao homem dentro dela.

Ele levantou-se, o seu rosto ficando pálido.

— Eu acho que...

— O que você acha, Dieter? O que você *realmente* acha? Me diga.

As veias em seu pescoço estavam saltadas, como se as palavras estivessem lutando para sair. A diplomacia condicionada as derrotava.

— Acho que você não entende o quão complexo é isso, Fräulein Hoff. A corda bamba em que esse bebê estará.

Ele parecia ter falado demais, como se desejasse retirar a última frase.

— Como assim? — Pisquei.

Mas ele já estava se virando.

— Bom dia, Fräulein Hoff — Ele deu as costas para mim, e vi os ombros quadrados e tensos.

— Dieter, volte aqui! Me desculpe, eu não quis... — Mas as minhas palavras se perderam na brisa.

Dormi mal novamente naquela noite, mesmo no conforto da minha própria cama. As últimas palavras de Dieter rolavam continuamente na minha cabeça — ele acreditava que o bebê já estava ameaçado? Um pobre pedacinho de vida, inocentemente dando cambalhotas no interior de sua mãe, destinado a vagar — já era um peão, um demônio, um anjo e, ainda assim, apenas carne e sangue. Como o seu pai. Muito parecido com o que acontecia com os bebês do campo de concentração: melhor dentro do que fora, havia segurança na gestação.

Pensei também no ferimento no pescoço de Eva, no momento em que ela se sentiu tão desesperada pelo amor do seu homem que apontou uma arma para o próprio coração. Mal mirada, mas confortável em sua pele, mesmo assim, com a certeza de causar algum dano e, possivelmente, a morte. Quão profundo era seu desejo pela atenção do outro? Eu tinha certeza de que ela queria ser mãe — eu já tinha visto indiferença suficiente no Lebensborn para saber que ela sentia isso profundamente. Mas ela não podia deixar de perceber que o bebê também poderia significar a sua perda, talvez do coração conquistado com tanto esforço, de um casamento e até do seu lugar como mãe da Alemanha.

Dieter estava certo — por mais injusto que parecesse, o bebê era mais do que mera carne e sangue, e eu fora ingênua ao pensar que poderíamos tratar dele apenas como mais um parto entre milhares. Precisaríamos mais do que das habilidades de Obstetrícia para garantir o futuro de todos.

22

NOVOS DEMÔNIOS

Eva teve uma visita na manhã seguinte. Magda Goebbels chegou a Berghof com flores e chocolates. "Para a paciente", eu a ouvi dizer. Fui devidamente convocada para o terraço e interrogada sobre o andamento da gravidez. Nessas visitas, Eva era como uma criança assustada na presença de uma tia arrogante, enquanto Magda comentava como estava aliviada por tudo ter se acalmado e o bebê estar saudável. Pensei nessas palavras de falso prazer grudando em sua garganta fina e branca, de ver que Eva estava passando bem e que o bebê estava ileso. O seu próprio desejo esmagado.

Mas a visita não foi sem alegria. Logo atrás, a forma esbelta de Christa contornou a casa e caminhou em direção à minha varanda.

— Anke! — Nós nos abraçamos como amigas separadas há muitos anos.

— Como você encontrou uma desculpa para vir?

— Cranberries — disse ela, com um sorriso largo. — Eu convenci a patroa de que essas frutinhas são boas para evitar futuras infecções, e não acho que ela tenha podido recusar.

— Bem, elas são mesmo, e eu estou muito feliz. Ansiosa para ter alguém com quem conversar.

Christa me atualizou sobre a política dos Goebbels; com os Aliados em uma posição de poder, Joseph estava impondo o seu humor em uma casa já estressada, onde as tábuas do chão eram como cascas de ovos. As trocas audíveis entre marido e mulher eram amargas e tensas, e Joseph estava desesperado por concluir a produção de sua nova ferramenta de propaganda.

— Do jeito que fala, tenho certeza de que ele pensa nesse bebê como uma espécie de novo tanque ou aeronave — zombou Christa.

De repente, ela se virou e avistou uma única patrulha fazendo a ronda no perímetro. O guarda era jovem, entediado e facilmente atraído por seu rosto bonito, o seu uniforme de criada assegurando que nenhuma de nós estava prestes a fugir.

— Nós estamos descendo apenas para colher algumas flores para a patroa.

Ela lançou o seu sorriso mais doce em sua direção, e ele assentiu, olhando com interesse para a sua figura atrevida enquanto ela me puxava para a Teehaus. Eu me senti estranhamente fora da minha zona de conforto, sem Eva ou a sua permissão.

— Por que estamos aqui fora? — perguntei enquanto reduzíamos a velocidade.

— Bem, nunca se sabe — disse Christa. — Estou começando a acreditar que as paredes realmente têm ouvidos.

Os seus olhos se voltaram para as árvores, com suspeita.

— Por quê? O que está acontecendo?

— Fui contatada — ela olhou diretamente para mim, uma mistura de medo e emoção em seus olhos.

— Como assim, *contatada*? Por quem?

— Não tenho certeza. Ela era alemã e me disse que eles sabiam. Sobre o bebê.

Parei de andar e tentei digerir o que ela estava dizendo.

— Como eles sabem? E quem são eles?

— Eles sabem que é o bebê do Führer, mais ou menos quando o bebê deve nascer, mas quanto ao "quem", eles não foram claros. Tenho certeza de que não são amigos do Reich.

— A resistência, talvez? Ou espiões dos Aliados? — Eu estava tentando adivinhar, já que o meu conhecimento da oposição na Alemanha era limitado ao que eu havia ouvido no campo de concentração. Boa parte dos reclusos era alemã, presa por sua recusa em seguir o Führer. Era perfeitamente possível que um movimento de resistência nascesse dentro do nosso próprio país. — O que eles queriam de você, quero dizer?

— Informações — disse Christa, puxando o meu braço novamente para me fazer continuar andando. Ela falou com uma voz leve, em vez de um sussurro, como se estivéssemos tendo uma conversa diária sobre o clima. — De alguma forma, eles sabiam que eu tinha contato com a parteira, mas não disseram o seu nome.

— Você contou alguma coisa a eles? Eles a ameaçaram?

— Eu não disse nada, mas não me senti em perigo. Estava andando na cidade quando uma mulher me alcançou e começou a falar. Eu poderia ter parado e gritado, pedido ajuda, mas não o fiz. É estranho, Anke, e não tenho experiência ou motivo para pensar, mas tive a sensação de que eles eram amigos da Alemanha. Não inimigos.

A ideia de que Christa e eu tivéssemos sido tragadas para uma profunda intriga política me deixava zonza. A vida em Berghof estava se tornando cada vez mais surreal.

— Amigo ou inimigo do nosso amado líder, a pergunta é se são amigos do bebê — eu disse finalmente. — Sabe, Christa, não mudei de ideia. Estou aqui para garantir a passagem segura da mãe e do bebê. Eu posso não ter uma compaixão especial por Eva, nem aprovar as suas escolhas como mulher, mas isso não vem ao caso.

Christa, então, parou.

— Eu sei, Anke, e respeito isso. Estou tão confusa quanto você. Sou empregada doméstica, não mensageira, muito menos espiã. Só quero que essa guerra vá embora, para que eu possa voltar para o meu pai.

Eu suspirei pesadamente.

— Você e eu também.

Nós apanhamos distraidamente algumas flores silvestres, para ter algo para mostrar da nossa excursão.

— Então, como terminou o encontro? — perguntei.

— A mulher me disse que entrariam em contato. Depois, foi embora. O que você acha que devemos fazer?

Eu não tinha dúvidas. Informações envelheciam como um bom conhaque. Ganhavam valor quanto mais você se apegava a elas — eu aprendera isso no campo de concentração. Deixar isso à mostra podia ter consequências terríveis para todos.

— Não faremos nada, ficaremos quietas. Você não contou a mais ninguém, contou?

— Não, claro que não.

— Então é assim que vamos ficar. Continuamos vivendo como se nada tivesse acontecido. Não podemos confiar em ninguém. Apenas uma na outra.

Ela olhou para mim, um rosto de inocência — provavelmente tinha a mesma idade da minha irmã, Ilse, talvez até mais nova — mas isso mascarava uma mente muito mais sábia do que se esperaria na sua idade.

— Apenas uma na outra — repetiu ela.

Agora parecia uma boa hora para perguntar:

— Tenho pensando há um tempo, depois do bebê de Sonia, e agora estou mais convencida de que preciso que você ajude — eu disse. — No parto de Eva, quero dizer. Preciso de alguém em quem posso confiar, alguém que me conheça. É pedir muito?

Os lábios de Christa se abriram e ela colocou a mão no meu braço.

— Eu fico honrada e comovida com o seu convite. Estou com medo, mas não há nada como um parto para aliviar o peso da vida. Eu sei disso agora. — O rosto dela ficou um pouco sombrio. — Você acha que eles vão me deixar?

— Bem, eu não escrevei isso no meu caderno de anotações até agora. Mas Eva é facilmente persuadível, e o que a Fräulein quer, ela parece ser capaz de obter. E o capitão Stenz, bem, tem sido razoável até agora.

Ela estreitou os olhos para mim, surpresa por eu estar exaltando as virtudes de um oficial da ss. Logo eu.

A comunicação subindo e descendo a montanha era a nossa maior barreira, decidimos. Se Christa fosse contatada novamente, eu precisava saber, mas as suas viagens a Berghof eram raras. Envolver alguém, mesmo inocentemente, era perigoso. A lealdade de Daniel, o motorista, era um mistério. Pacotes de comida passavam pela cozinha, e eu não tinha certeza de que conseguiria interceptá-los a tempo. Christa teve a brilhante ideia de ajustar algumas roupas de bebê, com boas razões para enviar pacotes diretamente para mim. Só podíamos esperar que eles chegassem às minhas mãos sem serem revistados.

Voltamos ao complexo quando Magda Goebbels já estava se despedindo nos degraus. Christa me entregou as flores e correu em direção ao carro.

— Ah, aí está — Magda disse em tom de desaprovação enquanto esperava a porta do carro ser aberta.

Ela me viu quando se virou.

— Fräulein Hoff, acredito que não nos veremos até depois do grande dia. Pelo menos espero que não. — Ela deu um meio sorriso, cuidadosamente polida. — Por favor, deixe-me saber se pudermos ajudar de alguma forma.

Ela se sentou elegantemente no banco do carro e se foi. Perfeito — ela havia oferecido a sua assistência, e eu a aceitaria, solicitando Christa. Duas poderiam jogar no jogo de propaganda.

De volta à minha varanda, pensei sobre aquela última reviravolta. Eu não ficaria surpresa se Goebbels e a sua mente calculista estivessem por trás da abordagem de Christa, testando as minhas lealdades e usando-a como intermediária para observar as nossas reações. Mas estar em aliança com Goebbels também representava um perigo, e eu me contorci diante do pensamento.

Eu não podia confiar em Dieter — não o conhecia o suficiente para saber as suas crenças mais profundas. É claro que simpatizava com qualquer grupo que conspirasse contra Hitler e suas ideias hediondas, mas se esse fosse um verdadeiro grupo de resistência, eu poderia mesmo confiar nas motivações deles a ponto de envolver um recém-nascido? As apostas eram altas, e talvez não fossem melhores do que as de Goebbels na intenção de usar o bebê de Eva como um peão — ou, pior, ver a sua perda como um simples dano colateral. Não, pensei que o melhor plano era ficar calada e esperar que o ministro da propaganda tivesse mais coisas com que se preocupar do que a minha lealdade, ou que houvesse uma resistência que pudéssemos ignorar com facilidade.

23

NUTRINDO

Eva recuperou as suas forças na semana seguinte, um testemunho de seu corpo resistente antes da gravidez. Talvez abaladas pelo perigo vencido, começamos a conversar sobre o parto. Sentadas na ampla varanda, ou andando com Stasi e Negus até a Teehaus, tentei relatar a duração e a intensidade de um primeiro parto, sem pesar muito na exaustão ou na aparente agonia que algumas mulheres experimentavam.

Como descrever uma contração, a sensação de uma rede de músculos apertando-se que parecia uma horrível patologia, mas que era perfeitamente natural? As parteiras lutavam, com ou sem a sua própria experiência, para pintar um quadro otimista. Tomei cuidado para apimentar a minha conversa com pontos positivos, ciente de que Eva poderia optar por uma cesariana a qualquer momento, no pico intenso da jornada, e os médicos estariam prontos para fazer isso, ansiosos por garantir a segurança do bebê do Führer a qualquer custo.

A tendência natural de Eva de ver o mundo de maneira ingênua era uma clara vantagem; ela não parecia muito confiante, mas também estava envolvida com o mundo real, o suficiente para não ter sido completamente infectada pelo medo do parto que havia na

Alemanha ou exposta às histórias de pavor das fofoqueiras bem-intencionadas.

Quando expliquei sobre a calma vital de Christa no nascimento de Sonia, Eva foi facilmente conquistada. Eu sabia que ela não possuía nenhuma lealdade às criadas de Berghof, a maioria das quais já havia destratado em meio à sua fúria de solidão ou negligência do Führer. Ela enviou uma carta para Frau Goebbels imediatamente, e Daniel ficou encarregado de buscar Christa alguns dias depois. As duas deram-se bem imediatamente. Tomando chá na varanda, Christa de repente era muito mais do que uma criada, e a expressão de Eva refletia o que ela estivera desejando nos últimos meses de exílio — companhia e amigos. Era estranho que ela tivesse encontrado essa amizade em uma prisioneira e em uma criada.

Recostando-me, eu estava ciente de algo intrínseco entre as duas que, apesar dos verdadeiros sentimentos de Christa com relação à guerra, criava um vínculo entre elas que eu mesma não tinha com Eva. Talvez fosse uma educação mais tradicional, não influenciada pelo liberalismo dos meus pais, que as tornava, de alguma forma, mais *alemãs*. Fiquei satisfeita por elas terem essa conexão; isso me permitiria abandonar um pouco o meu papel de motivadora no dia do parto e me concentrar na jornada clínica. E também manter os predadores afastados.

O humor de Eva manteve-se, em geral, otimista, impulsionado por várias cartas com a insígnia do Führer e uma visita, finalmente, de sua irmã, Gretl. Como a futura esposa de um oficial da ss a favor de Hitler, a irmã mais nova de Eva desempenhou o seu papel perfeitamente, chegando à entrada de automóveis em seu sedã preto e saindo elegantemente do carro, lábios como uma sirene vermelha, a mão firmemente no braço do motorista; as fofocas da cozinha sugeriam que a reputação de Gretl era de flertar com oficiais de várias categorias.

Gretl chegou carregada de caixas e presentes para a sua nova sobrinha ou novo sobrinho, e as duas conversavam sem parar durante o chá na sala de estar, ou deitadas no terraço, sob guarda-sóis, batendo papo sobre os planos para "depois da guerra" e "quando mamãe e papai vierem para ficar". Elas também planejavam a festa de casamento de Gretl em Berghof, marcada para o início de junho e inalterada — mesmo com a data do parto de Eva à mesma época. Se Eva realmente acreditava no papel de "família feliz" de Gretl, eu não saberia dizer, mas, quando fui chamada para ser apresentada a Gretl como "a minha indispensável parteira", Eva parecia mais alegre do que eu a vira em semanas, como se estivesse realmente preparando-se para uma vida doméstica feliz no topo do mundo.

Era a ausência do capitão Stenz que mais me preocupava. Com os preparativos a serem feitos, preocupei-me por ter rompido o fino fio da amizade que tínhamos. Sentava-me na varanda todas as manhãs, desejando que o seu carro parasse, para ver a sua forma alta caminhando em minha direção, aquela cabeça loira na meia-volta.

Eva estava de trinta e quatro semanas e movia-se pesadamente, da forma característica das grávidas, quando ele reapareceu. Ela e Gretl haviam ido de carro até o lago, a alguns quilômetros de Berghof, e eu estava esperando o retorno delas. Ironicamente, pediram-me que escrevesse uma carta ao capitão, lembrando-lhe sobre o equipamento de que precisaríamos. Estava escrevendo quando uma sombra escureceu o papel.

— Fräulein Hoff, bom dia — disse ele.

— Ah! Ah, capitão Stenz, eu... pensei que não voltaria nunca mais. — A minha voz foi estridente, soando ridiculamente frívola.

— Por que eu não voltaria? Esta é minha principal preocupação no momento.

— Bem, depois de... você sabe, quando nós...

— Batemos boca? — Ele estava meio sorrindo.

— Bem, sim... creio que sim.

— Fräulein... ainda posso chamá-la de Anke? Tenho várias reuniões todos os dias muito mais amargas do que a nossa conversa. Embora nenhuma delas tenha me dado motivo para me preocupar da mesma maneira.

— Preocupar-se com o quê?

— Que tinha perdido a sua confiança, se é que posso supor que tenho um pouco da sua confiança, ou a sua amizade.

— Eu confio em você... como ser humano — eu disse. — E nos considero amigos, apesar das circunstâncias.

— Bem, é tudo o que posso pedir — ele disse e sorriu. — Na atual circunstância.

Ele se sentou e retomamos os planos para o parto. Embora ainda fosse incerto, era improvável que o Führer estivesse presente na casa, disse ele, mas a equipe médica chegaria na trigésima sexta semana e montaria uma sala com equipamento anestésico, aparelho de esterilização e tudo o que fosse necessário para uma sala cirúrgica improvisada. Seria liderada por um médico experiente e por um júnior. Eu atuaria como enfermeira anestésica, se necessário, como havia aprendido no meu treinamento. Eu já esperava isso, mas não conseguia evitar a preocupação.

— Mas eu insisti, para manter a Fräulein tão livre de preocupações quanto possível, para que fiquem em uma casa ao pé da montanha, até que ela entre em trabalho de parto — disse Dieter rapidamente.

— Imagino que você não gostaria que eles perambulassem por aqui por dias ou semanas a fio.

— Você imagina corretamente — eu disse, relaxando um pouco.

— E quando ela estiver em trabalho de parto?

— Bem, essa é uma decisão sua, de quando você me alertará. Eles subirão a Berghof e se posicionarão, discretamente, em um dos quartos do complexo, a menos ou até que você os chame. É o máximo que consigo, Anke. Não tenho controle total, como você sabe.

— Compreendo. E os Goebbels, quando serão informados?

— Herr Goebbels pediu para ser informado quando Fräulein Braun entrar em trabalho de parto. Imagino que ele chegue aqui o mais rápido possível para o feliz evento.

O desdém de Dieter era aparente.

— Sem dúvida, Magda já fez o seu discurso de parabéns — eu disse, o meu próprio sarcasmo não contido.

— Sem dúvida — ele concordou.

Um breve silêncio traçou uma linha de separação entre os assuntos, e Dieter tirou o quepe, sinal de que saíra do papel estrito de oficial da ss. Ele desapareceu por alguns momentos na casa principal e voltou parecendo muito satisfeito consigo mesmo.

— Perguntei a Frau Grunders se podemos jantar aqui. Não sei se ela ficou impressionada, mas eu disse que temos muitos assuntos a discutir — ele falou e sorriu como um estudante atrevido.

Eu devo ter expressado choque em vez do prazer que estava sentindo, porque ele pareceu subitamente alarmado.

— Eu fui longe demais? Devemos jantar lá dentro?

— Não... não! Estou apenas surpresa, agradavelmente surpresa, com a perspectiva de poder conversar durante uma refeição. Já faz um bom tempo que não faço isso.

Além dos breves dias com Christa na casa dos Schmidts, não comia na companhia de alguém havia mais de dois anos. No campo de concentração, era como inalar migalhas de sobrevivência, então eu não considerava aquilo como compartilhar uma refeição, e comer no salão da criadagem significava dizer coisas estritamente superficiais — tinha de ser assim.

Lena trouxe a refeição e a colocou sobre a mesa com um sorriso irônico.

— Logo ficará escuro. Quer uma vela, Fräulein Hoff? — ela disse, e eu atirei um olhar de resposta.

— Não, obrigada, Lena — respondi. — Podemos ver muito bem. Levarei a louça quando terminarmos.

Organizamos os pratos na mesinha, e Dieter serviu dois copos do pequeno jarro de cerveja.

— Frau Grunders pode ser um osso duro de roer — ele falou — mas devo dizer que ela administra uma boa cozinha. Isso é muito melhor do que qualquer coisa no quartel.

Ele se serviu do ensopado de frango, mas parecia claramente desconfortável à mesa pequena, os braços compridos desajeitados e as dobras da jaqueta roçando a louça. As insígnias distintas em seu colarinho refletiam a pouca luz, e os seus punhos empurravam sem querer o prato.

Eu me recostei, olhando para ele.

— Dieter, você quer tirar a jaqueta? — Eu usava apenas uma blusa folgada, e a noite ainda estava quente.

Seu pescoço estava avermelhado contra a gola rígida da jaqueta.

Ele parou, em dúvida.

— Você se importaria? — ele disse e depois riu. — Bem, claramente não, já que você sugeriu!

— Não, não me importo nem um pouco.

Ele começou a desabotoar os botões de prata da frente. Não queria olhar diretamente, mas não conseguia desviar. Depois que todos os botões foram abertos, houve uma liberação palpável de tensão, um suspiro no ar. Por baixo, a sua camisa era branca e amassada apenas pela jaqueta, sem dúvida impecável antes de ser vestida. Quem passava para ele todas as manhãs? Ele não usava aliança e nunca falara em esposa. E nem *parecia* casado, se é que se pode dizer isso de estranhos.

Os seus ombros eram largos, mas, ao tirar a jaqueta, ele perdeu parte do seu corpo; os suspensórios faziam o material da camisa grudar no peito. Tentei imaginá-lo usando apenas as calças, suspensórios soltos ao lado do corpo... Queria vê-lo trabalhando no campo, com o pai, em um dia quente de verão, carregando um motor no alto.

— Anke?

— O quê? Ah, desculpe, me distraí por um minuto...

Podíamos estar sentados do lado de fora de um bom restaurante em uma noite de primavera, cercados pelo espírito zeloso de uma cidade, a tagarelice inebriante dos berlinenses, em vez do gorjeio de pássaros típico do início da noite. Parecia um jantar de verdade, e a conversa fluiu sobre a vida e as nossas famílias, o meu trabalho e o seu estudo. Incrivelmente, conseguimos evitar o tópico da guerra e dos nazistas, e isso me deu esperança de que, abaixo da camada de horror, de desconfiança, pudéssemos ser pessoas comuns, despidas de lealdade a um lado ou a outro.

Uma vez limpos os pratos, ele se recostou na cadeira e, dessa vez, seu suspiro foi óbvio, virando a cabeça para o céu e liberando o estresse do dia como se fosse um vapor. Fixei o olhar no proeminente pomo-de-adão, muitas vezes envolto pela gola da jaqueta. Moveu-se quando ele engoliu, e algo dentro de mim — uma corda tensa no fundo da minha pélvis — moveu-se também, e eu me senti como uma colegial de anos atrás, tomada por pensamentos de culpa.

Ele puxou um maço de cigarros do bolso e me ofereceu. Peguei um e segurei-o desajeitadamente entre os meus dedos, rolando o papel desconhecido, observando o tabaco sob a cobertura translúcida. Desde Berlim eu não fumava um cigarro; a comida era uma moeda muito mais valiosa no campo de concentração. E, em Berghof, era sabido que o Führer odiava fumar. Eu tinha visto Eva fumando clandestinamente enquanto ela descia em direção à Teehaus, mas sabia que ela nunca faria isso à vista dele. No passado, às vezes eu fumava, nunca em casa, mas às vezes em uma noite fora. Todos fumavam àquela época; fazia parte do papel social, colocar o cigarro na boca, balançando-o com um copo de vinho ou cerveja, palavras e risadas preenchendo as lacunas.

As nossas cabeças se aproximaram subitamente quando ele ofereceu fogo, um fio ou dois de cabelo quase tocando. Eu podia sentir o cheiro da sua pele, um cheiro mais forte do que da aura geral ao seu redor. Notei também que a sua mão tremia levemente ao segurar o fósforo. A primeira tragada me fez tossir violentamente, e Dieter riu de bom humor.

— Faz tempo?

— Pois é.

O gosto era dos bons cigarros alemães, feitos para dar prazer, não azedos apenas para atender à necessidade de fumar. Como com o café, decidi saboreá-lo, sabendo que seria o meu último por um bom tempo.

A escuridão desceu e um silêncio veio com ela. Nós dois olhamos o anoitecer e as estrelas pelo menos por dez minutos, observando as nossas nuvens de fumaça consumidas pelo céu azul-marinho.

— Eu nunca consigo acreditar que é possível que o ar fique tão claro — disse ele, finalmente. — Tão límpido.

— Por quê? Porque você mora no mundo real a maior parte do tempo, lá embaixo? — repreendi-o em tom de brincadeira.

Ele pensou por alguns segundos.

— Por causa de toda a lama que está sendo revirada — ele respondeu e subitamente ficou sério. — Não consigo entender como todas as partículas do mundo não estão cheias de sujeira.

Eu não respondi. Como no meu primeiro dia em Berghof, não tinha nada a acrescentar.

Um calafrio repentino invadiu a noite e eu comecei a tremer. Vi em seu rosto que ele teria me oferecido a sua jaqueta, mas os seus traços pensavam na gravidade de tal oferta, e ele simplesmente disse:

— Hora de levar isso tudo, eu acho.

Carregamos a louça juntos, parando desajeitadamente na porta da cozinha.

— Bem, boa noite então, Fräulein Hoff — disse ele.

— Boa noite, capitão Stenz. Imagino que continuaremos a tratar de negócios outro dia.

— Certamente. — E ele se foi pelo corredor, para o quarto que ocupava em Berghof.

Deitei na minha cama, incapaz de desligar. Como toda experiência agradável nos últimos meses, eu a medi com cuidado, pesos-pesados brigando entre si em uma balança, como a da cozinha da minha mãe, só que imaginária. Na adolescência, eu consideraria uma noite como aquela como parte do meu direito de experimentar e, como alemã de classe média, fazer parte da transição para o casamento e os filhos.

Mas, ali, a noite me fez esquecer o campo e a guerra, mesmo que por um segundo, injetando um remorso tão forte que eu queria me purificar fisicamente, arrancá-lo do meu ser e do fundo da minha alma, como um fio embutido lá no fundo. Pior ainda era o prazer que havia encontrado na companhia de um nazista — ao menos nazista no nome, não por natureza. Eu era agora uma colaboradora? Uma daquelas que nós, mulheres, desprezávamos tanto no campo de concentração? Eu me odiava por gostar dele, por querer a sua companhia. E se eu estivesse errada com relação a ele? E se ele fosse cúmplice da crueldade, em primeira mão? Eu considerei a possibilidade de ele estar brincando comigo para o seu próprio prazer — um gato caçador que não quer matar o rato... ainda. De repente, a vida naquela vila do céu parecia complicada demais.

24

INTERESSE CRESCENTE

Encontrei Dieter novamente na manhã seguinte, a caminho do café da manhã. Ele estava de costas para mim, em direção ao vasto espaço entre nós e a montanha próxima, e daquela forma era difícil dizer se ele estava esperando que eu passasse. Um pensamento invadiu a minha mente: era isso que eu queria? Que ele me procurasse?

— Bom dia — eu disse enquanto ele girou bruscamente. — Oh, desculpe, eu não quis assustar você.

— Não... Eu... Bom dia, Anke. Espero que você tenha dormido bem.

— Muito bem, obrigada.

Dei um pequeno sorriso quando os seus olhos se voltaram de novo para a paisagem. Os segundos formigaram em mim, embora não de uma maneira estranha, mas bem-vinda. Eu quase segui em frente sem dizer outra palavra, mas percebi que simplesmente não queria.

— Você está procurando algo em particular? — perguntei, finalmente.

— Não! Não, simplesmente assistindo às mudanças — ele explicou, com os olhos ainda focados. — Sempre fico impressionado com a forma como a natureza está mudando continuamente, mesmo quando não parece ser necessário.

— Isso não é um conforto? Que o mundo segue em frente?

— Hmm, às vezes. — Ele virou a cabeça para olhar para mim, com as feições sérias. — E, no entanto, às vezes, desejo ver um edifício nessa paisagem selvagem, algo sólido. Imóvel.

Eu ri, com um bom humor genuíno.

— Então, você acha que os edifícios têm mais integridade do que as pessoas ou a natureza? Certamente não.

Os seus olhos se arregalaram, pupilas negras e minúsculas no brilho da manhã, em meio a um mar azul. Então ele sorriu, juntando-se à piada.

— E sei que você me desafiaria se eu dissesse que sim, às vezes acho que sim.

— Bem, você teria que provar isso antes que eu pudesse interferir — eu falei, alfinetando gentilmente.

— Você já esteve em Nova York? — ele disse.

— Não, ainda não, mas gostaria.

— Então, se você for, precisa ver o edifício Chrysler em Manhattan.

Os seus olhos repentinamente brilharam com a lembrança de suas viagens antes da guerra.

— É uma coisa linda: alta, brilhante, imbuída do amor de seu arquiteto e, ainda assim, funcional. Acima de tudo, é sólido. Cada lado sustenta a sua beleza, em todos os climas — ele disse e sorriu.

— Permanece sólido, dia após dia. Eu acho isso reconfortante. — E olhou para a vista novamente, os lábios contraídos. — Não há surpresas desagradáveis escondidas nos cantos.

Outra pausa, como um advogado defendendo o seu caso.

— Então tenho que dizer que entendo o seu argumento — eu admiti. — Embora eu ainda tenha esperança na natureza humana... pode ser instável, mas tem um passado de triunfos.

— Cada um tem os seus lados bons e ruins — ele acrescentou melancolicamente. — Agora percebo que a mudança nem sempre é ruim. — Ele olhou diretamente para mim enquanto falava, como que sugerindo algo. Então o seu rosto se iluminou instantaneamente: — Pois então! Você parece ter me convencido de novo.

Eu sorri alegremente ao me virar.

— E, igualmente, Nova York e o Chrysler agora estão no topo da minha lista — disse por cima do ombro. — Bom dia, capitão Stenz.

Era estranho como, na presença dele, eu podia pensar, imaginar e falar de um futuro além daquele mundo.

Dieter foi embora logo após o café da manhã, e Gretl partiu no fim do dia. A futura noiva prosseguiu com o seu estilo característico, até ousando flertar com o confiável Daniel enquanto ele a ajudava a entrar no carro. Eva acenou para ela em lágrimas, dando provas da sensibilidade do fim da gravidez enquanto contemplava outro período de tédio e solidão.

Daniel voltou com um pacote, claramente de Christa, sem evidência de adulteração. Dentro, havia uma dúzia de fraldas costuradas com habilidade, um gorro e vários panos de linho que poderíamos usar no parto. Havia, ainda, um pequeno kit de costura e linha, além de um bilhete que dizia: *"Caso você precise fazer ajustes"*.

Christa não teria perdido a oportunidade de se comunicar, e eu toquei cada peça com cuidado, olhos fechados, como uma avó cega que conheci durante um parto. Ela ficou costurando roupas de bebê durante o trabalho de parto, apalpando cada parte do tecido em busca de alfinetes perdidos e de costuras soltas, deixando os seus dedos passarem sobre o tecido para torná-lo seguro e macio para o neto. Acima de suas pupilas mortas, as suas sobrancelhas dançavam no ritmo do trabalho, para cima e para baixo, embalada pelos sons externos. A maneira de trabalhar da velha senhora era exatamente como a minha naquele momento, em meio à força das contrações, ao desespero e à urgência, e não demorou muito para eu desviar os meus olhos da mulher em trabalho de parto e a forçar os meus ouvidos a sentirem as mudanças, como ela fazia.

Fechei os olhos e inspecionei cada fralda, sentindo o reforço acolchoado, manipulando o mesmo material que Dieter e eu havíamos comprado na cidade. Na décima ou décima primeira fralda, senti o mais leve dos estalos. Pegando a costura delicada com a agulha, manobrei cuidadosamente uma lasca de papel em direção à abertura. Era fininho, mas tinha o peso do contrabando. Éramos nós — eu — quebrando as regras. À mercê das consequências.

Eu nunca fora uma rebelde determinada, nem na escola nem no hospital, mas, no campo de concentração, aprendera a driblar os limites e tive a grande satisfação de enganar os guardas, assegurando uma cenoura ou batata extra para alguém que realmente precisava. Não perdera um segundo de sono por isso. Ali em cima, reservava o mesmo ódio para o Reich. Lealdade a Eva como mãe? Eu ainda não tinha certeza. Mas, com a segurança de Christa, com a vida dela, eu sabia que não podia jogar. Ela tinha muito futuro. Então, fora o meu péssimo julgamento que a levara àquilo? Passar bilhetinhos na escola era um ato bem inocente e talvez provocasse a ira da professora, na pior das hipóteses, mas, na guerra, poderia nos matar. Literalmente.

Desdobrei a nota com profundo pesar, lendo a sua jovem letra. *Eles me encontraram novamente. Fizeram uma oferta. Precisamos conversar.*

Eu suspirei pesadamente. Ignorar a outra parte interessada parecia ser mais difícil do que eu imaginava. Por que eu pensara que aquilo poderia ser simples? A guerra era como uma criatura marinha, um polvo com inúmeros tentáculos, sugando todos os que tentavam se esconder na calma do fundo do mar. Dar à luz o bebê de Eva estava se tornando rapidamente o menor dos nossos problemas.

Não arrisquei mandar um bilhete de resposta. Em vez disso, falei a Eva que outro encontro com Christa seria benéfico, para revisar o plano do parto. Em um momento oportuno, chegou um pacote de equipamentos para mim, via sargento Meier. Ele reafirmou a sua autoridade, dando ênfase ao fato de ter revisado o conteúdo:

— Para a segurança da Fräulein, você me entende. Você tem consciência de que está recebendo itens que normalmente não são oferecidos a... — Ele hesitou.

— ... a prisioneiros? — sugeri.

— Sim, bem... Por favor, faça a cortesia de honrar essa confiança.

Não havia como controlar o meu sarcasmo.

— Sargento Meier, espero ser, caso esteja planejando uma fuga, criativa o suficiente para fazer isso sem um par de tesouras umbilicais ou de sutura e um pouco de algodão cirúrgico. Além disso, se esse equipamento for da mesma qualidade daquele com que estou acostumada no hospital, essas lâminas não são afiadas o suficiente para cortar papel, muito menos o arame farpado que me rodeia.

Sem fôlego diante da minha falta de temeridade, ele amassou um pouco o papel para mascarar a sua fúria. Sem dúvida, ele ansiava por sacar a arma ao seu lado, puxar a trava de segurança e atirar em mim, ali mesmo, por pura dissidência. Seria o prazer dele. Em vez disso, ele apenas suou.

— Então, devo levá-los, sargento Meier? Ou o senhor é quem vai esterilizá-los para mim?

— Não, não, você pode levá-los — disse ele, dispensando-me para que eu sumisse de sua vista.

Christa veio três dias depois e, após cumprir o nosso dever com Eva, obtivemos permissão para caminhar até a Teehaus, onde Christa disse que havia visto um pouco de camomila e queria pegá-la para secar e fazer chá para o dia do parto. A sua consideração fez com que os olhos de Eva se enchessem de lágrimas, e eu me senti culpada pela nossa mentira.

— Então me diga como eles encontraram você dessa vez? — perguntei assim que nos julgamos fora do alcance dos vigias.

— Havia um bilhete na pilha de roupas da casa dos Goebbels. Alguém que conhece a minha rotina diária, tenho certeza disso. Mas não me lembro de ninguém incomum vindo à casa naquele dia.

— O que dizia?

— Que a segurança do prêmio de Hitler também era a sua prioridade. Eles estavam ansiosos para que não se tornasse um ícone e uma joia na coroa de Hitler.

— Isso é tudo muito literal — eu disse. — Algo mais?

Christa parou e pareceu subitamente séria.

— Disseram que podem nos levar à segurança, Anke. As nossas famílias também. Eles mencionaram o meu pai e a sua família nos campos de concentração. Disseram que têm o poder de nos tirar da Alemanha.

— Em troca de quê?

— De os alertarmos quando o parto começar e o bebê nascer.

— Isso é tudo? Nada mais?

— Não, apenas isso.

— E como devemos nos comunicar com eles, se precisarmos?

— Acender uma luz na janela da despensa, se concordarmos.

Eu segui, passo após passo, desejando que a Teehaus não estivesse tão longe. Eu queria ficar na sua linda varanda, contemplar a extensão em direção à Áustria e esperar a paisagem me dar respostas. De repente eu estava tão cansada; os galhos cruzavam-se lá no alto, e o dia parecia calmo, mas eu estava cansada de viver à beira do precipício, como no pico daquelas montanhas distantes, a sensação de que toda decisão poderia ser aquela que me levaria à morte inevitável.

— Anke? O que devemos fazer? — Christa me alcançou. — Você acha que eles podem nos proteger?

Parei e olhei diretamente nos olhos dela, enrugados nas bordas com preocupação.

— Não, Christa, não.

Ela ficou com o coração partido, arrasada.

— Mas, por quê? Se eles têm influência suficiente para nos encontrar aqui, para se comunicarem diretamente conosco, com certeza eles têm influência em outro lugar também? Certamente deveríamos...

Peguei as suas mãos com firmeza, impedindo-a de sacudi-las, como uma mãe com uma criança histérica.

— Christa! Pense! O seu pai está a centenas de quilômetros de distância, a minha família está espalhada por dois ou três campos altamente vigiados. Mesmo que eles tenham a aliança de alguns alemães do alto escalão, seria preciso mais do que isso para libertarem todos. É um sonho, e eles sabem que a guerra nos deixa desesperadas o suficiente para acreditar nesses sonhos, eles estão *contando* com isso.

As suas pálpebras baixaram, os ombros caíram.

— Desculpe — acrescentei. — Mas somos dispensáveis demais para eles.

Ela suspirou.

— Não, sou eu quem tenho de me desculpar. Sei que a minha guerra foi fácil em comparação com algumas, nada parecido com o seu sofrimento, mas só quero que termine. Quero ir para longe daqui.

— Eu sei — afirmei. — Eu também. O que eu não entendo direito é que, se eles acham que podem chegar até o bebê, por que não atacam o próprio Hitler? Isso não teria mais efeito?

— Acho que seria quase impossível — disse Christa. — Nas poucas vezes em que ele esteve nos Goebbels, é como se usasse uma armadura de pessoas ao redor dele. Ninguém chegaria perto o suficiente. Além disso, o Führer se tornaria um mártir instantâneo e alguém entraria em seu lugar, talvez Himmler. Ele é tão determinado, talvez mais ainda. Joseph fala o tempo todo sobre a "máquina" nazista. Ele precisa que o bebê alimente a máquina.

Eu olhei para Christa e seus traços gentis. Felizmente, o Reich não sabia que espiã eficaz eles tinham instalada no próprio ninho.

Tentei aliviar a escuridão.

— Posso estar errada, mas acho que a nossa melhor chance de fugir, de sobreviver a isso, é permanecermos juntas, apenas a nossa pequena equipe. O que estamos fazendo não é colaboração — tive de dizer em voz alta para me fazer acreditar —, pois é o que faríamos por qualquer mulher em risco, com um bebê para nascer. Para nos mantermos vivas, todas nós.

Se eu dissesse isso várias vezes, a ideia ficaria mais fácil, o estrangulamento das minhas entranhas seria menos frequente?

Concordamos em não fazer nada — sem luzes acesas na despensa para espiões, sem cortejar a resistência. Christa e eu cuidaríamos de Eva e seu bebê, e esperaríamos que a boa sorte nos sorrisse de alguma maneira. Não era um plano muito elaborado, mas era o único que tínhamos.

25

NOVAS CHEGADAS

Ao contrário do que acontecia no nascimento da maioria dos bebês, os reforços chegaram a Berghof mais cedo do que o planejado. Capitão Stenz me encontrou cedo uma manhã, enquanto eu suava sobre uma grande panela de água na cozinha, esterilizando os instrumentos de nascimento de que precisaríamos.

— Fräulein Hoff — ele chamou, entrando de quepe na mão. — Parece um trabalho… quente.

Eu girei com o som da sua voz.

— Capitão Stenz! — Não pude deixar de sorrir. — Sim, esta nunca foi a minha tarefa favorita, mas é necessária.

Limpei a transpiração na minha testa e me perguntei se eu parecia tão vermelha e irritadiça quanto as criadas. Ele arrastou os pés por um segundo e depois olhou para o chão. Como se fosse pedir desculpas.

— Vim lhe dizer que a equipe médica logo chegará.

— Já?

— Eu imaginava que esperaríamos mais dois dias, e que eu enviaria uma mensagem com antecedência, mas o médico está ansioso para se instalar. Eu apenas consegui chegar na frente para avisar você.

— Bem, obrigada por isso, pelo menos — agradeci. — É melhor eu ir me arrumar. Posso tentar dar uma boa primeira impressão.

Ele pegou o meu braço quando passei.

— Sua aparência está boa. Muito boa, se assim posso dizer.

Seus olhos eram de um azul fabuloso, mesmo através do vapor. Mas fiz uma careta que questionava tanto a sua visão quanto o seu julgamento.

— Bem, tudo bem, talvez um pouco de preparação para o alto escalão — ele brincou. — Mas não precisa de muita.

— Agradeço a sua confiança, capitão Stenz, e talvez o seu exagero. Mas eu vou me trocar.

Um carro particular chegou dentro de uma hora, seguido por um caminhão pequeno — mais equipamentos do que eu imaginava. Capitão Stenz liderou as boas-vindas, com o sargento Meier à esquerda, rígido e suando ao sol da tarde. Fiquei um bom passo atrás, ciente da hierarquia e da necessidade de manter a posição de Dieter como o homem que mantinha a sua equipe em ordem. Meu objetivo era atrair o mínimo de atenção possível, para que eles nos deixassem em paz.

Esperanças de uma interferência mínima foram frustradas, porém, no momento em que o dr. Koenig saiu do carro. O verde-cinza de seu uniforme do Wehrmacht impecável, exibindo a suástica nazista orgulhosamente no peito largo. Ele parecia em primeiro lugar um oficial e só depois um médico, um homem de rosto vigoroso, com três linhas acima das sobrancelhas cheias.

— Bem-vindo, dr. Koenig — disse Dieter em um tom de saudação que fez com que eu me contorcesse por dentro.

— Obrigado, capitão Stenz — respondeu. — *Heil Hitler.*

Eles ergueram as mãos para fazer a saudação, depois o sargento Meier foi apresentado, junto com o médico assistente, dr. Langer, um homem ligeiramente mais jovem, de verde oficial do exército. Suas pupilas minúsculas inspecionaram o entorno conforme ele descia do carro, como um pássaro de olhos redondos prestes a pegar uma minhoca.

Eu o reconheci imediatamente — era difícil de esquecer, não tanto por causa de sua aparência, que poderia ter sido inspirada na de Joseph Goebbels, mas por causa da maneira como ele adotara o "aprendizado" durante o seu curto período no campo de concentração. Pelo que me lembrei, a sua especialidade em Ginecologia era eliminar bebês em vez de produzi-los; e novas maneiras de esterilizar as mulheres, que ele pesquisava com gosto. Ouvi histórias sobre as suas práticas na ala hospitalar e testemunhei o trauma sangrento mais de uma vez. Sua partida do campo depois de um mês gerou profundo alívio entre as mulheres.

Meu coração afundou. Eu não tinha certeza do que estava esperando, mas a relativa facilidade dos últimos meses — ouso chamar de uma quase liberdade — criara em mim uma falsa sensação de segurança. Eu não tinha dúvida de que o Reich garantiria médicos competentes à disposição da amante do Führer — os melhores em sua especialidade —, mas pensei que eles poderiam ser civis pressionados a realizar tarefa. Fiquei chocada com a minha própria ingenuidade; aquele era um bebê político e, portanto, o nascimento seria uma manobra política, desprovida de humanidade.

— Fräulein Hoff? — Dieter estava me chamando à frente, então me aproximei. — Dr. Koenig, esta é Anke Hoff, formada no Hospital Central de Berlim, e parteira solicitada por Fräulein Braun.

— Fräulein Hoff — ele assentiu respeitosamente. — Espero que possamos trabalhar juntos. Estive no Central recentemente, quando você esteve lá? Na ala da Obstetrícia? — Seus músculos faciais exibiam um sorriso diplomático e perigoso. Ele conhecia a minha história e estava me alfinetando.

— Alguns anos — eu disse, desembaraçadamente. — Tenho estado envolvida em trabalho de guerra desde então. Mas mantive a minha prática atualizada.

As linhas na testa, como uma representação grosseira de ondas desenhadas por uma criança, endireitaram-se quando o seu humor aplainou a pele rosada.

— Entendo — ele disse como o ponto-final da nossa conversa.

— Podemos?

Dieter estava encarnando o perfeito anfitrião.

— Fräulein Braun está esperando lá dentro com um pouco de chá, eu acredito.

Os homens subiram os degraus da casa e eu hesitei, sem saber se devia segui-los, subitamente à deriva em um ambiente tão familiar. Ao conduzir o grupo, Dieter olhou para trás e acenou para eu segui-lo, mas o médico viu a sua intenção.

— Vamos ficar em boas mãos, Fräulein. Tenho certeza de que podemos reunir todos os detalhes necessários da Fräulein Braun.

Dispensada, virei-me e fui embora com dignidade, não querendo captar a expressão de Dieter, caso fosse de indiferença ou, pior, de concordância.

26

O BOM DOUTOR

Inquieta, li a mesma página de um livro pelo menos dez vezes. No hospital, eu estava acostumada a ser dispensada por médicos, por homens que tinham uma opinião alta de seus conhecimentos e de si mesmos. Da mesma forma, havia quem acreditasse em nossas habilidades — que nós, como parteiras, podíamos trazer bebês ao mundo com paciência, incentivando a força das mães em vez de simplesmente gritar para que fizessem força. E eu fora mimada em Berghof, sendo deixada por conta própria por tanto tempo, lisonjeada por Eva ter me escolhido. Era um luxo com o qual eu me acostumara tolamente, como lençóis frescos e boa comida.

No jantar, ouvi vozes na sala de jantar do andar de cima — dos homens, mas não de Eva. Provavelmente, ela havia se retirado mais cedo para ler cartas. Ouvi a voz de Dieter, os murmúrios subsequentes do sargento Meier e o riso estrondoso do dr. Koenig. A voz astuta do dr. Langer tinha um tom sombrio e sinistro, sem nunca se alterar, e por isso ele parecia ausente.

Encontrei consolo no meu quarto e nas minhas cartas — apenas mais uma de mamãe e de papai da semana anterior. As bordas das páginas já estavam fininhas de tanto que eu as folheara, como se fossem a pele macia da mamãe ou a barba sedosa do papai. Eu bebi as palavras novamente.

Ilse e eu nos juntamos a um grupo de cantoras, e estou gostando muito, ela escreveu em seu estilo alegre e rotineiro. *Ilse me provoca dizendo que sou surda, mas acho que posso continuar assim que a guerra terminar. Tem sido tão edificante!*

Eu tive de sorrir diante do otimismo forçado dela, mesmo que fosse apenas para me agradar. Papai, por natureza, era mais filosófico. *Meu coração está constantemente aquecido pela natureza dos homens e por sua tenacidade quando temos tão pouco para ver, exceto o horizonte,* ele escreveu com uma letra cada vez mais fina e fraca. *Pequenos atos de bondade trazem lágrimas aos meus olhos, embora você saiba, minha adorável Anke, que é preciso pouco para me fazer chorar pela bela e besta humanidade!*

Tantas mensagens em poucas frases simples: sentados ao lado do rádio nos últimos dias antes de todos sermos pegos, papai e eu conversamos sobre inúmeras possibilidades para nós e para a Alemanha, às vezes os dois com os olhos cheios de lágrimas. Sempre, sempre, embora ele tenha terminado com o seguinte sentimento: "A humanidade triunfará, Anke. Tenha certeza disso". Nas palavras rabiscadas, ele estava encontrando uma maneira de manter a sua ética. Eu sabia então que o seu pensamento, e o de milhares como ele — presos ou livres — expulsaria valentões como Koenig. Nós só tínhamos de esperar. E sobreviver.

Eu ainda estava acordada quando o carro da equipe partiu por volta da meia-noite, para a base deles na encosta da montanha. Mas eles voltariam e ficariam vigiando; não havia dúvida. Senti-me impaciente para avaliar a situação de Eva — ela sempre dava a impressão de que seríamos apenas nós no parto, e agora também Christa. Mas a sua mente instável era facilmente influenciada; qualquer sugestão do Führer em favor dos médicos, e ela cederia. Só de pensar em praticar Obstetrícia sob a presença dominadora do dr. Koenig na sala, eu suava frio. E Dieter? Eu sabia que ele entendia, mas mesmo como ss ele tinha as suas limitações. Deprimida, adormeci inquieta.

O médico certamente estava interessado. Ele voltou antes do café da manhã, supervisionando a transformação de um grande quarto no mesmo andar do quarto de Eva. Eles trouxeram uma maca, luzes portáteis e uma máquina de anestesia — tirada de algum hospital de campanha, sem dúvida — além de uma variedade de instrumentos. As empregadas estavam acordadas desde as primeiras horas esfregando o chão e as paredes, e as cortinas foram substituídas por persianas. Meu nariz enrugou com o cheiro avassalador de carbólico.

Passei pelo corredor em direção aos aposentos de Eva, quase na ponta dos pés.

— Fräulein Hoff, posso falar com você?

Fiquei tensa com o som da voz do dr. Koenig.

— Certamente, doutor.

Ele me chamou para o escritório vazio do sargento Meier.

— Por favor, sente-se.

Tomando o seu lugar atrás da mesa, ele se recostou como se a cadeira houvesse sido moldada para o seu corpo imponente.

— Bem, Fräulein, você parece ter impressionado Fräulein Braun — disse ele, com os dedos entrelaçados e pousados sobre a cintura. — Ela me disse que você fez um plano e que estipula que, como médicos — ele enfatizou a palavra "médicos" — devemos permanecer no local, mas fora da sala de parto, até ou a menos que você solicite a nossa ajuda.

— Acredito que esse seja o desejo da Fräulein — falei, mantendo um contato visual obediente, mas mínimo. — É claro que estou seguindo os seus desejos.

— Nesse caso, acho prudente que sejamos claros em nossos domínios de prática.

Em outras palavras, as minhas limitações como parteira e a sua prerrogativa de fazer qualquer coisa em nome da Medicina.

— Certamente — eu disse.

A lista que ele descreveu era previsível, mas constrangedora: qualquer atraso no trabalho de parto além de um certo número de horas, qualquer alteração na frequência cardíaca do bebê, sangramento, fluido anormal quando a bolsa estourasse, alterações na pressão arterial, nos batimentos ou na temperatura. Eva precisaria ser um caso ideal para evitar aquelas mãos grandes e dominadoras sobre ela. Eu deveria relatar pessoalmente o progresso do trabalho de parto a cada hora.

Eu concordava com a cabeça a cada pedido, sabendo que, sem a presença real dele ou do dr. Langer na sala, apenas eu poderia avaliar os fatos clínicos. Eu tinha experiência suficiente para detectar sinais reais de perigo e ignorar aquelas áreas cinzentas que se estendiam à normalidade.

— Fräulein? — Ele parecia impaciente por eu não mostrar sinais de reverência. — Estamos de acordo sobre o seu papel e como deve desempenhá-lo?

— Sim, doutor, estamos — eu disse. — Embora eu tenha toda a confiança de que a Fräulein Braun vai lidar com o trabalho de parto e dar à luz o seu bebê sem precisar de muita ajuda nossa.

Ele resmungou, incrédulo em relação a qualquer mulher parindo sem a sua ajuda especializada.

— Isso é tudo? Fräulein Braun está me esperando — eu me levantei.

— Espero ver as suas anotações diariamente — ele disse.

— Claro. Tenha um bom dia, dr. Koenig.

Eu segurei a respiração até a metade do corredor, deixando escapar um suspiro enorme quando dr. Langer emergiu do centro cirúrgico improvisado. Ele parou, lembrou-se de bater os calcanhares e assentiu — as suas pupilas pretas e redondas examinaram o meu rosto. Receei por um segundo que ele me reconhecesse, mas a minha aparência estava tão distante da indigente do campo de concentração que não achei possível. Agora, eu tinha cabelos cobrindo toda a cabeça e pele rosada nas maças do rosto, em vez do tom cinzento, além da luz nos meus olhos. Eu não era mais uma sombra.

— Fräulein — ele disse calmamente, e seguiu em frente.

Eva estava bastante animada, como se a mera chegada dos médicos sinalizasse que o bebê estava a caminho. Sua pele era a de uma esportista saudável, com cabelos grossos e brilhantes que já passavam por cima dos ombros.

— Bom dia, Anke — disse ela. — O bebê está muito acordado hoje. Desde de manhãzinha. Vimos o nascer do sol juntos.

Ela sorriu de prazer e segurou o solavanco com as duas mãos.

— Que maravilha. Um bebê em movimento é um bebê feliz, como sempre dizemos.

Ela estava reluzente com a prontidão de uma mulher prestes a entrar em outro reino, outra vida. Verdadeiramente florescendo.

Eu a examinei, embora estivesse ansiosa para fazê-la falar.

— Então, você se encontrou com o dr. Koenig e o dr. Langer? — perguntei.

Ela deitou na cama automaticamente, e eu me inclinei para ouvir o bebê.

— Sim.

Ela quase prendeu a respiração, como fazia toda vez que eu iria informar sobre o bem-estar de seu bebê.

— O bebê parece ótimo. Hoje está como um trem, não como um cavalo galopante: firme e adorável.

E ela riu, como sempre fazia.

— Anke, o que você acha dos médicos?

Fiz uma pausa deliberada.

— Acho que eles estão fazendo o trabalho para o qual foram recrutados, garantindo a sua segurança e a do bebê.

— Mas eles não precisam ficar muito perto, não é? Se tudo estiver indo bem?

— Não, se você não quiser que eles fiquem.

Sentei-me na cama e a encarei, estufando as bochechas teatralmente para transmitir verdadeira preocupação.

— Posso mantê-los longe, mas somente se você deixar isso claro, pois a escolha é sua. Eu sou parteira, Eva, não temos ascendência sobre os médicos. Mas você, sim.

As feições dela ficaram subitamente relaxadas.

— Isso é bom. Você sabe que farei qualquer coisa para garantir que o bebê esteja seguro, mas sinto que posso fazê-lo… com a sua ajuda e a de Christa. Eu realmente posso. Só precisamos que esse pequenino se comporte.

Ela falou com a barriga e, bem na hora, o bebê se mexeu.

— Não tenho medo, você sabe — disse ela quando me virei para sair. — Não tenho medo de dar à luz e de tudo que isso envolve. — Ela sorriu, como se estivesse se convencendo. — É do depois...

— Eu sei — eu disse. — Eu sei.

Não havia mais o que dizer. Todas nós tínhamos medo do depois.

Procurei Dieter no escritório do sargento Meier, já que o seu subsecretário ficara visivelmente ausente a manhã inteira.

— Estou interrompendo? — perguntei, pois ele parecia preocupado.

— Ah, não, entre. Você é um alívio bem-vindo em meio às frustrações da correspondência. Às vezes acho que essa guerra será vencida ou perdida nas máquinas de escrever, não no campo de batalha.

Ele apontou para a cadeira do lado oposto.

Contei o que Eva havia dito e esperei o inevitável e longo suspiro.

— Eu esperava isso — respondeu ele. — Ela ficou muito quieta durante o jantar ontem à noite, e eu não acho que nenhum dos nossos ilustres médicos do exército tenha lhe causado uma impressão muito boa. O dr. Koenig se mostrou muito otimista e condescendente, e o dr. Langer foi um rato em comparação. — Ele apertou as mãos em uma postura de oração e apoiou o queixo. — Mas não acho que o dr. Koenig será gentil se for evitado, por você como parteira ou qualquer outra mulher. Preciso informá-lo, digamos, de forma *criativa*.

Ele estava imerso em pensamentos e parecia esquecer que eu estava lá, até eu forçar uma tosse.

— Dieter, posso lhe perguntar outra coisa? Quem está no comando aqui? Herr Goebbels, Magda ou os médicos? Não entendo por que não temos uma diretriz do próprio Führer sobre o seu filho.

Uma luz turquesa se estreitou sob seus cílios loiros.

— Também não tenho certeza, mas sei que o Führer nunca escondeu o fato de que não queria filhos. Pelo que sei, ele trata Eva mal, mas gosta dela à sua maneira. Ele a tolera, tanto quanto qualquer mulher. Mas não o suficiente para estar presente. — E as próximas palavras saíram de sua boca, os dentes juntos, quase por acidente: — Ele está muito ocupado sendo o pai da Alemanha. Não, esse é o bebê de Goebbels, a estrelinha de Joseph.

Mais tarde naquela noite, traçando as manchas de luz no meu teto escuro, eu tinha muito a refletir. O parto era, por natureza, uma série de incógnitas, mas tinha as suas garantias. Havia um padrão, um roteiro de trabalho, mas também eram como as peças às quais eu costumava assistir em um pequeno teatro perto da Alexanderplatz, nas quais o drama podia se desenrolar das mais variadas formas. Eu amava aquele estilo experimental e errático; era divertido cair do penhasco da expectativa, sentada ali, na beira do assento.

Como parteira, era a adrenalina natural que me levava a procurar cada novo capítulo com novos olhos. Antes da guerra, a cena seguinte era uma certeza: mães amorosas levavam para casa os seus recém-nascidos, bebês que seriam amados em mil vidas diferentes. No campo de concentração, esse roteiro foi praticamente virado de ponta-cabeça e, no entanto, de uma maneira odiosa, eu me acostumara àquilo. Agora havia apenas uma grande incógnita. O bebê nasceria — esta era uma certeza —, mas, quanto à narrativa do depois, eu só podia esperar que Eva figurasse em algum lugar da peça teatral escrita por Goebbels.

E o destino da minha família? Talvez eles fossem apenas papéis muito coadjuvantes. Pequenos o suficiente para serem cortados.

27

O QUARTO DE COSTURA

Dieter passou o resto do dia fora, e eu me ocupei lendo as anotações do dr. Koenig. À tarde, Eva me pediu para acompanhá-la em uma caminhada até a Teehaus, uma desculpa bem velada para arrancar de mim mais histórias de parto, mas eu não me importava em contar. Ela gostava especialmente de histórias de partos em casa, e eu mergulhava na minha memória — no lado bom dela — excluindo do relato, é claro, a origem dos bebês. Se eram alemães, tchecos, húngaros ou judeus.

Na percepção limitada de Eva, todos os bebês eram gordinhos e rosados, loiros de olhos azuis, e seu rosto se iluminava ao ouvir sobre os partos realizados. Ela adorava saber como eram as mulheres ao dar à luz — o que diziam, quem chamavam e os pedidos às vezes engraçados que faziam. "Você acha que eu vou ser assim, Anke? Ah, espero que não a aborreça demais!" Ela agarrava a sua barriga como se dissesse: "Seremos nós dois em breve". Não podia culpar a sua disposição de seguir em frente, sem medo e em seu pequeno universo próprio.

Quanto a mim, eu travava uma batalha diária com a impaciência, lá em cima no céu estático. Lena veio em meu socorro cedo no dia seguinte, perguntando se eu queria lençóis cortados para o nascimento. Ela poderia fazer panos menores na velha máquina de costura da ex-governanta.

Uma máquina! A perspectiva daquela ocupação me fez sorrir. Daniel usou a sua lata de óleo para ajustar a máquina empoeirada, e um dos garotos da cozinha colocou-a sobre a mesinha do lado de fora da minha porta do chalé. Era antiga, mas totalmente familiar para mim — a minha avó tinha uma quase idêntica, passada para mamãe e agora guardada no quartinho da casa dos meus pais. Eu tive uma breve visão dela se curvando sobre a mesa, murmurando e xingando baixinho quando o fio grudava na bobina, mas logo engoli essa imagem.

A tristeza ficaria para outro dia.

A brisa entrou assim que eu estendi o pano. Lena me trouxe a caixa de costura da cozinha com todos os tipos de linhas e agulhas e vários pares de grandes tesouras de corte — se ao menos o sargento Meier pudesse ter visto, seu cabelo bem penteado teria se esvoaçado em choque! Apesar da minha experiência, eu não era costureira e, certamente, não tinha nem perto o talento de Christa, mas conseguia realizar uma bainha e ajustes decentes, e essas eram todas as habilidades de que precisava. E tinha bastante tempo.

Logo eu estava envolvida no ritmo do pedal e me sentindo bastante... seria *feliz* uma emoção forte demais? Talvez satisfeita? Eu estava viva, não sob ameaça imediata de morte, e talvez minha família também tivesse alguma chance. Havia razões para ter esperança.

28

LIBERAÇÃO

Cortei e costurei durante o almoço — Lena saiu para ver como eu estava e me trouxe um sanduíche, doce menina. Ao anoitecer, eu tinha uma pilha de panos bem dobrados, que eu fervi, prontos para o parto. Enquanto arrumava as linhas, os meus olhos estavam cansados e doloridos, e não vi uma figura entrando na minha varanda. O seu rosto na porta me assustou.

— Dieter!

— Desculpe, eu não quis...

— Não, não, eu só não estava esperando você.

Disse isso como uma esposa recebendo o marido chegando em casa após um dia de trabalho. Percebi o quanto eu era frívola quando se tratava dele.

— Vejo que você está ocupada? — ele disse, olhando para os retalhos.

— Finalmente encontrei uma tarefa para me manter ocupada. Qualquer trabalho é aceito com gratidão, nenhum reparo é pequeno demais. Embora não possa garantir os resultados.

Sorri como uma vendedora, sentindo-me ridícula, embora parecesse estar fora do meu controle.

— Bem, é bom ver você... contente. Se é que posso dizer isso.
— Ele ficou ali na porta, parecendo cansado. — Anke, você gostaria de beber um drinque comigo? Eu certamente estou precisando de um.

Arregalei um pouco os olhos de novo, mas disfarcei para não o constranger.

— Não posso garantir qual será o efeito... Posso acabar caindo no sono. Mas, sim, gostaria.

Ele desapareceu na escuridão da noite e voltou minutos depois com dois copos e uma garrafa de conhaque. De um bom conhaque.

— Isso serve? — ele levantou a garrafa e dois copos.

Sentamos na varanda e bebemos. O líquido passou queimando pela minha língua, e quase engasguei com o primeiro gole. Gradualmente, porém, fui me acostumando e me lembrando da alegria de uma boa bebida e de uma noite agradável.

A noite estava quieta, a brisa havia diminuído e não havia ninguém à vista. Os guardas, supostamente, deviam estar jantando, e o resto da casa tinha se retirado para os seus aposentos. De alguma forma, parecia... vazia. Um brilho distante dos picos nevados cintilava na imensidão azul, e ouvia-se apenas um leve farfalhar das árvores ao redor.

— Então, como vai o bom dr. Koenig? — eu falei sem olhar para ele.

Ele riu.

— É tão óbvio assim?

— Parece que você suou a camisa para ser o perfeito diplomata.

Ele suspirou e deu um grande gole.

— Isso não é nem a metade da história. Eu tive de passar uma noite inteira e um dia inteiro com ele e... com o dr. Langer, ouvindo anedotas da faculdade de Medicina e como os ingratos cidadãos do Reich devem suas vidas às suas mãos habilidosas. Todos os cidadãos, ao que parece. Foi preciso muito para acalmá-los com relação a Eva.

Pode ter sido o álcool, não sei, mas de repente fiquei irritada. Uma minúscula bolha de irritação em algum lugar profundo se transformou em uma onda de ódio, tomando a forma daqueles sujeitos gordos, pomposos e pouco talentosos, como o dr. Koenig, e de seus egos.

— Você realmente precisava fazer isso? — Tentei disfarçar a irritação na voz.

Os olhos dele estavam fechados, sob o céu escuro.

— Você sabe que sim, Anke. É o que eu faço... o meu trabalho.

Ele disse isso preguiçosamente, como se o álcool estivesse tendo um efeito entorpecedor.

— Você já pensou em *não* fazer mais isso?

Dessa vez, demonstrei sentimento. Eu não queria uma discussão, mas, assim como o meu impulso de flertar com ele, estava fora de controle.

Ele se arrumou na cadeira, abrindo os olhos.

— O que você quer dizer?

— Você sabe, Dieter, você realmente *sabe* o que está acontecendo no seu país... no *nosso* país? Na Polônia, na Hungria, neste glorioso Terceiro Reich?

As suas feições avermelharam-se quando ele se levantou, olhando para ver se estávamos realmente sozinhos.

— Claro que eu sei! Você acha que sou ignorante, ou pior, um monstro?

— Não, mas...

— Como eu já disse antes, é o que se espera de mim. Não havia escolha a não ser aceitar, *não* foi um convite. — A voz dele era como um sussurro amargo. — Todos nós estamos fazendo sacrifícios, Anke.

Eu não pude evitar:

— Por um acaso os seus pais estão em um campo de concentração, cercados de morte e destruição, vendo a crueldade de um ser humano se confrontando com outra, dia após dia? Ou é o estilo de vida confortável que eles perderam: um ou dois criados, a bela refeição na mesa?

Minha voz estava quente de fúria e conhaque.

— Não! — A voz dele cortou o ar, e os seus olhos se arregalaram.

Depois, ele tentou equilibrar a sua fúria. E se controlou novamente, em baixa ebulição.

— Agora é você quem está sendo ingênua, Anke. Você acredita sinceramente que se pode largar um uniforme como o meu? Além da vergonha para os meus pais, eles correriam um risco real, a família inteira, se houvesse a menor dúvida sobre a minha lealdade. Os oficiais da ss não são afastados. São propensos a acidentes de carro e a suicídios. A família deles morre em incêndios domésticos. — Ele engoliu em seco. — Mais frequentemente do que você imagina.

Um abismo abriu-se entre nós enquanto eu absorvia a realidade das suas palavras.

Dieter sentou-se, largando o corpo e parecendo totalmente exausto, uma mão passando pelos cabelos.

— Eu também sou um tipo de prisioneiro — ele disse calmamente. — Posso não ter visto o que você viu, sofrido como os outros, mas sei o que se passa. Tenho ouvidos e olhos e, às vezes, preferiria não ter.

Naquele momento, eu acreditei nele. Não sei — sentado ali vestindo a sua jaqueta tão cinzenta quanto um céu tempestuoso, mais sombria que o inferno, aquelas caveiras horríveis na gola refletidas na pouca luz que tínhamos. Mas acreditei.

— E como você vive, então? — eu perguntei.

Ele respirou fundo.

— Faço tudo o que posso para limitar a minha eficácia sem levantar suspeitas. Se eu parecer incompetente, eles simplesmente me substituirão por outro que seja eficiente, cruelmente eficiente. Então vou empurrando papéis, às vezes na direção errada, e lentamente. Um erro de digitação aqui, um papel perdido ali, para que um nome caia de uma lista, perdido no lodo.

Ele olhou para mim, apertando os olhos à meia luz.

— Não tenho a pretensão de abalar as fundações, Anke. Não sou tão corajoso, mas posso enfraquecer um pouco o cadafalso. Apenas o suficiente para ganhar tempo e desviar recursos que poderiam causar danos reais. Não é muito, mas é tudo o que posso fazer.

Dieter remexeu-se de novo na cadeira, olhando para o céu e sem palavras, e vi o brilho prateado da lua traçar as linhas ao redor dos olhos dele e o vinco de ansiedade na borda de sua boca. O ar estava tão, tão parado — como se a vida estivesse totalmente suspensa. Em segundos, uma pequena brisa soprou e isso me deu coragem, um impulso. Fui em direção a ele, toquei o seu rosto levemente, abaixei a cabeça e pressionei os meus lábios contra a sua boca macia, gentilmente a princípio e depois com firmeza. Ele foi pego de surpresa, mas, em uma fração de segundo, cedeu, puxando os meus lábios contra os dele, e ficamos quase imóveis, apenas o menor dos músculos vibrando. Segundos? Dez ou mais? Quem sabe? A eternidade não tem relógio.

Fui eu que me afastei primeiro, olhando ansiosamente para avaliar a sua expressão. Não era de choque nem de nojo, mas de alívio e — ouso dizer — de prazer. As nossas pupilas se cruzaram, nós dois nos examinando e nos julgando mutuamente. Com os olhos ainda fixos, ele se levantou e pegou a minha mão, levando-me para o chalé, como uma garota convidada para a pista de dança na última valsa da noite. Baixei totalmente a minha guarda e me deixei guiar.

Não houve palavras. Na escuridão próxima, nos despimos e ele colocou o casaco em volta da cadeira. Eu o observei fazer isso, e ele me pegou olhando, então jogou a sua camisa por cima, cobrindo o tecido cor de ardósia com o algodão branco, de modo a torná-lo quase invisível, seu quepe também fora de vista. Eu vi como ele poderia ser em outra vida: suspensórios ao lado do corpo, um peito magro e musculoso, visível no brilho da janela, seus pulmões respirando e expirando, fortes e rápidos, costelas como pistões.

Puxei a cortina da janela antes de tirar o vestido e as roupas de baixo, envergonhada pelo corpo que eu havia perdido, sabendo que eu só estava semirrecuperada pela nova vida de conforto. Deslizamos sob os lençóis — ainda sem palavras — e medimos um ao outro, centímetro por centímetro, bebendo com os olhos cada pedaço de pele para que nada passasse em branco. Eu respirei fundo no pescoço dele, senti o cheiro da sua nuca, onde os seus cabelos loiros corriam para os ossos da coluna, enquanto ele se moveu para o lugar onde um dia os meus seios se tocavam, encontrando consolo, gananciosamente, no que ainda havia ali. Ele cheirava a cigarro e conhaque e àquela misteriosa colônia leve, não a sujeira azeda ou a ódio.

Não havia como voltar atrás. Estávamos em meio a uma guerra, não havia meias medidas, barreiras, nem "vamos esperar para ver".

Amor ou desejo? Quando há pouco tempo para analisar um ou outro, inventa-se algo no meio e vive-se o momento.

Ele foi gentil com o meu corpo, tomando o cuidado de me segurar onde eu tinha mais carne e deslizando sobre os lugares mais frágeis. Em comparação com o meu, o corpo dele era firme e esculpido — os músculos ganhos nos campos de futebol da infância ou na oficina do seu pai firmemente enraizados. Tive o prazer de palpar todas as curvas, cada tendão, enquanto ele me abraçava, ocultava-se em torno de mim e em mim, e senti-me como não me sentia em tanto, tanto tempo.

Segura.

Em trânsito, fevereiro de 1942

Uma brecha entre a lona e a traseira do caminhão me deixava ver a vida real zunindo enquanto nos afastávamos da sede da Gestapo; uniformes do exército, ciclistas, mães empurrando carrinhos de bebê em ritmo de pedestres. A vida continuava para aqueles que estavam em liberdade, sem saber dos horrores tão próximos deles, como eu mesma não sabia até os últimos dias. Não há nada como almejar a liberdade quando você não a tem, e eu podia sentir o gosto no ar frio que brilhava através das brechas.

A lona era tão sólida quanto qualquer barreira de prisão, mas oferecia pouca proteção contra as temperaturas amargas. Os dois guardas eram rígidos e impassíveis em seus casacos pesados e botas, enquanto os quatro prisioneiros tremiam incontrolavelmente. Eu era a única mulher, ao lado de um homem mais velho, e dois homens mais jovens em frente. Seus rostos estavam visivelmente machucados, mas o homem mais velho não tinha marcas. Inconscientemente, não falamos, apenas trocando olhares reluzentes do outro lado da caçamba do caminhão e sorrisos tranquilizadores quando os guardas fechavam os olhos de fadiga conforme seguíamos pela estrada.

Os meus lábios tremiam de frio, e um dos homens do lado oposto começou a tirar o paletó. Isso provocou uma reação apressada de um guarda, que latiu para nós não nos mexermos, e o homem gesticulou para me oferecer o casaco. Finalmente, o guarda assentiu que era aceitável. Protestei no começo, mas o rosto do homem mostrava tanta vontade de ajudar.

— *Estou de camisa e colete* — *ele disse calmamente, apontando para a lã fina e sem mangas sob o material de tweed.*

— *Obrigada* — *eu disse, e percebi que era a primeira vez que pronunciava uma única palavra nos últimos dias.*

Senti o calor imediato do tecido e da humanidade combinados, o material pesado em meus ombros. Tentei mostrar um verdadeiro apreço com um sorriso, e ele pareceu se animar por ter de fato ajudado. Ele nunca saberia como aquele presente simples me poupara de sofrimento nas horas seguintes, ou quantas vezes eu o agradeci de longe, esperando que ele não estivesse com muito frio em sua roupa fina.

Parecíamos estar indo para o norte, a julgar por algumas das ruas e dos edifícios pelos quais passávamos. Mas, quando saímos dos limites da cidade, perdi de vista a geografia por causa do cansaço. Recostei a minha cabeça para trás, cambaleando em vigília, embalada pelo rosnado do motor. Eu levantei quando houve uma parada brusca, gritos de homens do lado de fora, e nossos guardas chamando a nossa atenção, batendo com suas armas no chão do caminhão.

— *Ouçam! Todos vocês! Sem conversa.*

Nós — *a carga* — *fomos descarregados em um tipo de pátio de mercadorias, com vários trilhos de trem lado a lado. Fiquei para trás quando os homens foram embarcados em um trem de carga e sumiram de vista. Um sol fraco estava se pondo atrás de uma máscara cinza de nuvem, e imaginei que fosse por volta de meio-dia, o brilho fraco nos iluminando enquanto nós* — *seis mulheres no total* — *tremíamos por quase uma hora. Apenas um guarda entediado ficou nos vigiando, arrastando os pés e olhando aleatoriamente para os lados, menos para os nossos rostos, embora ele não nos impedisse de conversar.*

As mulheres sussurravam histórias semelhantes de medo; imaginei que, em algum lugar, em um escritório em Berlim, houvesse uma equipe de psicólogos planejando maneiras de traumatizar os seus compatriotas, dedicando-se a fraturar a humanidade sem dó nem piedade. A mera ideia me deprimia mais do que tudo.

Fiquei ao lado de uma mulher chamada Graunia, uma jornalista que se colocava contra o pensamento de Goebbels. Ela me pareceu altiva e estoica em meio ao ar cinzento do dia, e me senti atraída por seu espírito tenaz. Muitas vezes agradeço ao destino por termos estado juntas naquele momento, um apoio para a futura sobrevivência uma da outra, que nunca poderíamos ter previsto.

Finalmente, vindo lá de longe na distância leitosa, um trem de carga veio rolando devagar em nossa direção. Os freios pararam dolorosamente, e vários guardas apareceram, formando um semicírculo ao redor de um vagão, com rifles prontos para atirar. Eles latiram ordens em voz alta, aparentemente para quem já estava lá dentro:

— Afastem-se! Sem barulho! Atenção!

As mulheres entreolharam-se, as nossas feições contraídas pelo medo.

A porta do vagão abriu-se, e uma nuvem invisível, mas imunda, surgiu, buscando desesperadamente partículas limpas de ar. Ela ficou presa na minha garganta — o cheiro da degradação humana. Os guardas olhavam com nojo, abertamente cobrindo o nariz, e eu lutei para não fazer o mesmo. Os rostos que espiavam da escuridão pareciam ter vergonha da própria sujeira, depois se aglomeraram perto da entrada, ansiosos por sugar o ar lá de fora, pesado com o cheiro de óleo de motor.

— Pra dentro! Pra dentro! — os guardas rosnaram, cutucando o ar com os seus rifles, depois nos conduzindo para lá.

O vômito subiu na minha garganta, e eu engoli com cada grama do meu ser. Eu sabia que aquele seria em breve o meu próprio fedor,

chafurdando por Deus sabe quanto tempo na minha própria sujeira. Ou-
tro ponto positivo para aqueles psicólogos astutos.

Fomos empurradas para dentro do vagão e, embora não chegasse a ser
ombro a ombro, não havia espaço suficiente para todas se sentarem, então
algumas mulheres ficaram em grupos, como se estivessem conversando em
uma festa. A porta fechou, e os meus olhos se ajustaram à escuridão; eu vi
que eram principalmente as mulheres mais velhas que estavam sentadas e
apenas uma mulher mais jovem, que já era apenas pele e osso, como se os
seus membros mal conseguissem sustentá-la. Graunia e eu fomos empur-
radas para perto uma da outra, sem dizer uma palavra. O que podería-
mos dizer? Não havia nada que expressasse a pura perplexidade.

Mas uma mulher ao meu lado falou.

— Vocês têm água? Qualquer coisa?

Os lábios e a voz dela estavam rachados, e a língua parecia ser de cou-
ro. Ela tentava não abrir a boca, já ciente de sua própria repulsa.

— Não, desculpe — eu disse. — Não temos nada.

Os seus olhos entristeceram-se e ela se virou, tropeçando em alguns
corpos sentados e caindo como uma marionete, chorando baixinho.

— Ela não está indo bem — uma das mulheres murmurou. — Ela
foi uma das primeiras, e não sei quanto tempo faz que ela não bebe nada.

Ficamos paradas, Graunia e eu, conversando com aquelas que estavam
no vagão desde a última parada. Eles não tinham viajado por longos pe-
ríodos, talvez trinta minutos por vez, mas o tempo de espera havia sido de
horas, estendendo-se pela maior parte da noite. Apenas uma vez, os guar-
das empurraram uma cantina de água, mas o trem balançou violentamente
quase no segundo em que foi colocada lá dentro, e metade do fluido foi perdi-
do no chão, o restante compartilhado entre as que mais precisavam.

Do lado de fora, houve gritos ocasionais, uma enxurrada de vozes, silêncio, depois mais atividade, vários tiros a distância e depois um assobio contínuo do vapor subindo, o motor respirando novamente. Minhas panturrilhas doíam e meus pés queimavam dentro dos meus sapatos. Era uma sorte que eu nunca tivesse sido vaidosa com a minha aparência, agora que eu me assemelhava a algumas das senhoras maltrapilhas que ficavam em fila diariamente na porta do hospital, implorando por uma ou duas moedas, com o rosto amarronzado e ressequido como couro. A diferença era que elas sorriam. E estavam livres. Pobres e sem-teto, talvez, mas encarregadas dos seus próprios destinos.

Eu estava meio cochilando, sustentada pelo apoio dos outros corpos, quando partimos. Ainda havia luz através das fendas na madeira, nosso único marcador de tempo. Houve um pequeno suspiro de alívio de que talvez, talvez, a jornada estivesse mais próxima de sua conclusão, mas ninguém falou nada. Apenas a mistura de coração pesado e resignação, girando com os odores do mundo. Um pensamento não expresso nos unia: onde acabaríamos? E quanto mais infernal poderia ser o inferno?

29

AMIGOS

Deitei sobre a dobra do braço dele, observando um feixe de luar na parede. Ele ficou em silêncio, respirando com dificuldade, seu outro braço acariciando as minhas costas, traçando uma das minhas poucas curvas, seu queixo aninhado no meu cabelo.

Por fim, a sua respiração diminuiu e ele cortou o momento.

— Bem, Fräulein Hoff, você é uma surpresa.

— Você também não é dos mais previsíveis — rebati. — Para um capitão.

Nós nos apertamos e rimos debaixo das cobertas, e nos beijamos longamente, agora que já não havia tanta urgência.

Não conversamos sobre o que aquilo significava — sobre quais linhas havíamos cruzado ou sobre as consequências, caso fôssemos descobertos. Haveria um tempo e um lugar para isso, mas não ali, naquele momento. Por aqueles preciosos minutos, prolongados em horas, nos entregamos à intimidade, presos juntos contra o mundo frio e duro do lado de fora, como uma tarde quente de primavera.

Ele explorou a minha costela e os ossos da minha pélvis, e eu as cicatrizes de sua primeira batalha, sulcos profundos nas duas omoplatas, e não fizemos perguntas nem demos explicações. Era o que era. Guerra.

Devemos ter dormido por um bom tempo antes de sermos despertados — Dieter, com um susto — quando a patrulha apareceu à primeira luz. Em geral, eu continuava dormindo àquela hora, mas os dois rapazes estavam rindo de alguma piada quando passaram. Ficamos tensos um com o outro e depois relaxamos, meu corpo menor enrolado sob a curva do dele, como um gatinho enrodilhado em outro maior.

— Eu preciso ir — ele sussurrou no meu ouvido. — Não seria bom eu ser visto saindo daqui... Por sua causa.

— Eu sei — eu disse.

— Vamos torcer para que Frau Grunders não espreite os corredores, fazendo a sua própria patrulha.

Ele riu enquanto empurrava as cobertas, e eu rolei para o seu lugar agora vazio, ansiosa por ser acolhida por seu corpo por mais alguns minutos.

Ele se vestiu à meia-luz, apenas calça e camisa e me beijou antes de colocar a jaqueta e o quepe debaixo do braço e virar em direção à porta.

— Dieter?

— Sim?

— Amanhã... hoje... sem arrependimentos, certo? Não deixe que isso nos torne diferentes. Podemos ser amigos.

Ele se virou para mim novamente.

— Somos amigos, Anke, e podemos ser mais. Sem arrependimentos.

Ele sorriu e se foi.

Eu cochilei um pouco mais depois que Dieter saiu e despertei para o café da manhã, tomando o cuidado para não parecer diferente. Eu queria que a velha Anke mascarasse os fogos de artifício que explodiam pelos meus dedos e saltavam do topo da minha cabeça. Dieter não estava no café da manhã, é claro, pois ele sempre o tomava na sala de jantar do andar de cima, e eu me senti aliviada por evitar o contato. O meu rosto teria denunciado algo com certeza. Lena e Heidi estavam às risadinhas na cozinha; eu podia ouvi-las falar sobre os novos jovens patrulheiros, avaliando quem elas escolheriam.

— Aquele Kurt não passa de um garoto — disse Lena. — Se você quer um homem, teria que ser o capitão Stenz. Eu não diria não para um oficial como ele.

A voz dela expressava admiração.

— Ah, não! — rebateu Heidi, fingindo repulsa. — Você não quer se misturar com a ss — ela disse, baixando a voz. — É um jogo perigoso. Melhor se envolver com guardas mesmo. Mais músculo e menos cérebro, mas pelo menos você sabe que ficará viva.

A gargalhada feminina abafou o resto da conversa, até que a repreensão severa de Frau Grunders as enviou correndo para limpar os quartos.

Meu coração despencou como uma pedra em um lago. Eu tinha sido tola, o meu desejo havia me impedido de pensar com sensatez? Eu tinha visto muito além do uniforme, um homem que eu projetara dentro da minha cabeça? Imaginei que não devia ser incomum, nem malvisto, que oficiais da ss dormissem com as mulheres que bem quisessem. Talvez até fossem aplaudidos em alguns setores. Quanto de domínio ele teria agora sobre mim, se ele quisesse estender e exercer o poder a que estava acostumado? Teria eu sido, na necessidade do meu momento, muito, muito tola?

E, no entanto, no segundo seguinte, voltei-me para a lembrança do seu calor, da sua ternura, a busca de afeto em vez de luxúria brutal. A maneira como ele finalmente dissera o meu nome quando escalamos, juntos, em direção ao êxtase me tranquilizara: era eu que ele queria, eu não era só um depósito da sua frustração. Eu não me senti usada, nem que tinha sido levada para cama por cobiça ou pura necessidade. Senti que ansiávamos um pelo outro, pelo acolhimento, por um pouco de gentileza em meio aos estilhaços frios de feiura que cercavam aquele mundo ruim. Que havíamos encontrado mais um no outro do que procurávamos. Eu poderia estar tão errada?

Pela janela, avistei a fumaça de cigarro de um guarda quando ele se inclinou contra uma cerca, talvez sonhando acordado com a sua namorada distante, em casa, e me perguntei como tínhamos chegado até ali — nós dois, no topo do pé de feijão, no meio de uma guerra sangrenta e aniquiladora. Boa parte de mim almejava estar de volta a Berlim, mesmo que fosse reduzida a mera poeira sob uma nuvem — só para estar em uma realidade gritante, e não flutuando na bolha de Berghof. Eu queria que as coisas fossem *reais*.

30

NUVENS NA PRIMAVERA

Sabe o que dizem: tenha cuidado com o que deseja.

Voltei ao chalé, toquei os lençóis da cama e afundei a mão no travesseiro, embora não antes de me embriagar com o cheiro dele, ainda lá, e encontrar um pequeno fio de cabelo loiro preso à fronha. Depois, olhei ao redor com culpa, como se pudesse estar sendo observada. Nada além da minha própria insegurança em relação à vigilância. Tentei colocar a máquina de costura no chão para abrir espaço na minha mesa. Enquanto eu arrastava o metal pesado para um lado, algo diferente do material de costura caiu, um leve pedaço de papel saltando de paraquedas até o chão. Estava aos meus pés um pequeno quadrado dobrado, pulsando branco como um farol. Um rabisco a lápis dizia apenas: "Anke".

Por um breve momento, meu coração deu um pulo adolescente, e pensei que fosse um bilhete de Dieter. Mas, apesar do afeto, eu sabia que ele não seria tão ingênuo a ponto de deixar rastros. Vi os meus dedos tremerem quando abri a dobra e li a mensagem:

Você tem o poder de mudar tudo para o nosso amado país. O Reich precisa de um ícone — você pode entregá-lo nas mãos de Hitler ou em segurança nas nossas. Pense na sua família e no seu destino. E no de bons alemães. Você pode mudar vidas.

Era real ou não? Eu não conseguia me decidir. Exceto que estava lá nas minhas mãos trêmulas, uma fantasia cada vez mais tangível. Eu ainda não tinha certeza do que eles estavam pedindo de mim — para roubar o bebê de Eva? Ou agir como intermediária e fingir ignorância se eles — aquele grupo desconhecido — dessem um golpe logo após o nascimento? De qualquer maneira, era o bebê que sofreria. E Eva junto a isso.

Coloquei o papel no bolso e fui rapidamente para a porta, procurando por qualquer vestígio que pudesse ter escapado pelo caminho. Mas eu estivera fora do chalé por um bom tempo e qualquer um poderia ter entrado, pois não havia fechadura na minha porta. Ainda assim, me senti invadida, como se tivesse recuperado parte da minha dignidade e espaço pessoais desde que viera do campo de concentração, e agora alguém estava remexendo na minha privacidade novamente.

Fiquei zangada com a invasão deles e, em seguida, senti-me impotente, sem como descobrir quem ou por quê. Não podia confiar em ninguém além de Christa, mas também não tinha força dentro de mim para decidir sobre qual caminho tomar. Uma combinação de vontade e destino fizera-me atravessar a guerra até ali, e, embora eu nunca tivesse acreditado em nenhum ser superior, eu queria desesperadamente me render a algo fora de mim. Para eu não ter de decidir nada, apenas ser guiada. Deixar a vida escolher, para variar um pouco.

As horas até o almoço se arrastaram e o pedaço de papel no meu bolso causava agitação, como se eu estivesse carregando o peso da

O FILHO DE HITLER

traição. Eu o toquei nervosamente quando vi Dieter caminhar em direção à varanda, sua marcha rígida e seu quepe firmemente preso. Sorri diante da primeira coisa bem-vinda à minha vida naquele dia. Ele não sorriu de volta. Os seus olhos se ergueram brevemente, e a expressão era severa e desprovida de cor; meu músculo cardíaco retorceu-se ao perceber que eu o havia interpretado mal. Eu o tinha entendido de maneira completamente equivocada. Ele era um ss, nada menos.

— Dieter? — Eu procurei o seu rosto duro.

Ele entrou na varanda, baixou os olhos e tirou o quepe, colocando-o obedientemente debaixo do braço. Ele começou as tirar as luvas, um sinal de sua própria agitação.

— Anke, eu sinto muito — ele começou.

— Pela noite passada? Ouça, podemos esquecer...

— Não, não é isso — Ele estava muito sério, sem raiva ou vergonha.

— O quê, então? Dieter, diga-me, por favor.

— Seu pai — ele sussurrou. — Eu sinto muito.

Não havia ambiguidade em sua voz; era uma mensagem de morte seriamente transmitida. Uma onda de medo e tristeza brotou na minha garganta e se tornou algo entre uma tosse e uma comichão. Eu cambaleei diante dele e ele me pegou pelo cotovelo, me abaixando na cadeira. Eu me dissolvi em um mar de soluços, minha mão tentando esconder a contorção do meu rosto. Eu havia aprendido durante anos no hospital a mascarar a emoção — isso era esperado de nós —, mas, quando ela finalmente se libertou, as minhas comportas eram ilimitadas.

Eu queria saber como, quando e por quê, mas não conseguia formar as palavras além da tristeza saindo da minha garganta. Dieter falou baixo e até por cima das lágrimas, segurando a minha mão livre. Ele estava de costas para a casa e, olhando de longe, ninguém imaginaria uma troca tão pesada de emoção.

— Tenho estado em contato pessoalmente com o médico do campo — disse ele. — Estou certo de que ele morreu de pneumonia como resultado de sua asma.

As pupilas dele se dilatavam e diminuíam, procurando as minhas. Eu apenas olhava para ele conforme os soluços diminuíam.

— Anke, você me ouviu?

— Estou ouvindo, mas não acredito em você — eu disse com raiva, lágrimas escorrendo pelo meu pescoço. — Sei de quantas certidões de óbito têm pneumonia ou insuficiência cardíaca carimbadas como verdades absolutas. É tudo mentira, isso é exatamente o que eles dizem.

— Não, eu...

— Como você poderia saber? É tudo uma grande mentira. Ele provavelmente foi transportado para o local de onde ninguém mais volta...

E eu me dissolvi em lágrimas novamente. *Por favor, por favor, papai, por favor não me diga que você morreu na câmara de* gás.

Dieter pegou as minhas duas mãos, puxando-as bruscamente para chamar a minha atenção.

— Anke! — Ele parecia quase zangado. — Por favor, acredite em mim quando digo que ele não morreu em um desses lugares. Fiz as verificações mais completas e tenho provas de que seu pai morreu no campo. De causas naturais.

Eu exibi fúria novamente.

— Não há nada de *natural* em passar fome e trabalhar até a morte só porque você tem ideais.

— Eu não quis dizer isso — ele emendou rapidamente —, você sabe que não. Mas a sua família, você conhece o acordo, a sua família não corre o risco de ser transportada.

— Desde que eu me comporte, não é esse o acordo?

A minha raiva e revolta estavam se elevando acima da tristeza e, por mais que estivesse mirando o Reich, Dieter acabava estando na linha de fogo.

— E como você pode conhecer os detalhes? Você é íntimo do comandante?

Ele se afastou, e eu sabia que tinha ido longe demais, alinhando-o com o lado do Reich que ele considerava mais do que desagradável. Ao contrário de mim, ele não se jogou para trás, mas largou as mãos.

— Porque fiz questão de saber — disse ele em voz baixa — e porque tenho interesse há algum tempo. — E puxou um envelope do bolso. — Isso pode explicar um pouco.

Eu peguei, e os nossos dedos se tocaram levemente outra vez, agora sem nenhum estalido. Ele estendeu a mão para limpar uma lágrima na minha face, mas parou quando um patrulheiro dobrou a esquina e apareceu.

— Vou deixar você em paz — disse ele. — Volto mais tarde. — E levantou-se, examinando o meu corpo apequenado e vazio. — Sinto muito, Anke, realmente sinto.

Eu o observei, como havia feito tantas vezes, descer da varanda e caminhar pela estradinha. Desta vez, porém, ele não virou a cabeça automaticamente em direção ao sol dourado e à vista azul. Ele colocou o quepe e olhou para a frente.

A carta tinha a letra de papai, datada de apenas uma semana antes. Eu poderia desconfiar de que não era dele se não fosse pela maneira ornamentada com que ele escrevia os Ts e Ps — a "arte do acadêmico", como sempre chamei. O texto era arenoso e desarticulado, o de um homem lutando para segurar a caneta sobre o papel.

> *Querida Anke,*
>
> *Gostaria de dizer que estou bem, mas o inverno cobrou o seu preço, e o meu velho corpo não emergiu do frio com tanto entusiasmo quanto antes. Estou na enfermaria e as condições são boas, com bons lençóis e gentileza.*
>
> *Por favor, diga à mamãe que estou pensando nela — em todos vocês — e lembre-se de tantos momentos felizes que passamos em casa, juntos à mesa, rindo e contando histórias. Franz sempre com as mais absurdas! Lembro-me também de todas as vezes em que sentamos junto ao rádio no domingo e em que lemos os nossos jornais — aqueles momentos especiais com a minha adorável filha.*
>
> *Espero ter notícias suas em breve, minha preciosa garota, e sei que você é forte. Mantenha o sol nascendo no seu mundo.*
>
> *Todo meu amor, seu Papai.*

Era, sem dúvida, uma carta de despedida escrita no leito de morte. Pode ter levado horas ou dias para escrever. Ele podia ter ditado para alguém, mas eu sabia que ele tinha lutado, entre o fogo nos pulmões e o esforço de ficar em pé, para escrever aquele último adeus, porque sabia que eu o veria como genuíno. Havia também a sua mensagem — mantenha o sol nascendo. Sempre esperançoso, meu pai. A humanidade aguentará, ele estava dizendo. Tenha fé.

Fiquei olhando a sua escrita reveladora por um tempo e, embora as lágrimas rolassem, não fui consumida por uma tristeza incapacitante. A raiva, eu sabia, viria depois, mas tentei me afastar das minhas próprias lembranças do campo de concentração, da resignação de olhos arregalados de mulheres sentadas no vagão do trem, prontas para rolar em direção ao seu destino, do bloco do hospital, das condições todas. Eu não podia me permitir pensar nisso agora.

De uma maneira estranha e distorcida, houve algum alívio; o alívio curioso de que eu não me preocuparia mais com o meu pai e o seu destino, que ele não enfrentara — em sua fragilidade — a fração de segundo de consciência sob os chuveiros espirrando um spray congelante, o insidioso assobio da morte. Sabíamos pelas fofocas no campo de concentração que era quando os gritos atingiam seu pico de pânico. Não, eu não poderia — não pensaria nisso agora.

Não podia fazer outra coisa senão acreditar em Dieter quando ele disse que aquele não tinha sido o fim de papai. A carta era uma prova, não era? Ele não teria me falado sobre os lençóis e a gentileza, caso contrário. Como um homem que estava morrendo, papai teria sido o principal candidato para os tais "transportes", rotulado como uma "boca inútil", mas poderia ter havido dificuldades, alguém poderia ter pedido o favor de não fazer isso com ele. Como Dieter disse, ele tinha algum poder — mas não o suficiente para salvá-los. Revirei as possibilidades na minha cabeça, apegando-me a crenças e desejando, acima de tudo, que a minha fé estivesse certa. Eu tinha de acreditar que o meu pai havia morrido em uma cama, e não nas entranhas da desumanidade.

Acordei com uma batida curta na porta. A pouca luz me dizia que era fim de tarde, os raios dourados refletindo no quarto enquanto eu estava deitada na cama. Vi a maçaneta da porta girar e a cabeça de Dieter espiar. Ele entrou e puxou a cortina da janela.

— Como você está? — ele disse, na escuridão.

Esfreguei os olhos e pensei por um segundo: como eu estava?

— Estou bem. Devo ter adormecido.

Ele se aproximou de mim, sentando-se ao lado como uma mãe cuidando de uma criança doente. O meu rosto estava riscado por faixas salgadas e ásperas quando o esfreguei. Ele tocou a minha bochecha e acariciou um polegar sobre a pele inchada ao redor dos meus olhos.

— É coisa demais para aguentar — ele disse. — Eu sei que você é muito forte por ter sobrevivido até aqui, mas, ainda assim, é demais. Eu sinto muito.

Sentei-me, esfregando as duas mãos no rosto, tentando injetar um pouco de vida na pele amassada.

— O engraçado é que sempre imaginei que receberia essas notícias nos últimos dois anos, mas me sinto um pouco entorpecida. A dormência parece pior do que ficar arrasada por dentro.

Ele pegou as minhas mãos novamente e as levou aos lábios, beijando a ponta dos meus dedos.

— Eu odeio essa guerra, odeio essa desculpa nojenta para uma briga entre crianças que fingem ser homens crescidos — disse ele em voz baixa.

Eu olhei para ele e engoli em seco para ingerir um pouco de coragem. Havia apenas uma coisa que eu precisava saber, uma coisa que não podia ter perguntado na noite anterior, mas que tinha de questionar agora.

— Dieter, você tem alguma coisa a ver com o transporte? A escolha, as listas?

Os seus olhos brilharam alarmados, mas focaram diretamente em mim, sem se esconder.

— Não. Eu prometo, Anke, eu prometo. Eu não faria, eu não *poderia*, fazer isso.

— Mas você disse... Você mencionou nomes caindo das listas, desaparecendo?

— Às vezes lido com vistos, concedendo permissão para sair da Alemanha. Acadêmicos, médicos, famílias com raízes estrangeiras. Carimbo um pouco mais do que deveria, perco as cartas de rejeição. Como eu disse, não muito.

— Já é algo — eu disse com um sorriso fraco. — Alguma coisa é melhor do que nada.

Ele inclinou a orelha em direção à porta ao ouvir um barulho de motor, e disse que precisava ir. Ele poderia voltar depois, após o jantar? Eu queria ficar sozinha? Não, eu disse, não. Eu queria a sua companhia, seu calor, não ser deixada para me corroer na própria tristeza.

— Eles não vão suspeitar? — Eu não vira muito Frau Grunders nas últimas semanas, mas não duvidava de que os seus olhos estivessem por toda parte.

— Vou dispensar Rainer esta noite, ele vai levar o carro para a cidade — disse ele. — É a vantagem de ser um oficial itinerante: não tenho agenda definida, nem casa.

Ele me beijou levemente nos lábios, acariciou o meu cabelo, em sinal de despedida, e se foi novamente.

Tomei banho, me arrumei e, até o jantar, fiquei sentada na varanda, talvez o meu lugar mais feliz até a noite passada. O meu estômago estava roncando de fome, típico depois de um sono diurno, e percebi que havia pulado o almoço, mas também não estava disposta a encarar a sala da criadagem.

A brisa estava límpida, picando a minha pele dolorida, e eu olhei para as sombras que caíam, entregando-me a pensamentos sobre papai. Imaginei-o em casa, diante da angústia e do conflito, como o sábio com um agudo senso de humor por trás de sua seriedade paterna. Ele costumava rir tanto à mesa do jantar que mamãe lançava um olhar reprovador para ele, mas, no instante seguinte, ela estava rindo também, incapaz de se conter. A imagem era tão fresca que tomei uma decisão de nunca deixar a injustiça ameaçar cobri-la de amargor, infectar o meu interior e produzir em mim um ódio tão imundo que me tomaria para sempre. O corpo de papai sucumbiu às circunstâncias, mas aquela loucura toda não poderia nos vencer. Não poderia.

31

ALÍVIO

Meu estômago estava roncando tanto que finalmente me forçou a ir ao salão dos criados para jantar, embora eu tivesse tomado o cuidado de lavar os meus olhos avermelhados antes de ir. Eu não queria responder a perguntas estranhas e não tinha certeza se Dieter teria contado a Frau Grunders sobre papai. Eu imaginava que não — a dor era minha e não queria a compaixão forçada de ninguém, muito menos de todos os apoiadores da guerra do Führer.

Para o meu alívio, ninguém prestou atenção especial em mim, e o jantar foi silencioso como sempre. Apenas Lena e eu conversamos sobre costura, ela estava animada com o tecido que acabara de comprar na cidade. Talvez eu pudesse ajudá-la a fazer um vestido para um baile local que aconteceria dali a algumas semanas? Eu disse que era de Christa que ela precisava como costureira qualificada, mas que eu faria o melhor possível.

Não havia sinal de Dieter, de Rainer ou do carro depois do jantar, e meu coração se esvaziou um pouco. Tentei me tranquilizar pensando que alguma incumbência o mantivera longe. Mais tarde, estava sentada sob o céu azul-marinho — o chalé parecia muito claustrofóbico — quando as rodas cruzaram a entrada, uma porta bateu e o carro partiu de novo. Ele se aproximou ansiosamente, procurando a patrulha, sem falar até que estivesse na varanda.

— Boa noite — ele disse, com o rosto escurecendo. — Você está bem?

Os seus olhos vasculharam os meus em busca de pistas.

— Estou bem — respondi, sorrindo para que ele acreditasse.

Ele inclinou a cabeça para um lado e ergueu as sobrancelhas, meio sem acreditar.

— Honestamente, Dieter, estou bem. Foi um choque, mas não inesperado de forma nenhuma. Eu odeio saber onde ele estava, odeio que isso tenha acontecido, mas também é uma espécie de libertação para ele. Estou determinada a não me deixar ser destruída.

Ele tirou o quepe e pegou a minha mão. Sua pele estava quente, as pontas dos dedos macias, e seus dedos apertaram os ossos dos meus, provocando em mim um formigamento instantâneo.

— Você é incrível — ele disse, olhando para mim. — Eu gosto de pensar que reagiria da mesma maneira, mas não sei. Não tenho certeza se posso perdoar tanto.

Eu me encolhi com a palavra.

— Não tem nada a ver com perdão, Dieter. Não chega nem perto. Mas eu me recuso a ser mais prejudicada por isso... por esse ódio todo. Esse é o triunfo deles, ao me fazerem odiar como eles odeiam, só por causa do que são. Eles não vão me transformar nisso.

Ele assentiu, compreendendo.

— Você é uma mulher muito determinada — disse ele. — E eu vou dizer de novo: você é incrível.

Sua boca ficava linda quando ele sorria, dentes uniformes e retos, apenas com uma pequena fenda em um dente superior. Eu não havia percebido até então, mas era isso que lhe dava uma aparência tão juvenil — apesar de sua altura e porte — como se ele tivesse saído do campo de futebol depois de uma partida desafiadora, sorrindo triunfantemente.

— Bem, não discutirei com ninguém que me diga que sou incrível — disse. — Você pode vir à minha varanda a qualquer momento.

Estávamos bem e flertando novamente.

Dessa vez fui eu que procurei possíveis testemunhas, olhando de soslaio para a escuridão. Como não havia, peguei a sua mão e o conduzi para dentro do chalé. Cortinas fechadas, era o mesmo cenário, a mesma antecipação, mas sem o desconhecido à frente. Foi mais lento, e caminhamos um em direção ao outro em vez de correr para engolir o momento, mais seguros de que aquele espaço era nosso. Ele era paciente e generoso, e nos revezávamos na liderança até que eu não pude mais adiar o momento de escalar e depois sucumbir no ninho macio da felicidade.

Deitei a cabeça sobre o seu peito por uma eternidade depois, o seu braço firmemente em volta de mim, meu dedo traçando o seu peito. Os meus olhos se fixaram acima do seu umbigo, em uma estranha depressão na pele. Eu toquei o local e depois subi sobre os pelos acima. Sim, havia um segundo buraco, não tão profundo quanto o umbigo, mas inconfundivelmente ali.

— Dieter, o que é isso?

Ele despertou de uma meia soneca e inclinou a cabeça para ver, como se não pudesse sentir totalmente onde eu estava tocando.

— Ah, isso. É, hmm, uma cicatriz.

— Da guerra?

— Eu fui descuidado — ele disse. — Uma bala perdida.

— Não é difícil levar um tiro na guerra — eu disse. — Estava em batalha?

— Sim.

A resposta curta transmitiu uma mensagem firme, mas eu decidi não terminar o assunto daquela forma constrangedora.

— Você ficou no hospital por muito tempo? As enfermeiras foram legais com você?

— Legais o bastante — ele disse —, mas não tanto quanto você teria sido, tenho certeza.

— Não tenha tanta certeza... Sou melhor como parteira do que como enfermeira. Talvez eu tivesse sido uma bruxa com você, um jovem soldado inexperiente.

Ele me puxou para perto de si e beijou o meu cabelo.

— Bem, então é melhor eu me comportar, né? — Ele me beliscou de brincadeira.

— Doeu, a bala?

— Muito.

— Nesse caso, é melhor eu administrar cuidados da melhor maneira possível.

Com um sorriso maroto, pressionei os meus lábios contra a cicatriz no meio da sua barriga, e esse era o único sinal de que ele precisava. O cansaço de sua voz desapareceu, e afundamos mais uma vez sob as cobertas, no bálsamo quente de segurança.

32

AGUARDANDO

Ele foi embora novamente à primeira luz, esgueirando-se pela terra de ninguém do complexo em direção ao seu próprio quarto, e me perguntei quanta felicidade seria permitida antes que a guerra a arrancasse de nós novamente, da maneira como ceifava tudo de terno e gentil com a sua foice sombria. Por enquanto, porém, o céu da manhã estava se pintando de um azul nítido da montanha, as cortinas esvoaçaram suavemente para dentro, e eu me permiti alguns momentos de autopiedade. Depois, a minha mente voltou-se para papai, mamãe, Ilse e Franz, e eu me levantei para começar outro dia de sobrevivência.

O humor de Eva estava combinando com o meu, embora ela não estivesse ciente de nada além do seu próprio desconforto, reclamando de dores nas costas e de "dores estranhas", a maioria das quais soava como pontadas da gravidez avançada.

— Quando esse bebê virá, Anke? Certamente, há algo que eu posso fazer para estimular, algo que você pode me dar?

— Não — eu disse com naturalidade —, nada além de uma dose saudável de paciência e um pouco de fé.

— Você e sua fé — ela resmungou. E olhou de soslaio como uma criança travessa. — Tenho certeza de que o dr. Koenig obedeceria, se eu pedisse a ele algo para adiantar o processo.

— Tenho certeza de que sim — respondi rapidamente. — Mas imagino que não queira ir parar em um hospital, quando o seu corpo decidir que não gostou de ser pressionado para o trabalho de parto. E o bebê junto com ele.

Eu não estava com disposição para lidar com as suas tolices, ou ficar no centro de uma luta pelo poder.

— Oh — ela disse. — É mesmo? É isso que acontece?

— Há uma boa chance — eu disse com sinceridade. — Os bebês não gostam de ser forçados a sair. Além disso, o que você está sentindo é um bom sinal de que o bebê está descendo e está se preparando.

— Você tem certeza? — O rosto dela se iluminou, como se eu tivesse devolvido o pirulito que acabara de tirar dela.

— Nada está certo neste momento, mas a cabeça do bebê parece bem e baixa, e está apontando na direção certa. Então, está tudo bem. Mas, se você estiver me perguntando quando será, exatamente, aí não sei. Somente o bebê sabe.

— Vamos, querido! — ela disse com urgência. — Vamos, a sua mãe quer conhecê-lo.

Respondendo na mesma hora, o bebê chutou, e ela riu como uma colegial.

— Ah, ele me ouviu!

CHEGADA, EM ALGUM LUGAR NA ALEMANHA, FEVEREIRO DE 1942

Nunca pensara muito em como seria o inferno — a juventude se dá a esse luxo, além da desconfiança geral com relação a religiões que o meu pai cultivava, com toda a sua retórica do fogo do inferno e da condenação, que não era reproduzida em nossa casa. Naquela jornada cheia de emoções, com o pescoço doendo enquanto a minha cabeça pesada palpitava em sincronia com o movimento do trem, repeli quaisquer imagens de fornos e buracos negros invadindo as frestas do meu meio-sono.

Não precisava me preocupar com previsões vermelhas como o fogo. Porque o inferno é cinza — sujo, insípido e desprovido de qualquer pigmento que possa elevar o espírito. Quando as portas foram finalmente abertas para um mundo sombrio e árido, a imagem não poderia ter sido mais opaca.

Sentimos algo no ar quando paramos, de modo que nos orientamos, tivemos uma ideia da geografia. Eu detectei uma leve salinidade, e houve murmúrios: "Estamos perto do mar?", "Eles vão nos atirar na água?". Nós esperamos, algumas mulheres abrindo espaço para outras descansarem as pernas. Havia gritos lá fora, mas os sentidos despertaram quando ouvimos vozes femininas entre o latido baixo de homens e cães. Então, o pesado raspar da trava e a porta se abrindo, seguida pelo recuo dos que estavam do lado de fora para deixar o odor desagradável voar.

— Fora! Fora! Rápido! — os homens rosnaram, enquanto olhamos de olhos arregalados para as mulheres que seguravam os cães, dentes caninos

grandes e aparecendo na penumbra, saliva espumosa contra a tração das coleiras. Do outro lado da pista, as mulheres quase desapareciam no fundo, apenas visíveis as linhas nítidas dos seus uniformes e quepes cinza. Seus rostos eram de granito, mas os ombros sacudiram com a força dos cães. Faziam pouco esforço para a contenção, parecendo deixar os cães saltarem para a frente em turnos, os rosnados invadiam nosso espaço.

Graunia e eu ficamos perto uma do outra, embaralhadas em uma rampa de concreto áspero. Eles nos organizaram em filas de dez, e ficou claro que mais de cem mulheres desceram do vagão.

— Que canhões — um guarda soltou, rindo. — Lá em casa, nunca daria a menor chance para nenhuma delas.

— Sim, mas pelo menos não são judias nem prostitutas — disse outro, e as gargalhadas foram tão sujas quanto eu estava.

Marchando pela encosta, havia cascalho sob os pés, a tintura do sal misturando-se com um gosto estranho e chamuscado no ar. Eu não conseguia ouvir o mar, e algo em mim sentiu que não estávamos no litoral da Alemanha. Mas eu poderia estar surda, burra e cega por todas as pistas sensoriais que falhavam dentro de mim.

Os nossos pés trituraram o chão pelo que pareceu uma era, prolongada por termos de ajudar as mais fracas entre nós. A mulher com os olhos mortos e a outra com pernas semelhantes a galhos precisavam de dois ombros para se sustentarem, o que os guardas toleravam com insultos cruéis, e as mulheres sem cachorros iam nos cutucando com longos e pesados cassetetes amarrados em seus pulsos. E entoavam:

— Vamos, suas fracotes. É preciso ser apta para estar aqui, saber se defender. Sejam algo de útil para o Reich.

Grandes portões de ferro se abriram e fomos colocadas em um espaço aberto, quadrado, cercado por barracas, enquanto sob os pés havia grãos de ardósia mais finos. Luzes fracas vinham de uma ou duas janelas em cada barraca, e avistei rostos atrás das pequenas telas. Os guardas nos cercaram, latindo ordens para "ficarem em pé" e "alertas", as mulheres circulando com os cães, lobos flertando com as suas presas.

Depois de uma eternidade em pé, o frio penetrou no núcleo dos meus ossos e eu os senti se partindo dentro de mim. Então, veio uma dormência que foi quase um alívio. Eu não conseguia me lembrar de um momento, mesmo naquelas últimas duas semanas, em que eu tivesse sentido tanto frio. Se não fosse pelo casaco daquele estranho, eu tenho certeza de que teria caído dura ali.

A mulher com pernas de galho foi a primeira a cair. O seu corpo provocou um baque suave ao tombar, e os guardas vieram imediatamente até ela. A mulher ao lado dela inclinou-se para ajudar, como um reflexo, e foi empurrada para trás por espingardas.

— Deixe-a! — latiram.

— Porra de fracote — um gritou sobre o seu corpo inconsciente, cutucando a sua barriga com a baioneta.

Quando ela nem choramingou, eles a empurraram bruscamente, com a cabeça inclinada como se estivesse morta. Olhei brevemente para uma das guardas e vi um sorriso irônico atravessar os seus lábios, como um rubi falsificado. Ela estava usando batom? Adorno e vaidade em meio àquela loucura total? Ou era a minha mente me enganando cruelmente?

A pequena mulher foi arrastada para um pequeno prédio de tijolos, as pernas fazendo trilhas no cascalho, a sola dos pés rosadas onde os arcos ainda não haviam sido infectados pela sujeira. Talvez tenham ficado exatamente daquele jeito. Eu nunca mais a vi. Vira muitos membros semelhantes a galhos nos meses seguintes, mas nenhum dos dela.

Já estava escuro quando fomos formalmente abordadas, flocos de neve dançando e caindo, transformando-nos em noivas à espera do altar. Uma mulher emergiu de um sólido prédio de três andares, com as janelas bem iluminadas que revelavam vultos movendo-se com propósito. O uniforme dela era do mesmo cinza e, quando ela se aproximou da praça, notei que a saia não se separava enquanto ela caminhava — como as outras, ela usava culotes grossos de lã por baixo. Nos braços, a jaqueta exibia várias linhas de diamantes bordados em vermelho e prata. Só Deus sabe por que prestei atenção a esses detalhes, como se a minha mente estivesse procurando por algo naquele mar de sonhos, como uma pessoa cega buscando uma lasca de luz para dar sentido a um ambiente.

Ela estava diante de nós, cabelos grisalhos alisados sob seu pequeno gorro, meias lisas sobre panturrilhas tonificadas. Quando ela falou, sua voz era a de uma professora de jardim de infância, matriarcal, mas capaz de ser gentil, como se estivesse abraçando uma criança carente que batera a cabeça. Levantou a mão, estendeu-a em nossa direção e latiu um Heil Hitler.

— Vocês foram trazidas para cá por variados motivos — ela começou. — Quaisquer que sejam, vocês não são amigas do Reich e do nosso glorioso líder, por isso não merecem a liberdade. Vocês, portanto, contribuirão para a sociedade sob a nossa orientação. Ravensbrück é uma instalação de trabalho, com ênfase no trabalho. Aquelas que não puderem trabalhar serão transferidas para outro lugar. — Ficou claro que "outro lugar" não era a opção preferível.

Os olhos dela se moviam da direita para a esquerda, parando para obter um efeito.

— Se respeitarem as nossas regras, se trabalharem duro, serão tratadas de maneira justa. Mas a disciplina é vital. Não toleraremos qualquer dissidência. As punições serão severas, isso eu prometo.

A sua voz parecia expressar calorosamente algo como "garotas, uni--vos", mas o que ela disse a seguir foi puro gelo:

— *Senhoras, este não é um acampamento de férias. Não se enganem, vocês vão servir ao Reich. Ou enfrentar as consequências.*

Senti os olhos girando nas fileiras, mulheres apavoradas ao menor movimento das suas cabeças, mas desesperadas para avaliar as reações. De repente, eu tinha dezoito anos novamente, quando a enfermeira-chefe Reinhardt se dirigiu a nós em nosso primeiro dia como enfermeiras estagiárias; confusa, ansiosa, assustada. Só que lá havia luz, o brilho dos nossos uniformes de algodão nevado, as risadas que escapavam, as esperanças que tínhamos de que houvesse melhorias, de seguir em frente. Ali, havia apenas uma melancolia abjeta. Os portões se fecharam atrás de nós, e não pude ver nenhuma saída através do lodo.

33

ESPAÇO VAZIO

Os dias seguintes foram uma colcha de retalhos de horas vazias, pontuada por surtos de atividade. Dieter ficou ausente por vários dias e eu era pura decepção, sentindo falta do acolhimento noturno dos seus braços ao redor dos meus. Cauteloso com qualquer toque físico dentro dos muros de Berghof, ele simplesmente se despedira com uma piscadela:

— Volto em breve.

Lena e eu passávamos as horas livres trabalhando no vestido para o seu baile, que foi talvez o tempo mais longo em que fiquei na casa, já que os aposentos dos criados tinham a maior mesa para cortar material. Frau Grunders entrava e saía, exibindo uma variedade de olhares de desaprovação, embora eu tenha pegado um sorrisinho nos seus lábios quando Lena deu rodopios durante uma das provas. Foi por um segundo. Ela já fora aquela garota, jovem e despreocupada, com friozinho na barriga, antes que a máscara da lealdade se firmasse? Antes de sua paixão pelo Führer?

— Lena, lembre-se de que a sala de jantar precisa ser limpa — disse ela ao sair novamente.

Passei algum tempo sozinha, pensando profundamente em papai, encaixotando-o mentalmente em partes de mim que ninguém poderia alcançar — nem o Reich, nem a Gestapo, nem a guerra ou o próprio Hitler. Ele era meu. Sem perspectiva de um corpo ou enterro, fiz a única coisa que tinha ao meu alcance e escrevi uma carta para ele. Longa e às vezes cheia de divagações, minha dor sangrando pela caneta, misturada com lágrimas que transbordavam, deixando o papel molhado e fibroso. A página parecia rasgada pela guerra, distorcida e manchada, quando a dobrei e caminhei em direção aos jardins. Um fogo queimava continuamente no braseiro, chamas baixas estalando sobre samambaias mortas e restos do jardim, além de carcaças da cozinha com seus pequenos ramos. Passei a carta sobre o brilho e a soltei dos meus dedos.

— Adeus, papai — eu disse, observando o papel dobrar, escurecer e morrer, as cinzas flutuando na brisa, em direção ao céu.

A calma foi interrompida pela visita dos médicos, que professavam estar "preocupados" com os preparativos feitos até agora. De frente para mim, no escritório do sargento Meier, dr. Koenig estava sentado enquanto o dr. Langer ficava em pé, os braços cruzados enquanto se revezavam para me interrogar sobre qual ação eu adotaria em uma variedade de cenários — um longo trabalho de parto, ombros presos, um bebê comprometido. Eles tinham uma longa lista.

— Você já deu à luz muitos bebês sentados? — questionou Langer com a boca franzida, exibindo o seu jeito de furão.

— Sim — eu disse. — Tanto em casa quanto no hospital. Acho que eles raramente precisam de ajuda se soubermos deixá-los fazer o trabalho. Mas estou bastante confiante de que o bebê de Fräulein Braun não é pélvico.

Eu sorri por dentro enquanto eles trocavam olhares sombrios. Era um bônus irritar aqueles dois indivíduos hediondos, sem a necessidade de dissidência óbvia. O interrogatório durou meia hora, com as minhas respostas curtas, clínicas e objetivas. Dr. Koenig suou de frustração.

— É claro que vou compartilhar as minhas preocupações com Fräulein Braun esta tarde — ele bufou. — Não escondo que esse arranjo não é, na minha opinião profissional, o mais seguro e o mais apropriado para uma senhora do Reich.

Ele parou e esperou por uma resposta.

— Tenho certeza de que ela o acolherá e ouvirá suas preocupações — eu disse categoricamente. — Se houver alguma alteração no planejamento, respeitarei, é claro, as escolhas da senhora.

Pequenos vasos sanguíneos pareciam pulsar nas bochechas gordas do dr. Koenig, e eu quase podia ouvir a pressão sanguínea dele sibilando como uma panela de pressão. O dr. Langer, por outro lado, não fazia nada além de olhar atentamente para o meu rosto, sem piscar. Foi a minha vez de me contorcer por dentro, na profundidade de seu olhar negro como azeviche e nos pensamentos mais sombrios por trás dele. O pomposo Koenig era uma paródia de si mesmo, mas o dr. Langer era simplesmente perigoso — um açougueiro bem-disposto — e fiz uma anotação mental para me lembrar bem disso.

Mais tarde, soube por Eva que ela havia fingido cansaço e adiado a visita do dr. Koenig para a próxima vinda dele a Berghof, e tive de reprimir um sorriso ao pensar no grande homem sendo enviado com uma pulga atrás da orelha em sua enorme cabeça.

Sala de costura, o campo, norte de Berlim,
Novembro de 1942

O barulho da sala de costura era impressionante quando a produção estava no auge, uma dança combinada por cerca de cem rodas de máquinas, criando um grande rugido na barraca. Estranhamente, o som intenso proporcionava um pequeno manto de privacidade, enquanto o barulho envolvia cada mulher curvada sobre a sua mesa, autômatos nas tarefas, mas zelosamente guardando os seus pensamentos.

Os oito meses no campo arrastavam-se; cruelmente, os meses mais quentes haviam passado, sendo substituídos por noites geladas, quando nos aconchegávamos nas barracas, o cobertor que cada uma de nós tinha muito fino para repelir o frio cortante, fazendo-nos abrigar os nossos corpos em grupos de três nos beliches. O meu precioso casaco, doado pelo companheiro de prisão em Berlim, havia sido confiscado na minha chegada, junto com as nossas roupas e todos os pelos e cabelos do corpo, que foram todos raspados, e o couro cabeludo queimado com água fervente como parte da nossa limpeza. Eu não tinha visto um espelho desde então. Nem queria. A crosta na minha cabeça parecia feia ao toque, e meu corpo coçava com manchas de pele crua e áspera. E isso foi antes dos piolhos.

Graunia e eu conseguimos ficar juntas na mesma barraca, embora estivéssemos separadas por divisões de trabalho. Depois daquela primeira noite desconcertante, depois de sermos vestidas com roupas de lã grossa, fomos entrevistadas para saberem nossas várias habilidades.

— *Diga a eles, diga o que você faz — insistiu Graunia, num sussurro.*

Eu não conseguia imaginar que houvesse necessidade de uma parteira e — tendo em mente o conselho do papai — eu não queria atrair atenção. Manipulei a verdade e disse a eles que sabia costurar, esperando que a minha experiência limitada na velha máquina de manivela da minha avó me permitisse blefar. As habilidades de escrita de Graunia garantiram--lhe uma posição no escritório, redigindo cartas e transcrevendo, com seu conhecimento de polonês e russo.

Minha aposta funcionou, pois a costura era rotineira e não envolvia nenhuma habilidade real além de uma mão firme e capacidade de seguir instruções. E trabalhar rápido. O superintendente na oficina não era militar, tendo vindo de alguma fábrica da vida anterior, onde, sem dúvida, pressionava as pobres funcionárias prometendo-lhes dinheiro. Ali, Herr Roehm ficava feliz em poder usar violência de verdade, cutucando-nos nas costas com a sua vara comprida e polida quando tentávamos alongar os nossos ombros doloridos, atingindo ossos quando o trabalho era péssimo ou as máquinas entupiam, como acontecia com frequência.

— Vocês chamam isso de trabalho? — ele gritou, fazendo parar a barraca inteira, acendendo e apagando as luzes como sinal para parar. Ele segurava os uniformes verdes-cinza de Wehrmacht que costurávamos dia após dia. — Se eu vestisse isso, seria motivo de riso para qualquer exército invasor. Olhem esta costura. É uma merda. Vocês são todas uma merda. Façam melhor.

O rosto dele, um pudim redondo e rosa, pulsava de raiva.

O castigo de uma mulher sempre era compartilhado, e Herr Roehm exigia regularmente da sala inteira uma hora a mais de trabalho, sabendo que perderíamos a chegada da panela de sopa na barraca. Graunia faria campanha para salvar a minha porção escassa de sopa — água gordurosa com lascas finas de repolho —, mas havia tanta fome que ela teria de lutar para guardar a minha xícara segura e muito menos quente. De qualquer maneira, o quadrado de pão ficaria velho, denso e com a textura de serragem, mas uma tábua da salvação sem gosto.

Eu tinha me adaptado? Suponho que sim, tanto quanto é possível se afundar em uma vida tão baixa. Na primeira semana, trabalhei atordoada; cada coisa ou pessoa que eu conhecia era engolida durante a noite e cuspida depois em uma bola oleosa de catarro que era essa vida. As recém-chegadas eram empurradas e forçadas pelos veteranos do campo. Era ou conseguir ou cair, simples assim. Como parteira, aprendi que as mulheres eram resistentes além da imaginação e, nas semanas seguintes, vira por mim mesma como os humanos podem e se apegam à dignidade e à vida em igual medida.

A fome era uma companhia constante; minha própria mãe não teria reconhecido a carne escassa no meu corpo esbelto, com apenas os meus braços mantendo qualquer tipo de definição, devido à pressão constante de empurrar o tecido pela máquina. Mesmo sem espelho, eu não reconhecia os contornos no meu próprio rosto, minhas bochechas tão pálidas que devia parecer que o meu pescoço poderia quebrar apenas com o esforço de sustentar a minha cabeça bulbosa.

O campo de concentração em si era conduzido com eficiência. Era imundo, cheio de doenças e um refúgio para a morte, mas funcionava como um relógio e distribuía punições com regularidade viciosa. Oficialmente, era comandado por homens da SS, mas, na realidade, as guardas mantinham a ordem e prosperavam como superintendentes. Elas tinham a aparência de um bando bem costurado, penteado e pintado, tendo montado bizarramente um pequeno salão de beleza no local, onde prisioneiras as penteavam nos estilos da moda. Quando não estavam incentivando os cães a rosnar para nós, mostravam carinho incalculável com os seus "bebês", cuidando de seu pelo e dando-lhes guloseimas com as quais só poderíamos sonhar. Cada uma delas poderia ter dado aos oficiais da SS lições de crueldade, como se o concreto tivesse sido costurado naquele uniforme cinza.

Os espancamentos eram comuns, cruéis e visíveis, o bloco de punição frequentemente superlotado e a morte, cotidiana. Os dias em que a carroça não partia para a margem do lago eram raros, com os pés ensanguentados cutucando uma fina mortalha, embora Graunia nos dissesse que — oficialmente — os atestados de óbito apenas indicavam insuficiência cardíaca ou pneumonia. Eu só esperava que eles fossem enterrados em paz, em vez de mil almas balançando por toda a eternidade ao redor das águas carregadas de lama.

Eu mantinha a minha cabeça baixa, costurando em alta velocidade, e me consolava com a companhia de Graunia e de várias outras na barraca. Havia cerca de oitenta, um mosaico humano de culturas e credos: alemãs, húngaras, polonesas e tchecas, mas nenhuma judia. A nossa união surgiu porque éramos antinazistas, comunistas, sociais-democratas e, por definição, todas compatriotas fracassadas. Éramos chamadas de "pragas" e gostávamos disso.

O resto do campo era uma lição de como dividir e governar. Judias, prostitutas, ciganas nativas, testemunhas de Jeová — todas consideradas "indesejáveis", cada qual em sua barraca, cujo tamanho dependia do número de indivíduos. As guardas tinham prazer de lançar os grupos uns contra os outros. Seria animador pensar que as mulheres forçadas a ficar juntas na adversidade se uniriam, todas se apoiando, as mais fortes ajudando as fracas. Mas a natureza humana não funciona assim. Aprendi rapidamente que a sobrevivência é o mais básico dos instintos humanos, e a arma mais forte dos nazistas era que eles sabiam disso. E a usavam.

Reissen, a superintendente-chefe, era perspicaz. Ela levara um tempo recrutando prisioneiras — ou kapos — para atuarem como líderes das barracas, dando a elas privilégios para tornar a vida mais suportável e um pouquinho de poder para exercer sobre as outras mulheres em troca de informações sobre dissidência. Elas também eram chamadas para fazer o trabalho sujo das guardas. Algumas mulheres, aquelas que, sem dúvida, pensavam que não tinham a moral a perder, trabalhavam no bloco de punições e participavam pessoalmente dos espancamentos. O desejo pela vida — a própria vida — é um poderoso motivador.

Como eu me mantinha fora do radar, nunca fui apontada. Em vez disso, formei um trio com Graunia e Kirsten, uma alemã nascida na República Tcheca, cujo crime havia sido levar judeus até navios comerciais que os transportariam para fora da Alemanha. Juntas, trocávamos comida, histórias, desejos e sonhos. Mantínhamo-nos vivas. Todas as noites, antes que as luzes se apagassem, dávamos as mãos e sussurrávamos: "Outro dia passou, outro dia vivo, outro dia em direção à liberdade". Isso me lembrava das palavras que eu dizia quase diariamente no hospital, para mães que achavam que nunca chegariam ao fim da jornada: "Uma contração a menos, e um passo mais perto de ver o seu bebê". A cada dia, aquela vida parecia cada vez mais longe de mim, como areia entre os meus dedos.

Até Leah. A sala de costura estava frenética naquele dia, com Herr Roehm ainda mais feroz do que o normal, devido a um pedido urgente do escritório superior do Reich. Haveria uma recompensa de um novo Mercedes-Benz como agradecimento por sua "lealdade" — Graunia nos contou isso porque digitou a carta de Roehm, garantindo ao escritório do Reich que estaria pronto a tempo, "o que fosse preciso fazer".

Naquele dia, duas mulheres já haviam desmaiado de desidratação, e uma tempestade de neve e tecidos entupiu o ar enquanto os cortadores trabalhavam em plena capacidade. Só tive tempo de me concentrar em não prender os meus dedos sob a agulha da máquina, que estava pulando a uma velocidade vertiginosa. O barulho era interminável e cacofônico.

Leah estava trabalhando a duas máquinas de mim. Eu a vislumbrei naquela manhã entrando na sala às seis horas, curvando-se um pouco, com uma mão segurando a barriga. Os sangramentos mensais eram raros entre as presas, mas as infecções de urina eram comuns, causando intensa dor na bexiga. Eu olhei para ela quando entramos e ergui a minha sobrancelha, como se dissesse: "Tudo bem?". Ela sorriu fragilmente, mas não assentiu. Ela era pequena e leve, e eu esperava que ela conseguisse passar o dia. Graunia havia nos dito que todo o carregamento deveria estar no trem às dez da noite.

Todas nós sentimos o cassetete de Herr Roehm naquele dia. Rápido não era bom o suficiente — ele queria que os uniformes voassem das máquinas a um ritmo obsceno. Ao meio-dia, quando viu a esperança de seu carro novo e brilhante ameaçada, a sua voz atingiu um pico febril.

— Suas putas! Não terão café no almoço até termos mais da metade do pedido. Mais rápido! Trabalhem mais rápido, suas vadias. Trabalhem para o Reich!

Havia manchas de suor em sua jaqueta, e ele parecia precisar de um médico mais do que algumas de nós. Leah já havia sido cutucada uma vez, além de ter recebido uma pancada no ombro quando ela visivelmente fez uma pausa. Quando já havia se passado muito tempo do intervalo, a mulher entre nós estendeu a mão para chamar minha atenção.

— Ela está com problemas — ela murmurou, e nós duas olhamos para Roehm, ocupado do outro lado da sala. Leah caiu para a frente, a cabeça aninhada no material. Ela não estava morta; eu podia ver a escada óssea da sua coluna através do seu vestido, subindo e pulando como se estivesse recebendo um suave choque de eletricidade.

Nós duas congelamos. A regra número um, martelada contra nós dia após dia, às cinco da manhã, nas fileiras cinzentas do quadrado, era de que não devíamos ajudar nenhuma mulher caída. A fraqueza não era tolerada, mesmo que tivesse sido criada pelo próprio Reich. O instinto de ajudar um ser humano em necessidade era punido com espancamento no bloco de confinamento solitário. Psicologia muito eficaz.

Eu sabia que se Roehm espiasse Leah parecendo dormir, o cassete- te dele cairia duro em seu corpo miúdo, talvez até em sua cabeça, com consequências fatais. Com uma mão, continuei costurando e agitei o outro braço no ar, na esperança de atrair a atenção da guarda em serviço que andava entre as fileiras. Ela era nova no campo e eu esperava que pudés- semos tirar proveito do pouco de humanidade que restava dentro dela. A kapo conversando com Roehm era particularmente brutal e, ironicamen- te, tínhamos mais chances com a guarda.

Ela se aproximou.

— O que é isso?

Apontei para Leah e a guarda foi até ela e puxou os seus ombros.

— Vamos, garota. Não cause problemas.

Um olho estava na minha máquina, o outro ao meu lado. A cabeça de Leah pendeu pesadamente, e a guarda a puxou novamente. Leah moveu- -se bruscamente e agarrou a barriga. Ouvi aquele lamento conhecido, mesmo com o barulho da sala. Zurrando baixinho. Trabalho de parto. Um bebê. Inconfundível.

Eu não pensei nas consequências, nas noites que eu poderia passar so- zinha em uma cela escura, sofrendo várias contusões. Logo fiquei em pé e espiei por baixo da borda do vestido de Leah, onde o formato da cabeça de um bebê já estava moldando a sua pele, pronto para aparecer a qualquer momento.

— Ela está prestes a ter um bebê — eu disse à guarda.

— O quê? Você consegue ver? — Ela olhou preocupada para Roehm, mas ele ainda estava distraído.

— Ainda não, mas não vai demorar.

Ela olhou para mim desconfiada e os nossos olhos se encontraram. Eu implorei com todas as minhas forças naquele olhar para não alertar Roehm, mas para nos deixar passar pela porta antes que ele pudesse usar o cassetete. Leah gemeu novamente, e os olhos da guarda se voltaram para a porta mais próxima. Ela pode ter pensado que a bagunça de um parto interromperia a produção e lhe renderia uma repreensão. Nós puxamos e arrastamos Leah da sala para o pequeno vestíbulo da barraca.

— Precisamos levá-la à enfermaria — retrucou a guarda, procurando Roehm atrás dela.

— Ela não vai conseguir — eu disse. — A cabeça estará aqui a qualquer momento. Confie em mim.

— O que faz de você uma especialista?

— Uma família grande, muitas sobrinhas — menti. — Precisamos de algo para embrulhar o bebê, algum tecido.

Leah estava no chão agora, aparentemente inconsciente, mas trazida pela dor da contração. Ela estava se esforçando e visivelmente tentando expulsar, a extensão de sua pele bem fina quando eu vi um círculo de cabelo preto do tamanho de uma moeda de um centavo. A parte de trás do vestido estava um pouco úmida, onde a pequena bolsa ao redor do bebê havia estourado. A desnutrição significava que não haveria muito líquido.

A guarda apareceu novamente com um pedaço de tecido cortado, os seus olhos movendo-se desconfortavelmente.

— É melhor que isso aconteça logo, ou Roehm virá aqui fora — ela latiu.

Mesmo assim, eu vi as mãos dela irem automaticamente para o ombro de Leah e darem um apoio fugaz.

Eu falava baixo com Leah, embora ela parecesse em seu próprio mundo.

— Está tudo bem, Leah, você está bem, quase lá.

O momento pressionava tanto ela quanto a mim.

Leah deu um empurrão todo-poderoso e a cabeça do bebê nasceu rapidamente, cabelos pretos contra a pele branca e calcária. O semblante estava calmo, os lábios avermelhados, e eu não sabia dizer se havia vida ou não. Com apenas um empurrão, o corpo deslizou para fora como um cachorrinho minúsculo, flácido e imóvel, uma corda magrela em volta do eixo do pescoço. Instintivamente, eu o esfreguei com o tecido.

— Ei, homenzinho; ei, querido, vamos lá. — E depois me inclinei para dar vida. Não pensei, apenas fiz.

Sem gordura na costela, era fácil ver quando ele respirava, um balão de vida atingindo o seu esterno, e ele tossiu e choramingou. Leah apareceu naquela fração de segundo, e seus olhos registraram alarme e medo, mas logo se juntaram a um sorriso. Um sorriso de verdade. Vários trabalhadores do Revier, o bloco do hospital, chegaram e nós a transportamos pelo pátio, ainda presa ao bebê, gotas de sangue rolando, vida e cor sobre o chão duro.

Dentro do bloco médico, eu trabalhei no meu próprio mundo, incentivando a placenta a sair com uma massagem no abdômen de Leah. Voltando-me para descartá-la, fui recebida com o olhar duro da oficial do Revier.

— Você tem algo a me dizer, prisioneira Hoff? — ela disse, as sobrancelhas arqueadas. — Parece que você está escondendo algo de nós.

34

COMEÇOS

Meia-noite do quarto dia desde que Dieter partira, e eu acordei com o barulho da maçaneta da porta. Sua silhueta alta moveu-se em direção à cama, na ponta dos pés e de meia.

— Tudo bem, estou acordada — sussurrei.

— Está muito tarde, você precisa dormir?

Apoiei-me nos cotovelos.

— Não, eu quero dormir com você... depois.

Na semana anterior, o meu desejo sexual — deprimido a quase zero desde o início da guerra — despertara, aguçado por sua presença. A sonolência diminuiu à mera visão de Dieter. A jaqueta foi largada no canto mais distante do quarto, e ele caminhou na minha direção e deslizou sob as cobertas.

A luz do sol estava passando pelas finas cortinas quando acordei. Levei alguns segundos para perceber que eu ainda estava enrolada na concha do seu corpo comprido, que ele não havia se esgueirado assim que o sol nasceu. Ele se mexeu quando eu me estiquei.

— Dieter, é muito tarde. Você não deveria ir?

Ele olhou para o relógio e lutou contra a névoa do sono, apertando a minha barriga enquanto se afundava novamente.

— Dieter?

— Hã? Ah, eu deixei Rainer usar o carro durante a noite, ele visita uma mulher na cidade. Ele não vai voltar até o meio-dia.

Ele cochilou enquanto eu olhava para as cortinas que estavam bailando na brisa. Meu estômago roncou alto, e eu teria dado qualquer coisa naquele momento para estar em um quarto de hotel parisiense em tempos de paz, o cheiro de café e bolos nas proximidades, tentando-me a fugir de debaixo das cobertas quentes e roubá-los de volta para a cama para compartilhá-los com Dieter.

Gradualmente, senti a sua respiração despertar, e ele se espreguiçou. Os seus cílios fizeram cócegas atrás dos meus ombros. Ele se recostou e eu mudei para caber como a última peça de um quebra-cabeça debaixo do braço.

— Você acha que algum dia vamos acordar em um bom quarto de hotel e tomar café juntos? — Eu fantasiei.

— Isso importa? — ele murmurou. — Eu poderia ir até ali e pedir à Frau Grunders que trouxesse uma bandeja, se você estiver realmente interessada.

Eu dei um cutucão de brincadeira em suas costelas.

— É sempre bom ter sonhos, capitão.

Ele pressionou o queixo no topo da minha cabeça e senti o ar quente das suas narinas.

A minha curiosidade cresceu com a duração do nosso silêncio.

— Dieter, o que você acha que vai acontecer conosco, com a Alemanha?

Ele refletiu por alguns segundos.

— Conosco? Não faço ideia. Mas, com a Alemanha, eu nem gosto de pensar. É irônico que Hitler provavelmente esteja em algum abrigo subterrâneo tentando manobrar uma vitória e, no entanto, estamos nos afundando cada vez mais em um buraco muito escuro.

— Isso é ruim?

— Acho que sim, a julgar pelo que chega à minha mesa. O alto comando sempre foi bom em fazer espetáculos, mas, por baixo, eles estão perdidos como ratos. Eu acho que Hitler subestimou enormemente os Aliados. Eles são tenazes e Churchill é uma raposa astuta.

Além da explosão que nos tinha levado à cama pela primeira vez, aquele era o mais próximo que chegamos de discutir a guerra em detalhes. Ainda assim, ele parecia desprotegido, como se expurgar fosse um conforto.

— Goebbels ainda tem o controle dos jornais, então o alemão médio pensa que estamos marchando pela Europa sem parar, de cabeça erguida. Na verdade, os Aliados estão assumindo postos-chave na Itália, e sofremos grandes ataques aéreos. As cidades alemãs estão sendo destruídas, e estamos mancando como um animal ferido. Também houve várias tentativas contra a vida de Hitler, de dentro de suas próprias tropas. Não é à toa que ele não está aqui em cima, brincando de família feliz.

Uma respiração ficou presa na minha garganta com a menção de uma tentativa de assassinato, e eu trabalhei para deixar o ar sair lentamente. As palavras quase foram ditas — as mensagens para Christa, o bilhete embaixo da máquina de costura, a ameaça potencial ao bebê. Algo em mim, no entanto, se conteve. Eu confiava nele, eu realmente confiava. Não achava que Dieter me machucaria ou me trairia. Mas, mesmo naquele momento, eu não tinha certeza do tamanho da ameaça no dia do parto. Eu não queria mais sobrecarregá-lo, fazê-lo escolher um lado ou outro. Muitas escolhas podem acabar nos quebrando ao meio, e ele era a única coisa boa que me fazia seguir em frente. Depois da morte de papai, minha energia tornou-se fraca. Eu precisava de um motivo para avançar até o dia seguinte.

— Dieter, você está com medo?

Ele respirou fundo e segurou o ar, tencionando o peito contra a minha orelha. Finalmente, soltou.

— Não sei mais o que é o medo. Eu perdi isso há um bom tempo, junto com a ansiedade e preocupação. Tudo meio que vira a mesma coisa; você vive cada momento esperando encontrar a morte em cada esquina, como um amigo perdido há muito tempo. Mesmo no meu mundo. Um comandante nazista bêbado com rancor e uma arma às vezes é tão perigoso quanto um campo de batalha.

— Você tem esperança? — Foi tudo o que pude dizer.

— Eu tenho agora — disse ele, me apertando.

Algo minúsculo e úmido serpenteou através dos cabelos no topo da minha cabeça e atingiu o meu couro cabeludo, mas eu não olhei para ver se era uma lágrima dele, ou se a centelha de todo o meu ser brotando para encontrá-lo.

Ele se vestiu adequadamente enquanto eu estava no banheiro, dando-me um beijo de despedida antes de fechar a porta. Eu entrei no salão dos criados enquanto a mesa era limpa, coloquei a chaleira para ferver e fiquei ocupada preparando o meu próprio café da manhã. Quepe debaixo do braço, Dieter entrou inquieto na sala.

— Bom dia, Fräulein Hoff. Parece que estou muito atrasado para o café da manhã no andar de cima — ele disse, com um sorriso no canto da boca.

— Parece que sim, capitão. Também estou um pouco atrasada.

Eu mal conseguia disfarçar o sorriso, correndo o sério risco de me entregar. Mas baixei a cabeça e segurei, o nosso segredo sendo a melhor das motivações.

— Estou fazendo café. Posso lhe oferecer uma xícara?

— Eu ficaria muito grato, obrigado.

E assim tomamos nosso café da manhã juntos, não em um quarto de hotel chique, nus e cheirando a sexo, mas completamente vestidos no meio da agitação da manhã e sob o olhar de aço de Frau Grunders enquanto ela entrava e saía do salão.

Fui para o quarto de Eva me sentindo nas nuvens. Mas ela ainda estava na cama — já eram dez horas — e me chamou e rolou com um gemido. Seu rosto estava pálido e inchado, sinais reveladores de uma noite ruim.

— Eva, tudo bem? Você parece cansada.

— Oh, Anke, será assim por semanas? Devo ter ficado acordada até cerca de três horas. Parece tão apertado aqui dentro, como se tudo estivesse sendo esmagado. Mas o bebê está se contorcendo muito, então isso é bom, não é?

— É, sim. Provavelmente é a cabeça do bebê virando e encaixando, o que também é bom.

Um minuto depois do exame, no entanto, fagulhas queimaram no meu cérebro. Quando apalpei a barriga, ela se contraiu sob os meus dedos, e o rosto de Eva se contorceu visivelmente, corando logo abaixo do queixo e subindo pelo pescoço, diminuindo quando a carne amoleceu novamente. A sua pressão arterial estava um pouco alta, e seu pulso aumentado. Se não estivesse muito enganada, Eva havia entrado em trabalho de parto.

O coração do bebê estava como sempre, e eu não a alarmei — se ela acreditasse que isso poderia acontecer iminentemente, a casa inteira estaria em alerta máximo. Mesmo que eu estivesse certa, ainda poderíamos ter dias de rumores até o grande momento.

— Bem, tudo parece normal. Tenho certeza de que vai se acalmar — eu disse a ela. — Talvez você deva dar um passeio e depois dormir um pouco mais tarde.

Estranhamente, ela parecia satisfeita com o meu conselho, e não pela primeira vez pensei que Eva Braun era forte o suficiente para suportar as exigências físicas que logo teria de enfrentar.

Encontrei Dieter na sala de comunicações e gesticulei para falar com ele do lado de fora, em particular.

— Não tenho certeza, mas acho que Eva está entrando em trabalho de parto — disse, quando saímos do alcance dos ouvidos curiosos.

Ele pareceu um pouco alarmado.

— Não é cedo demais? Eu entendi que seriam mais três semanas.

— Bem, mulheres e bebês são assim. Mas não, não é cedo demais, ela está com trinta e sete semanas, e o bebê não é mais prematuro. É só que eu não quero dizer com certeza até que eu realmente confirme. Não quero que as tropas desçam.

— O que você precisa que eu faça?

Eu queria beijá-lo ali mesmo, por reagir da maneira que eu esperava que ele reagisse.

— Quero trazer Christa para cá, mas sem alertar os Goebbels ou o dr. Koenig. Existe uma maneira de podermos chamá-la com uma boa desculpa?

— Sim, se você pensar em uma que seja crível. Sei que Frau Goebbels está ausente no momento, ou seja, as suas suspeitas não serão despertadas.

A notícia foi de um alívio profundo, e decidimos telefonar para Christa com o pretexto de ficar de olho em Eva à noite, pois ela precisava ir muitas vezes ao banheiro, e para dar os retoques finais no enxoval do bebê. Perguntas eram obrigatórias, mas poderíamos facilmente combatê-las. O mais importante era proteger o espaço ao redor de Eva, para que ela pudesse trabalhar sozinha com o bebê.

O CAMPO, NORTE DE BERLIM, NOVEMBRO DE 1942

— *Então, você é parteira?* — *Gerta Mencken olhou de soslaio para o meu arquivo.* — *E está na sala de costura?*

— *Eu pensei que seria mais útil lá* — *eu disse em um tom forte inexpressivo.*

Eu me tornara adepta a mentiras, tirando toda a emoção da minha voz, feições planas e olhos aparentemente sem visão.

Mencken tinha a reputação de ser uma nazista leal, mas mantinha o seu espírito de enfermeira na Alemanha antes da guerra. Olhando para o topo de seus cabelos loiros, cortados em um estilo masculino, me perguntei como ela combinava as duas coisas.

— *Sim... Bem...* — *Ela não estava convencida.* — *Você está aqui agora e poderíamos nos beneficiar das suas habilidades. Temos mais mulheres do que o previsto.* — *Ela olhou para mim e suavizou a boca propositalmente, embora isso também não fosse convincente.* — *As mulheres se beneficiarão com a sua experiência.*

Como todo verdadeiro nazista, Frau Mencken sabia como obter o melhor de suas prisioneiras, utilizando-se de uma forma sutil de chantagem moral. Eu poderia ajudar a tornar a experiência ali mais tolerável, dizia ela, e servir ao Reich ao mesmo tempo.

— *Apresente-se aqui amanhã de manhã, às seis horas. Vamos introduzi-la aos procedimentos.*

Eu estava com coceira desde que havia chegado ao acampamento. Ao contrário dos inúmeros insetos e piolhos residentes no meu corpo, fazendo eu me coçar loucamente até ficar em carne viva, essa farpa agora estava por dentro, picando o meu cérebro. Era o conhecimento de que bebês estavam nascendo no campo. Ingenuamente, imaginei que todas as mulheres grávidas fossem filtradas antes de embarcar nos transportes, já que aquele não era o lugar para dar à luz um bebê. Era um campo de trabalhos forçados, apenas crianças com doze anos ou mais — aquelas que conseguiriam trabalhar — eram permitidas. Mas a maioria da minha nova clientela não estava obviamente grávida quando se separaram de seus maridos, e algumas eram brutalmente estupradas por soldados alemães em captura. Mesmo assim, quando o campo foi aberto, o número de nascimentos era pequeno.

Elke, reclusa desde 1939, me disse que os primeiros bebês foram tratados com verdadeira reverência no Revier — lençóis limpos, banhos para as mães e até um copo de leite após o nascimento. Apesar de toda a agitação, os recém-nascidos não sobreviveram à vida no campo, sucumbindo à desnutrição de dias e semanas nos quais as mães não tinham leite nos seios, ou transportados e "germanizados" se tivessem a sorte de nascer com olhos azuis. A maioria dos bebês era de presas políticas, alemãs ou não judias e, portanto, apenas tolerada. Os poucos bebês judeus não sobreviviam sequer um dia.

À medida que a guerra prosseguia, a população do campo aumentou e, com ela, a quantidade de mulheres judias chegando já grávidas. Muitas foram estupradas com a invasão de Varsóvia e seus números aumentavam junto com as suas barrigas. No entanto, os nazistas eram astutos. O campo fornecia suprimentos essenciais para as tropas e trabalho para as fábricas de engenharia ao nosso redor, e os poloneses eram bons trabalhadores, principalmente os judeus. Ouvi Mencken um dia dizendo à sua

O FILHO DE HITLER

chefe kapo que as mulheres grávidas eram como mulas — se elas eram fortes o suficiente para carregar a criança, tinham muita resistência. "Uma semana após o nascimento, elas têm de estar em pé novamente, precisamos dessa força. Elas passam a valer mais para nós."

Esse seu pensamento, porém, não parou os abortos forçados. Qualquer mulher que julgassem com menos de vinte semanas era levada a um bloco separado e a um certo fim de uma ou duas vidas. Seus gritos podiam ser ouvidos a intervalos, enquanto médicos nazistas chegavam para aprimorar as suas habilidades sem anestesia. Se as mulheres sangravam, não passava de um dano colateral — embora eu frequentemente visse Mencken atravessando os corredores, xingando os médicos por reduzir o número de "garotas". Mas ela estava pensando apenas na mão de obra, não nos cadáveres lamentáveis caídos nas lajes.

As mulheres podiam ser igualmente determinadas, no entanto, e seu zelo em preservar a vida no útero supera facilmente a vontade nazista. Algumas mulheres só se davam conta do bebê quando sentiam cócegas no interior, já que os fluxos mensais — por estresse ou desnutrição — paravam quase na chegada. Os movimentos de um bebê e o abdômen levemente arredondado costumavam ser os primeiros sinais de gravidez. Mesmo assim, os vestidos de lã soltos escondiam bem as barrigas, e algumas mulheres escondiam de todos, exceto das suas companheiras de barraca, até o parto.

Na minha primeira manhã no Revier, uma mulher foi trazida da lista de espera às quatro e meia da manhã, permanecendo sem dúvida por horas no quadrado cinza, desabando com dores de parto. Quando ela chegou ao prédio e eu fui empurrada em sua direção, ela estava em trabalho de parto avançado, pingando suor e corando dos ombros à testa. Ela era tcheca, divagando em um dialeto que eu não conseguia entender, e eu não tinha escolha a não ser aplicar a linguagem universal do parto: um toque suave na mão dela, massageando a sua pele áspera em direção aos dedos de espantalho, um murmúrio estridente da minha voz enquanto eu falava uniformemente com ela em alemão.

— Deixe-me dar uma olhada, posso olhar por baixo do seu vestido?
— Eu nem sabia o nome dela.

Após uma contração, ela parou de murmurar e abriu os olhos. Nossas pupilas se cruzaram, eu sorri para ela e assenti.

— Está tudo bem — eu disse. — Você está tendo o seu bebê.

— Be-be — ela disse, e se abaixou para me mostrar o filho.

O Revier tinha visto dias melhores. Era um edifício sólido, pelo menos, sem buracos no piso, embora as paredes estivessem desgastadas pelo descaso. Os lençóis limpos das lembranças de Elke também se foram havia muito tempo — agora eram cinzas e rasgados, retalhados para fazer fraldas para os bebês que sobreviviam. Soube depois que o chefe da guarda não compartilhava o espírito de Mencken sobre mulheres grávidas saudáveis e tolerava os seus esforços em vez de encorajá-los. Não havia instrumentos, nem medicamentos, e havia apenas um punhado de parteiras prisioneiras de toda a Europa que a transformaram em algo além de um prédio para abrigar o nascimento. A experiência e a humanidade delas o transformaram em uma maternidade.

Quaisquer que fossem as nossas habilidades, o fim de uma vida nunca esteve por trás da doação de uma nova. Todos os bebês não judeus — aqueles sem olhos azuis — eram transferidos para um kinderzimmer, um quarto de crianças, após apenas dois dias com suas mães, que tinham permissão para visitar apenas brevemente durante o dia. À noite, a porta ficava trancada e a janela deixada aberta, mesmo no inverno. As mães frequentemente achavam os seus bebês rígidos e sem vida pela manhã.

O FILHO DE HITLER

Outros recém-nascidos morriam de fome lentamente nas semanas seguintes, e apenas um punhado vivia além de um mês.

Para os judeus, no entanto, havia um destino mais certo. Nunca esquecerei a primeira vez que ouvi o som de um recém-nascido tombando no barril de água; meu estômago se contraiu e minha garganta ardeu com a percepção de que uma vida estava sendo brutalmente apagada. A dor de cada mãe que suportava aquele som não podia ser compreendida. Como parteira, tendo sido conduzida pela luz da vida em cada turno — uma mãe unida ao bebê — todo o meu éthos foi abalado. O que eu estaria fazendo? Simplesmente ajudando o breve transporte entre a vida e a morte? Eu estaria prestando serviços de manutenção à máquina nazista para aprimorar uma nova força de trabalho, ajudando Hitler em seu objetivo desprezível por uma Alemanha limpa, banhada em imundície moral?

Depois daquele primeiro dia no Revier, revirei-me no beliche, não pela coceira dos percevejos, mas pela consciência lutando com o meu cérebro. A verdade é que eu tinha pouca escolha. Era ou cumprir, ou ser levada para a floresta e fuzilada por dissidência — muitas nunca haviam retornado depois de algo menos pior. Ou enfrentar a ameaça sinistra de transporte para o Leste. Àquela época, ninguém sabia exatamente o que havia no "leste", mas todas sentíamos que não era algo bom.

Nas semanas seguintes, a luta moral diminuiu, e eu encontrei um novo propósito, uma luz que só pode ser descrita como obscurecida — uma fenda em meio ao cinza, mas algo a ser tirado do horror daquele mundo alternativo. As mulheres que entravam no Revier eram surpreendentes; chegar além de vinte semanas sem aborto já era um milagre, mas fazê-lo com um bebê vívido e esperto em seu abdômen, dizendo "Estou aqui, estou vivo", parecia inacreditável. Elas haviam preservado os seus bebês com todas as células esgotadas, os olhos afundados pela falta de nutrição e pela preocupação, pequenos inchaços pesados nas pernas às vezes tão finas quanto juncos. E nunca pensavam em desistir. Nunca. Dar vida era tudo. A maioria sabia que seria uma existência curta, mas todas abrigavam uma pequena esperança de que a guerra terminasse repentinamente, com uma rápida libertação dos Aliados e um alívio de última hora para os seus recém-nascidos.

Logo percebi que meu papel — e o das dez outras parteiras qualificadas no campo de concentração — era trazer dignidade para onde não se podia prolongar a vida. Poderíamos criar memórias, talvez de apenas horas ou dias, em que a bondade e a humanidade vencessem. Sentamos, treinamos e eliminamos os pequenos extras que podíamos fazer para que todas as mulheres sentissem que estavam recebendo os melhores cuidados naquele contexto.

Cada uma de nós tinha a sua maneira de criar um mundo pequeno e impenetrável na dura realidade do barulho e do fedor ao nosso redor. Era um pequeno cosmos onde chorávamos e ríamos com elas, onde mantínhamos um espaço — talvez apenas por alguns minutos — tão puro que apenas o filho delas, o bebê delas, existia naquele momento. A história delas. A dor ardente da separação de um bebê não era menos dolorosa, mas ao lado da tristeza havia lembranças do que elas fizeram por seus bebês — lembranças de terem sido mães.

E naquela arena doentia de morte oculta, voltei a viver.

35

PREPARAÇÃO

Excepcionalmente, fiquei agitada após o exame de Eva, dando voltas pelo complexo e tentando espiá-la a uma curta distância. Ela apareceu no terraço por volta do meio-dia, e eu fui lhe dizer que Christa chegaria para ajudar nos últimos preparativos. Ela pareceu satisfeita, mas também preocupada — movendo-se desconfortavelmente na espreguiçadeira, agarrando-se à barriga inconscientemente enquanto fazia isso. O seu rosto estava menos pálido agora, ficando corado a maior parte do tempo. Ela me pediu para ficar e lhe fazer companhia, e por um tempo fiquei sentada folheando uma revista, com os meus ouvidos atentos à respiração dela e observando as contorções do seu corpo. Olhando para ela, tive certeza de que ela estava prestes a dar à luz.

Partimos para o almoço e Christa chegou em mais ou menos uma hora, levada por Daniel. Senti verdadeiro alívio pela presença dela. Sem treinamento e com pouca formação médica, ela era, no entanto, o que eu mais precisava, uma aliada de confiança — como Rosa antes dela. Ela chegou bem precavida, com pacotes de tecido e a sua caixa de costura, convencida de que ficaria acomodada pelo menos por três semanas antes do nascimento, e o seu rosto se entristeceu quando lhe contei sobre as minhas suspeitas.

— Jura? Assim tão cedo? — Os seus grandes olhos verdes se arregalaram.

— Ainda é possível que tudo dê errado, mas os sinais são bons.

— Você está aliviada?

— Sim e não — eu disse sinceramente. — Fui levemente pega de surpresa, mas, para ser sincera, se Eva passasse da data, estaríamos sob um escrutínio muito maior. Melhor que esse bebê venha quando quiser. Teremos de enfrentar isso, de qualquer forma. Se há uma certeza sobre partos, é que ninguém fica grávida para sempre.

Nós duas rimos, para quebrar a tensão que pairava sobre as nossas cabeças, uma nuvem que nos seguiria até o sol nascer, ou um trovão tirânico nos abalar.

— Qual foi a reação dos Goebbels? — perguntei.

— Os patrões estão fora. Cada um em um lugar. Não duvido que eles tenham espiões em casa, mas acho que agi de forma casual o suficiente.

Ela disse que não havia mais mensagens do grupo de resistência.

— E você?

— Não, nada.

Eu devia ter dito a ela, por causa da nossa relação de confiança, mas pensei que isso não mudaria o nosso plano, apenas aumentaria a tensão. Estávamos decididas a dar um bebê saudável a Eva e a prosseguir com as nossas vidas.

Decidimos que Christa dormiria no quarto de Eva naquela noite, para manter o fingimento, mas eu queria que Christa me chamasse, se necessário, e não uma das criadas. Ainda não havia como saber quem estava junto aos Goebbels ou com a resistência.

O FILHO DE HITLER

Logo depois das três da tarde, Eva me chamou para o quarto dela, com o rosto banhado em alarme.

— Olhe! — ela disse, guiando-me até o banheiro. A sua calcinha de seda estava no chão, suja com uma camada de muco, riscada de rosa e vermelho. — O que é isso?

— É apenas um sinal de que você está se preparando, um bom sinal — tranquilizei-a. O "tampão", uma massa gelatinosa que vigia a entrada do útero, pode cair duas semanas, dois dias ou duas horas antes do início do trabalho de parto, mas, com base em tudo que vira, sabia que aquela era outra indicação de que estávamos perto.

— Venha, vamos ouvir o bebê.

Ela ainda estava apertando-se por dentro, a pele como uma concha sólida quando estava deitada, mas ela não se contorceu ou reagiu ao toque. Eu conhecera mulheres chorando naquele momento de exaustão e desânimo, mas Eva estava, mais uma vez, dando mostras da sua resistência.

Christa a ajudou a tomar banho e combinamos o plano para a noite. Ainda assim, não mencionei "trabalho de parto", brincando com a inocência de Eva. Eu também sabia que precisava dormir — no caso de ser chamada de madrugada — e voltei para o chalé depois do jantar. Christa se juntou a mim brevemente na varanda, mas até ela estava cansada e logo saiu. No fundo escuro, vislumbrei uma sombra pairando ao redor da casa. Por um momento de ansiedade, imaginei que era a resistência tentando fazer contato direto, mas a patrulha estava circulando e o vulto não se encolheu quando dois pares de botas se aproximaram. A patrulha se foi, a silhueta ondulante de quepe assumiu a sua forma familiar.

Ele se aproximou com um sorriso, quepe na mão. Sem palavras, nós dois olhamos em volta e desaparecemos no chalé, fechando as cortinas. Ele tirou a jaqueta e nos beijamos antes de falar, os meus dedos serpenteando sob os suspensórios e segurando as costelas sólidas sob a camisa.

— Estava ansioso pra fazer isso o dia todo — sussurrou Dieter, enquanto separávamos os nossos lábios úmidos. — Pra ser sincero, espero que Eva aguente firme só para que eu possa ter mais de você.

— Eu também — admiti.

— Alguma novidade?

Eu contei a ele sobre os sinais.

— Ela vai entrar em trabalho de parto hoje à noite, ou vai passar e teremos de esperar mais — eu disse. — Honestamente, não sei dizer. Ela é muito difícil de ler.

— Bem, bem... — ele zombou. — Uma mulher que supera a intuição da grande irmã Hoff! Eva Braun tem o meu respeito.

Eu o cutuquei de brincadeira nas costelas, e essa foi a nossa sugestão para deslizar na cama e atrasar o meu precioso sono.

36

TURNO DA NOITE

— Anke! Anke!
Uma urgência rouca me fez lutar contra a superfície do sono, nadando contra uma maré. Quando me libertei, ouvi uma batida no vidro.

— Anke! Anke!

— Já vou — consegui dizer, apenas sentindo que Dieter estava ao meu lado. Quando ele despertou, eu me virei e coloquei o dedo nos lábios, sinalizando silêncio.

O rosto de Christa estava perto da porta; ela estava de camisola e cabelos frouxamente presos em um rabo-de-cavalo.

— Acho que você precisa vir — disse ela.

É estranho que eu estivesse sonhando com Eva dando à luz — desta vez na Teehaus, com Negus e Stasi como as minhas assistentes de confiança. E ainda assim levava alguns segundos para o bebê se encaixar.

— Anke... — O tom de Christa me fez acordar mais ainda. — Acho que a bolsa dela estourou.

Com isso, fiquei totalmente alerta.

— Tudo bem, volte para ela, estarei em alguns minutos atrás de você. Que horas são?

— Duas e meia da manhã.

Ela podia ter se perguntado por que eu mantive a porta entreaberta, por que não disse "Entre e conte-me tudo" enquanto me vestia rapidamente. Mas, naquelas circunstâncias, eu não me importei.

Quando eu me afastei, Dieter estava apoiado em um cotovelo, esfregando o sono dos olhos.

— Algum problema?

— Nenhum, mas começou — eu disse, puxando as minhas meias, sem jeito. — Christa acha que a bolsa de Eva estourou, o que significa que é provável que o trabalho de parto siga em frente.

Ele balançou as pernas para o lado da cama, afastando mais fadiga do rosto.

— E dr. Koenig? Quando devo ligar para ele? Você sabe que precisamos, Anke.

— Eu sei. — Parei de abotoar a blusa, confabulando na minha cabeça. — Mas você está supostamente dormindo no seu quarto, não é? E não sabe de nada até eu chamar você, ou a casa acordar.

— Não deixe que seja tarde demais, Anke — ele alertou. — Koenig já está irritado. Ele poderia piorar as coisas para você. Eu farei o meu melhor para mantê-lo afastado, mas...

— Eu sei.

— Você sabe o quê?

— Eu sei tomar cuidado, Dieter. Honestamente, estou fazendo isso apenas para me manter viva, pela minha família. Não vou arriscar no último minuto. Mas eu sou a parteira de Eva. Para mim, isso vale de alguma coisa.

— E eu amo você por isso.

O FILHO DE HITLER

Eu congelei com essas suas palavras, apenas com um sapato no pé, enquanto ele me chamava em direção à cama. Ele estendeu as duas mãos, dedos longos e fortes se curvando sobre os meus e apertou-os com força.

— É uma loucura, é a hora mais estranha — disse ele, olhando para o chão. — É a guerra. Mas isso... é amor. — Ele ergueu o queixo e fixou aqueles olhos, que eram cor de turquesa até na escuridão, contra os meus. — Eu a amo, Anke. Eu amo você e o que você é.

Movi os meus lábios em direção a ele. O meu coração estava batendo forte — adrenalina pelas notícias de Christa e desejo pelo homem na minha frente, um coquetel inebriante.

— Eu também amo você. Cada grama de você. O que tivemos, mesmo que seja...

— Shhh. Não precisamos falar disso. Apenas termine hoje e resolveremos isso depois. Nós vamos, eu prometo. Vamos deixar essa vida para trás.

O nosso beijo foi longo e intenso. Apesar do que ele dissera, nasceu do desespero e do desejo. Eu beijei o topo da sua cabeça, inalando o cheiro da sua juventude. Eu não queria sair dali nunca.

— Anke — ele chamou enquanto eu me dirigia para a porta. — Aqui, pegue isto. Você vai precisar.

Ele atirou o relógio de pulso no ar e eu o peguei. Não era um padrão do Reich, mas mais um estilo pessoal, um mostrador redondo e liso e uma correia bem usada, com um fecho dourado que o atava ao seu pulso fino.

— Obrigada — eu respondi sorrindo, colocando-o no bolso e saindo pela porta em direção a um dia incerto.

Saí de fininho pela porta da frente e atravessei o corredor na ponta dos pés, sem sapatos, parando brevemente para ouvir com cuidado os sons da noite. Nada de diferente me chamou a atenção. No quarto de Eva, o alívio de Christa era claro, embora não o de Eva — ela estava deitada de lado, com os joelhos erguidos e a camisola cobrindo apenas as nádegas, com a cabeça enterrada nos travesseiros. Uma mão estava pousada sobre a barriga e a outra cobrindo os olhos, embora a luz estivesse suave, com uma única lâmpada acesa na mesa de cabeceira. Podia-se ouvir a sua respiração regular, mas ela não estava gemendo nem chorando.

Christa já havia reunido alguns dos equipamentos, e eu trouxe o que faltava.

— Há quanto tempo ela está acordada? — sussurrei.

— Ela começou a ficar agitada por volta da meia-noite, revirando-se de um lado para outro. Depois, levantou-se por volta das duas e ficou no banheiro por algum tempo. Ela me chamou pouco antes de eu ir buscar você.

— O que ela disse?

— Que sentiu um estalo e depois água saindo. As dores ficaram mais fortes quase imediatamente.

— Você olhou no vaso, viu o que havia lá?

— Uma pequena quantidade de sangue, e eu sei que não há problema nisso, mas a água parecia um pouco suja. Deixei para você olhar, não dei a descarga.

— Perfeito, Christa, você é maravilhosa.

Ouviu-se um gemido baixo vindo da cama, indicando uma nova contração. Eva respirou mais profundamente, depois soltou um novo gemido, dessa vez ainda mais longo, mas sem demonstrar pânico. A mão que estava sobre os olhos agarrou-se ao travesseiro, e o tecido e o seu rosto pareceram igualmente enrugados de dor. Christa foi até ela e começou a esfregar as suas costas e a murmurar palavras de encorajamento.

No banheiro, o relatório de Christa parecia preciso. O sangue era um bom sinal do colo uterino começando a se abrir, enquanto a mancha marrom na água já não era tão animadora. Koenig certamente consideraria aquela uma razão para intervir, mas, desde que o bebê estivesse bem, eu não tinha por que ficar preocupada. Eva estava deitada sobre uma toalha branca, e era fácil ver que o mecônio não era espesso; apenas dava uma coloração clara ao líquido amniótico — a variedade preferível dessa substância.

— Eva, é a Anke — sussurrei. — Posso ouvir o bebê?

Como tantas vezes antes, ela se virou automaticamente, embora desta vez com óbvio desconforto, e levou um tempo para se deitar de costas.

Sob as minhas mãos, a cabeça do bebê parecia já estar posicionada na região mais baixa, na pélvis da mãe, mas, diferentemente dos dias anteriores, não consegui localizar as costas, apenas os membros de cada lado do corpo. Fechei os olhos e examinei novamente, não querendo acreditar. Mas, com o instinto de um cego, a percepção foi a mesma. Era um palpite, mas bom — o bebê estava de costas, com a coluna paralela à coluna de Eva. Aquilo não era tão alarmante para parteiras quanto os bebês sentados, mas muitas vezes significava uma longa jornada, lenta e cansativa, pois o bebê tentaria girar cento e oitenta graus dentro da barriga ou atravessar a pélvis da mãe de costas — o que era conhecido por ser muito mais doloroso, pois dessa maneira o canal de parto seria menos elástico. Com a cabeça tão baixa como estava, senti que o bebê de Eva não seria capaz de virar corretamente. Teríamos uma longa noite e um longo dia pela frente.

Com contrações claramente regulares, Eva deu o consentimento para que eu a examinasse, o que confirmou a minha suspeita: havia um espaço atrás da cabeça do bebê, e a cabeça estava tentando, mas ainda não conseguindo, se embutir nos limites ósseos da pélvis, o que costuma ser descrito como "não conseguindo se encaixar direito". Pelo lado bom, o colo do útero estava fino e dilatado em quatro centímetros, abrindo-se mais e mais, e eu pensei ter sentido uma espessa camada de cabelo na cabeça do bebê. Não havia mais como voltar atrás.

Felizmente, o bebê parecia estar bem, com cento e quarenta batidas por minuto. Outra contração levou Eva a ficar de lado novamente. A posição do bebê também provocava uma dor dilacerante nas costas, por isso Christa já estava empenhada, esfregando com força a coluna de Eva durante a contração. Ela choramingava mais com a dor do que com a contração em si, apoiando a mão na lombar enquanto respirava.

Sem alarde, compartilhei com Christa as minhas suspeitas, não para alarmar, mas como uma maneira de prepará-la. Aquele não seria um trabalho de parto rápido, que terminaria antes da chegada do controlador dr. Koenig.

— O que fazemos agora, então? — perguntou Christa.

— Esperamos, é tudo que podemos fazer. Ouvimos o bebê, cuidamos de Eva e a incentivamos. O resto é com ela e o bebê.

— E com a esperança?

Eu consegui dar uma risada leve.

— Sim, Christa, você está aprendendo rápido. Contamos muito com a esperança.

Com Eva, concentrei-me apenas nos aspectos positivos.

— Você está bem — eu disse, com o meu rosto próximo ao dela.

Ela fez uma careta como se não acreditasse.

— Você está em trabalho de parto, o seu bebê está a caminho.

— Com a voz segura, prometi: — Hoje é o aniversário do seu bebê. — E, em seguida, lembrando-me de como ela se preocupava com a data do nascimento: — Estará aqui antes do casamento de Gretl. Você mostrará o seu bebê a todos os convidados.

Isso provocou, ao menos, um sorriso.

— Ela sentirá tanta inveja — ela murmurou contra o travesseiro, ao sentir outra contração.

Christa caminhou pelos corredores para buscar mais água e relatou que a casa ainda estava quieta. A criada da cozinha acordaria às cinco para acender o fogão e então talvez precisássemos revelar o que estava acontecendo. Imaginei que Dieter seria inteligente o suficiente para enviar Daniel para buscar os médicos em vez de contratar um carro já na cidade — o que adicionaria mais uma hora à viagem deles, se não mais. Eu começaria a defesa de uma muralha enquanto tentava derrubar outra.

O campo, norte de Berlim, abril de 1943

— Bem, se ela não vier, teremos de arrastá-la, ou ela morrerá em sua cama. E será bem-feito.

Mencken fechou a gaveta da mesa com tanta força que vários corpos recuaram, como se um tiro soasse bem dentro do Revier. Ela estava de mau humor — a sua força de trabalho havia sido dispensada mais uma vez, o que mexia com o seu orgulho e colocava sua reputação em risco.

Apenas um mês antes, Mencken recebera o mais alto de todos os elogios do Partido, uma carta assinada pelo próprio Heinrich Himmler, elogiando-a por um "registro exemplar de fornecimento de força de trabalho" no campo. Com a carta emoldurada e trancada em sua gaveta no Revier, Mencken era levada a manter a confiança de Himmler em seu trabalho. Ela não dirigiu um pensamento humano para a mulher que trabalhava na Barraca 16, que estava se recusando a entrar no Revier — mas, se ela sangrasse e não estivesse em seu posto de trabalho dentro de uma semana, isso refletiria mal para a oficial enfermeira-chefe.

— Envie os guardas para a barraca — Mencken latiu para uma das kapos. — E levem os cachorros.

Uma visão repentina e grosseira de uma mulher arrastada diante de cães rosnando e o medo brotando dentro dela me fez falar.

— Eu vou — eu disse. — Vou atendê-la na barraca.

O rosto de Mencken enrugou com aversão. A Barraca 16 era um quartel totalmente judaico e, por mais que odiasse as judias que manchavam *o seu domínio, ela queria acompanhar todos os partos — e nós, parteiras. Somente os bebês que nasceram rapidamente durante o Appell ou no banheiro vinham ao mundo fora do Revier.*

— Por que você faria isso? — ela disse, pupilas escuras de fuligem diretamente nas minhas.

— Os cães apenas interromperão as contrações. Se pararem, o bebê pode virar de repente e teremos um trabalho transversal ou obstruído, e é mais provável que ela sangre.

Eu estava exagerando loucamente, mas Mencken era uma enfermeira, não uma parteira, e era fácil cegá-la com jargões. Duas parteiras de cada lado de mim concordaram, juntando-se à conspiração. A mente de Mencken agitou-se, pensando sem dúvida na infecção moral de sua unidade relativamente limpa e na pequena sala reservada às judias, já com capacidade total.

— Tudo bem — ela disse. — Mas eu quero saber o minuto do parto. É com você, Hoff. Se ela não voltar ao posto dela dentro de uma semana, você poderá perder o seu. Ou será mandada para o Leste.

Pode ter sido um blefe da parte dela, mas foi o suficiente para fazer os meus nervos vibrarem — nós aprendemos gradualmente que o transporte era para um lugar não projetado para trabalho ou vida. Ninguém fugia em um caminhão com destino ao Leste.

A Barraca 16 estava quase deserta, com todas as prisioneiras em serviço. O único barulho era um gemido baixo na parte da frente, embalado pelos sons do campo de concentração. Era o maior silêncio que eu ouvira em meses. Uma jovem estava em pé quando entrei, ombros rígidos, a sua expressão em alerta. Ela relaxou um pouco ao ver que eu não era guarda nem kapo. Com apenas dezessete anos, era uma cabeça envelhecida em ombros jovens.

— Eu sou a Rosa — disse ela, óbvias linhas de preocupação em sua jovem testa. — Eu tentei argumentar com mamãe, mas ela não vai. Ela diz que o bebê deve viver e morrer em nossa casa.

— Tudo bem — eu disse a ela, uma mão em sua carne fina. — Podemos ficar.

Com essas palavras, Hanna saiu da sua bolha do trabalho de parto, rolou para o lado e começamos a jornada em direção ao nascimento.

Esperamos e cuidamos, Rosa ao lado de sua mãe constantemente. Fiquei vigilante enquanto os papéis eram revertidos, a filha dissipando a angústia de sua mãe, tranquilizando-a ao ouvir as inevitáveis palavras finais: "Eu não consigo".

— Sim, você consegue, para nós, para todas nós — tranquilizou Rosa, e observou, com os olhos arregalados, mas com maturidade silenciosa, a mãe dar à luz um menino surpreendentemente alegre.

Os cabelos louros e os olhos claros do bebê confirmaram o que Rosa me contara mais tarde: Hanna havia sido estuprada por um capataz civil da fábrica, aproveitando as suas merecidas "regalias", como ele as chamava. Ele espoliou o corpo dela, e o Reich roubou a vida resultante poucas horas depois. Hanna, no entanto, estava viva, Rosa ainda tinha a mãe, e a balança distorcida da justiça naquele novo mundo nos dizia que deveríamos ser gratas por isso.

Fiquei até cuidar dela no pós-parto. Quase cem voltaram à barraca na ponta dos pés, e as notícias de alguma forma se espalharam pelo campo. Silenciosamente, elas seguiram para os beliches e, depois, em direção a Hanna e Rosa, cada uma oferecendo uma mão ou um abraço. Quase todas desistiram da porção escassa de sua sopa naquele dia para alimentar Hanna, de modo que, quando estávamos sentadas cantando em um círculo ao seu redor, ela adormeceu nos braços de Rosa, com a barriga mais cheia do que nos últimos meses e um coração raspando em seu interior vazio.

MANDY ROBOTHAM

Hanna estava em pé e em seu posto de trabalho em seis dias, e Mencken notou os dias extras de trabalho, relutantemente me dando um aceno de cabeça quando passei por ela no Revier. Nos meses seguintes, ocorreram mais nascimentos nas barracas. Eram de judias, principalmente, mas não eram tratadas como dissidentes, desde que eu ou outra parteira estivéssemos dispostas a ir até lá. Mencken deleitou-se ao manter o seu navio comandado a ferro e fogo moralmente limpo, apesar das paredes sempre em ruínas e do chão imundo; ali havia menos ratos do que nas barracas, mas apenas em virtude de o edifício estar sobre palafitas de madeira.

No entanto, como a maioria dos bebês morria bem antes de a infecção começar, a sujeira não era minha principal preocupação. Além disso, quando um bebê ia nascer em uma barraca, um recolhimento geral de trapos ou papéis por todas as mulheres tornava a área mais limpa do que o bloco do hospital, tornando-a estranhamente mais segura contra infecções. E em sua própria "casa", elas estavam cercadas por amigas e amor, um bálsamo vital para a inevitável dor. De alguma forma, senti-me — como havia vivido na minha comunidade em Berlim — entre mulheres fortes que se entendiam, como se fossem aranhas tecendo elegantes teias de amor e proteção, sem se importar com quantas vezes a teia era destruída.

Mesmo assim, partia para cada parto com o coração pesado. Não importava a proximidade da comunidade na barraca, o resultado final era sempre o mesmo — uma mãe sem o seu bebê, em horas, dias ou às vezes semanas, se tivesse o azar de ver o seu filho miar de fome por tanto tempo. A separação era uma agonia todas as vezes, e não podíamos lutar contra o cassetete ou a arma. Eu me recompunha antes de cada parto, um pingente de gelo preso em algum lugar no fundo do meu músculo cardíaco, e depois soluçava para Graunia e Kirsten quando o nível de injustiça transbordava. Eram elas que me lembravam do que estávamos fazendo

— proporcionando dignidade dentro da máquina nazista. E eu precisava relembrar frequentemente de que o que fazíamos era mesmo bom, e não simplesmente uma maneira de ajudar os maus.

Com o tempo, eu criei confiança suficiente para passar de barraca em barraca, cuidando das mulheres pré-natais ou pós-parto, e usando as minhas habilidades para ajudar doentes, as feridas e inflamações que precisavam ser curadas. Logo, raramente ficava no Revier e fiquei conhecida como a "parteira do parto domiciliar", embora fosse triste imaginar que qualquer mulher pensasse naquelas barracas como o seu lar. Após o primeiro parto, Rosa tornou-se a minha auxiliar oficial e trabalhamos juntas em inúmeros partos.

É verdade que nunca perdemos um bebê ao nascer. Na gravidez, sim — e, depois do nascimento, perder era a norma. O nosso único sucesso era na recuperação, pois as mulheres sobreviviam. Atendidas por suas amigas, eram embaladas em amor e tristeza compartilhada, e, enquanto a provisão da força de trabalho de Mencken fosse saudável o suficiente para suportar, ela tolerava meus esforços.

A mobilidade significava que eu era uma boa mensageira, praticando ações rápidas e furtivas, enfiando pedaços de papel nas roupas ou nos sapatos, com itens maiores aninhados entre os trapos encharcados após o nascimento. Nenhuma das guardas do sexo feminino jamais quis mexer neles com as suas unhas bem cuidadas, e os soldados do sexo masculino eram ainda menos propensos a isso. Os melhores ganhos foram em visitas à cozinha de legumes — cada uma das trabalhadoras era revistada religiosamente, mas eu estava muitas vezes suja demais para que os guardas quisessem me tocar, dada a minha proximidade com o parto, o sangue e o pus. Às vezes, eu conseguia contrabandear uma batata pequena, em um dia bom um nabo mal crescido.

Em um dia de sorte, uma nova guarda ficou tão claramente enojada com o fim de um recém-nascido que ela esquecera de pedir o retorno de um canivete que me dera às pressas para cortar o cordão. Ela não quis me pedir de volta depois por vergonha ou medo das consequências dos seus superiores. Com uma ponta afiada, eu podia distribuir pequenos pedaços de contrabando entre as barracas, um naco aqui, uma lasca ali, para as mulheres mais doentes ou mais fracas.

A faca dava calorias e conforto. A cada parto, eu cortava uma mecha do cabelo do bebê, enquanto Graunia usava um bloco de impressão roubado e um pouco de papel (ela ficara dois dias na solitária por sua incompetência na "contagem de artigos de papelaria") para carimbar os pezinhos como lembrança. Era um mau substituto para o bebê, mas, enquanto seguravam o precioso papel, as mulheres mantinham uma vida breve que entrara para a sua história — tangível e real. Para algumas, em sua tristeza e loucura pós-nascimento, era a única coisa que as amarrava à realidade.

E assim vivemos e sobrevivemos. Assim como os berlinenses, que mal conseguiam assimilar a agitação das insígnias nazistas pela cidade, as nossas expectativas de vida diminuíam gradualmente.

37

OBSERVANDO E ESPERANDO

O relógio de Dieter sinalizou que tínhamos chegado às seis da manhã quando ouvi uma batida suave na porta. Ele estava uniformizado, recém-barbeado, e a fragrância de sua colônia atravessava a abertura da porta, pressionando o pulso ansioso do meu coração.

— Como vai você? Algo a declarar?

Deslizei para fora da porta e me encostei contra a parede, esperando abafar a minha voz. As pontas dos nossos dedos se encontraram brevemente, ouvidos procurando por invasores próximos.

— Bem, ainda não temos o bebê, mas Eva está em um bom trabalho — eu disse. — Ela estava com quatro centímetros mais ou menos às três horas, mas é sempre melhor ser conservadora... melhor dizer dois para o médico.

O rosto de Dieter refletia confusão diante do meu linguajar de parteira.

— Isso significa que ela está quase na metade do caminho para expulsar o bebê, mas ainda faltam algumas horas — suspirei pesadamente. — Suponho que você precise enviar uma mensagem para Koenig agora. Não podemos mais esconder isso e precisaremos de ajuda da cozinha em breve.

— Tudo bem, se está certa disso. — E ele se virou para ir embora. Eu peguei o braço dele.

— Dieter, quando eles chegarem, por favor, venha me buscar. Não os deixe bater na porta. E não há criadas nos corredores.

Seu rosto ganhou uma expressão preocupada.

— Sei que é pedir demais — acrescentei. — Mas não quero que Koenig fique aqui. Isso pode desequilibrar Eva.

As sobrancelhas dele se ergueram. Era Eva ou eu que ficaria perturbada?

— De verdade — eu disse. — Pode atrasar todo o trabalho. Confie em mim quanto a isso.

Ele olhou para mim atentamente, sem nenhuma expressão exagerada.

— Eu confio em você, Anke. Tacitamente.

— Obrigada — eu disse. — Prometo mantê-lo bem informado. Não vou deixar você no escuro.

Christa e eu nos revezávamos cuidando de Eva, que se queixava muito pouco para uma mulher com tanta dor nas costas. Ela simplesmente precisava ter certeza de que aquela agonia era normal conforme as contrações se tornavam mais intensas. A cada meia hora, eu ouvia o bebê, colocávamos chá de camomila na boca de Eva e aquecíamos as folhas de lavanda para relaxar, espalhando um aroma forte no quarto. Bebemos café insípido para combater o efeito soporífero da lavanda e nos manter alertas. Nesse meio-tempo, fiz anotações abundantes sobre o andamento do trabalho de parto, escolhendo as minhas palavras com cuidado, sabendo que elas seriam revisadas por médicos e pelo Reich, talvez até pelo próprio Führer. Mais ainda, se algo desse errado.

O FILHO DE HITLER

Às oito e meia da manhã, houve outra batida leve na porta. Dieter de novo.

— Eles estão aqui — disse ele. — Coloquei-os na sala, e Lena os manteve ocupados com o café da manhã. Mas eles estão insistindo em vê-la em breve. Koenig parece estar sofrendo de uma grande ressaca, mas Langer é muito afiado. Seja cuidadosa.

— Serei. Estarei lá em cinco minutos, prometo.

Ouvi o bebê e deixei Christa no comando. Enquanto eu caminhava em direção à sala, era óbvio que alguns dos gemidos de Eva estavam serpenteando pelos corredores e levando a casa ao alerta máximo. Ela estava ficando mais vocal, e eu só podia imaginar que isso significava que o trabalho estava progredindo.

— Fräulein Hoff.

O dr. Langer se levantou quando entrei, mas a circunferência de Koenig o impedia de se erguer rapidamente. Isso e a boca cheia de pão e carne que ele estava mastigando. Ele assentiu com relutância.

— Como o trabalho está progredindo? — Os olhos de Langer estavam pretos como azeviche, mais ainda parecidos com os olhos de um furão.

— Fräulein Braun está indo muito bem — respondi. — Ela tinha dois centímetros às três da manhã, as contrações são boas, a bolsa estourou às duas e quinze.

— Fluido incolor? — Koenig conseguiu falar, com a boca ainda cheia.

— Sim — menti, sem vergonha.

— Frequência cardíaca?

— Dentro do normal, doutor.

Ele resmungou:

— Gostaria de vê-la.

Lá estava. A desconfiança não só de médico para com a parteira, mas também do Reich para com a sua prisioneira. Eu respirei.

— Fräulein Braun pediu que, a menos que haja alguma razão, ela só gostaria de mim e de Christa e de uma das criadas com ela. Como planejado.

Ela não dissera aquilo explicitamente, mas estava implícito em todos os aspectos.

Seus olhos brilharam nos meus, e sua resposta foi pura pompa:

— Eu acho, Fräulein, que, se você contar à sua patroa por que estamos aqui, ela nos receberá na mesma hora em seus aposentos. Estamos presentes para a segurança e sobrevivência do bebê. Talvez ela precise se lembrar disso.

— Com todo o respeito, dr. Koenig, acho que o senhor também encontrará aqui o mesmo objetivo, e Fräulein Braun já está ciente, e agradecida, por sua preocupação.

As palavras eram nítidas, nascidas de irritação e profundo desprezo por sua arrogância. Eu ignorei um tremor em algum lugar do meu estômago. Continuei:

— No entanto, eu me preocupo que qualquer interferência possa atrapalhar. Ela precisa de sossego e calma para o trabalho de parto.

— Humpf.

Com aquela interjeição irônica, ele menosprezou séculos de intuição de parteiras. Seu rosto ficou colorido para combinar com o presunto cozido empilhado no prato. Langer era um fantasma em comparação, e eles se entreolharam. A tentação de me derrubar deve ter sido esmagadora, mas eles ainda estavam cientes de que se tratava da amante do Führer — pisar em ovos seria mais sábio.

— Muito bem, mas quero saber da menor mudança ou atraso. — Sua voz tentou comandar.

— Tem a minha palavra.

Na porta de Eva, fiquei por um momento escutando os sons de dentro — não por desconfiança de Christa, mas, simplesmente, pela necessidade de ligar o meu radar de parteira. Com as pressões do lado de fora, não houvera tempo para avaliar a mudança no tom, as ondas das contrações.

— Christa! — A voz de Eva era carente.

— Estou aqui. — Ouvi Christa dizer pela porta. — Vamos lá, cada vez um pouco mais perto de ver o seu bebê, Eva.

Ela tinha a vocação perfeita para parteira.

— Mas está *dooeeendo* — Eva gemeu, mais como uma afirmação do que como uma queixa.

— Você é forte e a recompensa será o seu bebê — Christa continuou enquanto Eva gemia ruidosamente.

Quantas vezes ela já havia dito isso e quantas mais ela diria antes de vermos aquele bebê?

Uma vez terminada a contração, eu abri a porta e a vi imediatamente — o conhecido papelzinho branco no chão, perto da porta. Peguei e guardei no bolso antes que Christa pudesse ver. Ela já tinha o suficiente para lidar. Ouvi o bebê, sussurrei para Eva que os médicos estavam lá, como uma confirmação de que o bebê estava realmente a caminho. Ela sorriu docilmente e me perguntou se estava tudo bem. O rosto molhado de Eva mostrava tanta carência, como o de uma princesa solitária na torre. Eu lhe disse que ela era a mulher mais forte da sala, e que tudo estava indo bem — ela assentiu, contente com aquelas frouxas garantias.

Recuei atrás das minhas anotações e abri o papel dobrado do bolso:

Estamos prontos e esperando. Temos transporte seguro para você e sua acompanhante. Suas famílias ficarão seguras. Você tem o futuro do Reich e da Alemanha em suas mãos.

Vamos aproveitar a oportunidade, assim como você pode aproveitar. Deixe-nos um sinal, porta dos fundos da despensa.

Era uma promessa ou uma ameaça? Ou ambas? Se não entregássemos o bebê em seus braços, eles — generais do exército, dissidentes alemães ou até um pequeno grupo de Aliados — o pegariam à força e deixariam Christa e eu para enfrentar as consequências? Eu vivera aquela guerra como qualquer cidadão alemão, mas a minha experiência havia sido aberta e brutal, a violência não tinha sido disfarçada. Eu não tinha experiência com esses joguinhos, nem com tiroteios. Se houvesse um confronto ali em cima na montanha, as pessoas seriam pegas no fogo cruzado. Dieter seria forçado a se defender, e ele já havia conseguido sobreviver a uma bala.

A minha cabeça estava como areia movediça de tanta dúvida, medo e maldade. Como eles ousavam? E, no entanto, eles podiam e queriam. A guerra não tinha fronteiras nem regras. Como eu poderia apaziguá-los, adiar por mais tempo e reforçar a segurança de Eva com o bebê?

Decidi rapidamente que não podia mais fazer isso sozinha e, ao mesmo tempo, ser parteira de Eva. Com o pretexto de

O FILHO DE HITLER

verificar o gás e o ar, encontrei Dieter no escritório. Ele me olhou interrogativamente.

— Não, não tenho notícias — eu disse. — Mas preciso da sua ajuda.

Contei-lhe tudo, enquanto ele observava, surpreso, mas não horrorizado — dos bilhetes, do infiltrado desconhecido em Berghof, do plano de derrubar o Reich e agora a ameaça para o bebê. Os seus olhos endureceram quando ele leu a última ameaça, tornando-se um horizonte de mar azul ao se estreitarem. Será que estava com raiva de mim? Ele tinha todo o direito de estar. Uma sobrancelha erguida significava que ele estava pensando, muito seriamente, sem dúvida sobre a sua defesa do regime que odiava, a mulher que ele dissera amar e a Alemanha que ele almejava, tudo girando desconfortavelmente em torno de sua moral.

— Dieter, o que devemos fazer? Estou realmente perdida.

Ele pareceu levar uma eternidade para responder.

— Bem, se o trabalho for como você prevê, o bebê nos dará um tempo hábil, mas podemos atrasar a resistência prometendo o que eles querem.

— Você não acha que eles podem nos dar o que prometem? Segurança para nós e para o bebê? — Eu precisava testar seus pensamentos.

A sua resposta foi firme:

— Escute, Anke, tanto quanto você, não quero que os Goebbels tenham uma nova ferramenta em mãos. Mas essa resistência é uma esperança falsa. Eles não se importam com você, Christa ou Eva. Eles vão deixá-la para que se vire sozinha.

A ideia era dolorosamente visual e reforçou a minha própria crença.

— Então, o que acontece se não entregarmos? — acrescentei.

— Eu não sei, mas isso me dará tempo para pensar.

— Você vai contar a mais alguém? Meier? Passará um rádio para tropas?

Ele olhou para mim com os dentes batendo furiosamente.

— Não. Nós mesmos lidaremos com isso. Pode ser um blefe elaborado e não dar em nada.

Ainda assim, ele abriu a gaveta da mesa e tocou em uma pistola, no topo. Ele me pegou olhando para ele, uma troca sem palavras como no primeiro dia em Berghof, e sua boca ficou tensa.

— Dieter, agora é minha vez de dizer para tomar cuidado. Por favor.

— Vou tomar. Eu prometo.

Ele sorriu como garantia, mas não foi convincente.

— Eu preciso voltar para Eva.

— Tudo bem, mas, por favor, em breve informe o médico. Eles estão ficando inquietos. Vou escrever um bilhete e deixar na porta da despensa; vai apaziguá-los por um tempo.

Os nossos dedinhos entrelaçaram-se brevemente sobre a mesa, e eu quis desesperadamente me inclinar para a frente, beijar as articulações dos seus dedos e puxá-lo inteiro para mim. Mesmo vendo-o naquela jaqueta, eu desejava a maciez dos seus lábios, mas não seria seguro. E segurança era agora sinônimo de sobrevivência.

38

IMINÊNCIA

Quando voltei, estava evidente que Eva se aproximava da transição — a divisa entre os estágios de dilatação e de expulsão. Seu tom havia mudado, e ela estava se debatendo dentro da própria cabeça, movendo-a de um lado para o outro, dizendo "Não, não" para si mesma. Christa ficava o tempo todo ao seu lado, oferecendo água e consolo com as suas próprias mãos doloridas.

Eu a massageei ao longo de várias contrações, examinando o progresso em seu corpo, verificando o vinco em suas nádegas enquanto esfregava a sua lombar, notando uma linha roxa distinta aparecendo como deveria. Mas um desejo de fazer força cedo demais era comum em bebês mal posicionados, e eu precisava ter certeza de que Eva estava totalmente dilatada antes de tentar expelir a criança. Eram dez e meia e fazia um bom tempo desde que eu verificara o progresso internamente. Se eu estivesse realmente no comando, teria esperado até que ela mostrasse mais sinais, mas os bons médicos precisariam ser tranquilizados em breve.

Minha sorte estava na força de Eva — em seu mundinho, ela concordava com quase tudo, e eu a examinei rapidamente. A cabeça do bebê estava agora afundada na pelve e no colo do útero, este com oito centímetros, fino como papel e funcionando bem. Mapeei a posição, sentindo uma minúscula forma de pipa sob meus dedos às seis horas — um pequeno espaço nos ossos do crânio do bebê, o que significava que ele ainda estava virado, com a coluna junto à coluna da mãe, mas bem colocado. Não perfeito, mas bom o suficiente, pois o bebê parecia estar encontrando o seu caminho até agora. As próximas duas horas seriam cruciais para garantir que Eva não começasse a fazer força precocemente; o barulho do parto certamente se espalharia pela casa e chegaria até os médicos e outras pessoas. Eles estariam prestando atenção por diferentes razões, mas certamente não pensando no que seria melhor para Eva.

Encontrei Koenig e Langer na sala cirúrgica improvisada, verificando o equipamento anestésico, como se fossem urubus circulando. Tossi com o cheiro acre de desinfetante.

— Fräulein, há algo de errado? — Koenig era rápido na busca de problemas.

— Não. Pelo contrário, dr. Koenig. Fräulein Braun é uma mulher muito forte, e o seu bebê também é. Está tudo bem, e o trabalho está progredindo como esperado para um primeiro bebê. Ela agora está com sete centímetros de dilatação. — Eu propositadamente descontei um centímetro do cálculo.

— Eu imaginava que ela estaria mais adiantada — reclamou Koenig.

— Mas ela só está em trabalho de parto há sete horas, doutor. Um primeiro bebê médio tem doze horas...

— Sim, eu sei disso! — ele retrucou. — Estou ciente de um trabalho de parto normal, obrigado. Quero um relatório em duas horas. Ela precisa estar totalmente dilatada até então. Caso contrário, falarei com o capitão Stenz e veremos quem está no comando aqui.

Ele estava vermelho e sem fôlego devido ao exercício de comando. Langer ficou imóvel, com um sorriso estridente em sua pele calcária.

— Muito bem — eu disse, virando-me e sentindo o olhar reptiliano de Langer atrás de mim.

— Fräulein Hoff?

— Sim, doutor? — respondi em um tom de curiosidade inocente.

Ele baixou a voz quando a sua boca larga e fina e o hálito azedo invadiram o meu espaço.

— Não imagine que nós, ou pelo menos eu, não conheçamos... as suas práticas.

Inclinei a minha cabeça como se fosse uma criança apanhada em flagrante e que ainda sorria com inocência.

— Sou muito consciente do meu campo de trabalho, doutor. Estabelecemos regras bem claras.

— Tudo bem, faça como achar melhor. — Os seus olhos minuciosos borrifaram astuciosamente sobre as palavras. — Mas tenho boa memória para rostos e lembro-me bem do seu, apesar da boa vida aqui em cima. Você é uma mentirosa e uma traidora e, mesmo que tenha conquistado a amante do Führer, você continua sendo uma inimiga do Reich na qual não podemos confiar.

Eu devolvi o olhar, desesperada para piscar, mas prendendo a respiração e todo o meu eu no limbo.

— E, no entanto, doutor, apesar de tudo isso, sou uma boa parteira, capaz de trazer este bebê ao mundo. Sem recorrer à carnificina.

A minha respiração falhou, e eu me virei antes que ele pudesse me ver corar e expirar ao mesmo tempo, sentindo o seu desprezo queimar nas minhas costas enquanto eu me afastava.

O CAMPO, NORTE DE BERLIM, JUNHO DE 1943

Rosa, o meu braço direito, estava ao meu lado quando Dinah entrou em trabalho de parto. Era o seu sexto bebê, cinco dos quais ela havia deixado para trás em Munique quando fora presa. Aquela nova criança era como uma joia em sua barriga, tendo sido afastada das outras. Rosa e eu éramos cautelosas com os partos rápidos, e chegamos à cabana quando Dinah começou a sentir as suas dores. Preparamos urtigas e bebemos chá; eu havia convencido Mencken de que as ervas da horta eram eficazes na contração do útero, e ela me permitira manter um suprimento.

E, então, Rosa e eu esperamos. Dinah pariu a sua bebê ao entardecer, em uma corrente de líquido e de lágrimas. A bebê — a sua segunda menina — ficou inicialmente quieta, respirando, mas calma, e ganhamos mais meia hora antes que os seus eventuais gemidos me forçassem a anunciar o nascimento. A guarda pairou nervosamente na porta e teve que ser lembrada de entregar uma tesoura para cortar o cordão. Ela entrou com relutância. Sabíamos que ela não teria estômago para o afogamento — que seria deixado para uma guarda especialista e uma prisioneira que havia sido encarcerada por assassinato de crianças quando a guerra eclodiu — as duas com sensos de moral muito parecidos.

A guarda pegou a tesoura e recuou, dizendo:

— Vou chamar as outras.

Dinah chorou quando pediu a Rosa e a mim para buscarmos um cobertor que ela milagrosamente escondera sob o piso de madeira.

Fomos apenas por cinco minutos até o outro extremo da cabana, tirando cuidadosamente as tábuas. Quando voltamos, as lágrimas estavam fluindo no rosto de Dinah. A bebê — Nila — estava perdida sob a fina cobertura, mas a sua mãe havia enrolado o pano em volta de seus pequenos traços, uma mão pairando sobre o tecido.

— Quero poupá-la desse fim — ela soluçou — mas não consigo fazer isso sozinha.

Seus dedos se contraíram, mas estavam igualmente paralisados. Ela teria sentido a respiração sutil do bebê através das fibras do tecido.

— Por favor, ajude-me, ajude a minha filha.

Era tanta a dor que o seu rosto parecia de cera derretida. Levei uma eternidade para entender o que ela estava pedindo.

— Ajude-a — ela disse novamente.

— Eu... Eu não posso, Dinah — gaguejei. — Como poderia?

Rosa ficou em silêncio ao meu lado. Eu olhei de maneira significativa para o rosto jovem dela. Eu sabia que ela estava se lembrando do dia em que o seu próprio irmão nasceu e foi levado, tudo em poucas horas. Ela ouvira o barulho, e muitos desde então. Eu juro que vi a cabeça dela concordar da maneira mais sutil possível.

Os olhos de Dinah estavam arregalados e molhados, ostentando uma tristeza tão profunda quanto nenhuma outra.

— Por favor — ela repetiu. — Por ela.

Eu não conseguia segurar a bebê enquanto fazia aquilo, desesperada para não sentir o último sinal de vida contra a minha pele. Mas juntei o pano e coloquei sobre o biquinho de Nila, um olho na porta para as guardas que voltavam. Ela estremeceu, mas, com apenas a menor das lutas, rendeu-se como que para facilitar para mim. Eu segurei firme quando a cabeça de Dinah se aproximou da filha, beijando a sua cabeça úmida. Foi a mãe que reconheceu o movimento final. Quando não havia mais fôlego naqueles lábios rosados, nós a envolvemos no cobertor. Ela olhou em paz, embora o meu corpo estivesse em tumulto, toda a imundice daquele mundo agitando as minhas entranhas e me fazendo sangrar por dentro.

— Obrigada — disse Dinah, a raiva aumentando em meio à turbulência. — A alma dela está aqui. — Ela bateu em seu peito ossudo enquanto cuspia as palavras. — Não lá fora, não com eles. Eu não daria isso a eles. Eles não merecem. Ela é minha. Para sempre.

Solucei mais tarde na cabana com Graunia e Kirsten, vomitei o pouco de comida que estava no meu estômago, derramei arrependimento e culpa no colo delas. O que eu sabia, o pensamento que ficara comigo todos os dias até então, era que tirar uma vida ainda equivalia a um assassinato. Mesmo com a desculpa vil da guerra. Eu me lembrava disso a cada vez que ouvia um tiro ou o barulho de água do barril. Fora um homicídio a sangue frio, praticado por lacaios, mas manipulado por aquele homem que prometera ser o nosso pai e cuidar da pátria. Ele prometeu, para aqueles que acreditavam em seu discurso em Nuremberg, que nos daria uma vida melhor, e lá estava ele, roubando tudo o que era precioso para nós. Nossas vidas. Nossas famílias. Nossa humanidade. Como ele ousava? Adolf Hitler não era um pai.

E quanto a mim? Eu tinha cruzado aquela linha, tirado uma vida, por qualquer motivo que fosse. Fora assassinato ou misericórdia? Será que eu me recuperaria daquilo?

39

UMA REDE DE FORÇAS

No quarto de Eva, seu gemido revelador sinalizava que ela estava entrando em uma fase avançada de trabalho de parto. Baixo, áspero e primitivo, vinha do fundo dela, como se toda mulher tivesse nascido com uma pequena fogueira aninhada em seu ser, pronta para acender nessa ocasião. Fiquei agradecida por ser uma situação administrável — enquanto Christa esfregava a lombar dela com vigor, eu observava as nádegas de Eva, atenta ao menor dos movimentos. E consegui mesmo ver: no auge da contração, as nádegas se separavam e a pele ficava esticada e lisinha, quase translúcida. Na posição correta ou não, o bebê estava se movendo para baixo.

Incentivando Eva a respirar a cada contração, cronometrei meia hora antes de sugerir outro exame interno. Se a dilatação já tivesse chegado ao seu máximo, o trabalho de parto se desenrolaria depressa, independentemente da posição do bebê. Se não tivesse, tínhamos de fazê-la, de alguma forma, parar de tentar expulsar.

Meu coração apertou quando senti uma crista definida no colo do útero na frente da cabeça do bebê: um "lábio anterior" comum, mas irritante. O tecido estava mais espesso do que anteriormente — espesso demais para ser afastado — e, se Eva continuasse descendo, incharia ainda mais, não nos deixando escolha a não ser esperar. E eu sabia que Koenig não estaria disposto a fazer isso.

— Eva, você está quase lá, só é preciso um pouco mais de trabalho antes de você começar a fazer força — eu disse, sentindo o aroma acobreado de trabalho de parto quando ficamos cara a cara. Lágrimas brotaram automaticamente.

— Por quanto tempo, Anke? — ela implorou. — Não acho que consiga fazer muito mais. Eu preciso que pare.

— Eu sei que sim, e vai parar, mas por enquanto apenas respire o máximo que puder. Por seu bebê.

Ela assentiu com resignação, voltando ao seu papel em Berghof — da amante obediente.

Christa e eu passamos a meia hora seguinte movimentando Eva até o banheiro e de volta ao quarto, distraindo-a do forte inchaço nas nádegas, que se transformava em um breve empurrão no pico de algumas contrações.

— Apenas respire, Eva, respire fundo, apague a vela à sua frente — insistimos em cada surto de dor.

— Estou tentando, Anke — ela gemeu, as pálpebras semifechadas. — Estou tentando tanto.

Finalmente, não houve como se conter. A dor irrompeu e um filete de sangue veio como lava enquanto ela suportava incontrolavelmente — Christa e eu sentimos o seu poder, e nenhum treinamento amorteceria aquela força bruta. Talvez fosse o antigo condicionamento físico de Eva que voltara com tudo, porque eu não sentia mais a barreira no colo do útero. A cabeça do bebê estava baixa, a apenas meio dedo de distância e avançando mais sob os meus dedos a cada contração.

O FILHO DE HITLER

— Que ótimo, Eva! — Não pude evitar a alegria e o alívio em minha voz. — Você pode começar a empurrar o seu bebê para fora.

— *Mesmo?* — Ela me olhou como se eu fosse uma aparição. — Pensei que ainda era muito cedo. Pensei que ainda não devia.

O rosto dela estava vermelho, e o suor se acumulava nas raízes dos cabelos. Agora, porém, ela parecia mais viva do que nas últimas semanas, pronta para receber o seu filho. A notícia a animou, ela claramente reuniu forças para o que viria pela frente.

Eu estava preparada para um longo período de expulsão e aconselhei Eva a, por enquanto, simplesmente "ir sentindo". Era meio--dia; sem o conhecimento dos médicos, ainda não estávamos na linha de tempo oficial do parto. O batimento cardíaco do bebê apresentava-se normal. A uma hora, porém, eu precisaria enviar uma notícia de que Eva estava completamente dilatada e aí, sim, o relógio começaria a correr. Tínhamos menos de uma hora para progredir e avançar. Mandei Christa tomar um pouco de ar e trazer mais chá e suprimentos, para nos instalarmos com conforto.

Pela janela do banheiro, avistei um uniforme movendo-se pelos jardins, um vulto contra o brilho do meio-dia — a silhueta esbelta e ereta de Dieter, rondando os fundos da casa. Meu coração pulou ao vê-lo cuidando da nossa segurança. Ele se virou e eu sinalizei para que viesse até a janela. Os olhos dele vigiavam constantemente o entorno.

— Está tudo bem? — perguntou, com o olhar ainda atento ao que se passava ao redor.

— Sim, Eva está começando a tentar expulsar o bebê, mas os médicos ainda não precisam saber. Você pode voltar a uma da tarde, e aí envio mensagem para Koenig por você? Se tudo caminhar bem, o bebê estará chegando.

Ele fez que sim e voltou à vigilância.

A coragem resoluta de Eva aumentava a cada contração, e eu a observei com genuína admiração. Instintivamente, ela parecia ouvir o seu corpo — não mais gemendo, mas esperando com um desejo intenso e empregando a sua energia. Em vez de uivar pelos ares como uma loba, como tantas mulheres faziam até conseguirem se concentrar na própria força, ela mergulhou em si mesma e em sua pélvis, emitindo apenas um grunhido baixo e constante. Com os olhos bem fechados, ela desejou que o seu bebê viesse ao mundo. Com Christa a encorajando, Eva balançou para trás e para a frente de joelhos, enquanto eu vigiava embaixo. Eu não esperava ver o bebê ainda por uma hora, pelo menos, apenas sinais de que ele estava chegando. Nós a mantivemos motivada, falando sem parar.

— Está ótimo, Eva, você está fazendo o seu bebê se mover.

— Está chegando? Você tem certeza? Consegue ver alguma coisa? — ela ofegou em desespero.

— Ainda não, mas tudo parece estar caminhando bem. Continue. Você e seu bebê são tão fortes.

Cada vez mais agitada pela tensão nas nádegas, Eva foi ao banheiro. Ouviu-se uma trilha sonora agitada graças ao seu esforço para expulsão, e gritos de surpresa conforme o bebê movia-se para novas áreas do corpo de sua mãe. Fiquei aliviada pelos sons serem baixos e, dessa forma, não se espalhariam pela casa, alertando amigos e inimigos. Inconscientemente, Eva estava se mostrando uma salvadora de seu próprio bebê e de seu futuro.

De volta ao quarto, Eva não conseguiu replicar a mesma força para empurrar que demonstrara no vaso sanitário, então Christa e eu fizemos o nosso melhor para montar uma espécie de banco de parto humano, com Christa sentada na cama e Eva sobre ela, montada nas suas pernas em forma de cadeira. Eu fiquei na frente, procurando sinais da cabeça do bebê. Se não tivesse testemunhado a força de Christa em primeira mão durante o parto de Sonia, eu poderia estar preocupada com a tensão sobre o corpo dela, mas ela era mais do que apta para aquela tarefa. Tomado pela adrenalina, o quarto estava pronto para receber aquele bebê.

Às doze e trinta, precisamente, eu disse a Eva o que ela precisava ouvir:

— Estou vendo o seu bebê!

Dessa vez, fui eu quem precisei moderar a minha voz diante da visão de uma cabecinha escura e molhada. A cabeça de Eva, por sua vez, caiu para trás de alívio, mas apenas por um segundo. Quando veio a contração seguinte, ela se esforçou mais, impulsionando a sua energia para baixo, todos os vasos e tendões do pescoço tensos pelo esforço. Cada empurrão, cada contração, trazia o bebê apenas um milímetro à frente.

Dieter bateu levemente na porta à uma da tarde, e eu abri uma fresta.

— Apenas diga a eles que ela está totalmente dilatada, que o batimento cardíaco é normal, e que eu darei notícias daqui a uma hora — sussurrei.

— O que realmente está acontecendo? — ele disse, consciente do sigilo de uma parteira.

— Vi a cabeça do bebê. Felizmente, teremos novidades em breve, então fique por perto. Algum movimento novo por aqui?

— Nada que eu possa ver. Vou fazer outra inspeção e já volto. Se precisar de mim, deixe uma xícara de café do lado de fora da porta.

Nós três trabalhamos sem parar na meia hora seguinte. Depois de ter dado mostras de que estava a caminho, o bebê ficou estático por uns bons vinte minutos, apesar dos enormes esforços de Eva; um pedacinho da cabeça, do tamanho de uma moeda, aparecia entre as pernas dela, enquanto eu a incentivava.

— É assim, Eva, assim mesmo. Só um pouquinho mais, você consegue. Só mais uma vez.

Meus próprios músculos, pulmões e ligamentos dilatavam a cada contração, mas Eva estava cansada e nem mesmo colheres de mel pareciam lhe dar mais energia.

Assim que Eva começou outro empurrão, ouvi algo. Um estampido no ar — curto, afiado e familiar, meu cérebro levando segundos para localizar a origem. Depois, outro. O estouro do escapamento de uma motocicleta ou um tiro — como ouvíamos diariamente no campo de concentração. Era ação da resistência, que tinha chegado para tomar aquilo que não acreditava ter o direito de existir? Haveria lutas e troca de balas, com Dieter no centro de tudo? Com um ouvido atento nos movimentos lá fora e o outro em Eva, não consegui detectar vozes ou qualquer coisa que perturbasse o ar parado. Minha batalha estava concentrada na sala, e eu tinha de confiar que Dieter nos protegeria. Não ouvi mais nada e me concentrei na força da energia crepitando entre nós três.

Mudamos para várias posições — ajoelhada, agachada, sobre o lado esquerdo de Eva e de volta sobre a cadeira humana de Christa —, com pouco progresso. Olhei para o relógio de Dieter, os ponteiros correndo muito rápido para as duas horas. Esse bebê precisaria da ajuda do fórceps de um médico, como muitos dos bebês que estão virados? Será que ficaríamos sem tempo e sem a energia de Eva? O batimento cardíaco do bebê estava forte, mas não duraria para sempre. Os bebês acabam se cansando, e Eva já estava exausta. Precisávamos tomar uma atitude eficaz — e rápida.

Espiei o enxoval cuidadosamente dobrado de roupas e cobertorzinhos prontos para acolher o bebê. A mãe de Eva enviou um lindo cobertor de lã tricotado à mão, e eu pude perceber que ela havia ficado comovida quando o pacote havia chegado várias semanas antes, enrolando-o na barriga e desfilando como uma modelo de passarela. Peguei o cobertor e coloquei-o firmemente sob Eva, sua cabeça agora caída com a fadiga.

— Eva? Eva, olhe para mim.

Seus olhos abriram-se com esforço.

— Você está vendo este cobertor, este cobertor para o seu bebê? Bem, quero que você coloque seu bebê neste ninho, embaixo de você, pois aqui ele estará seguro. Eu estou aqui, e seu ninho está preparado com este cobertor especial. Agora é a hora, Eva, é a hora de ter o seu bebê.

Mesmo através da névoa de exaustão, ela ouviu o tom da minha voz, a nuance de uma urgência real. A contração seguinte foi forte e, somada ao seu esforço, funcionou. Eu sorri quando o bebê contornou a curva do canal e brotou, os cabelos agora parecendo mais arenosos do que escuros. Eva soprava e empurrava, alternadamente, forçada a continuar no ritmo da contração, mas contida pelo anel de fogo, esticando a sua pele até o limite.

— Fantástico, Eva! Fantástico! — Era difícil conter minha emoção. — Apenas um empurrão, está maravilhoso, continue assim!

Atrás de Eva, o rosto de Christa estava focado no meu, e eu sorri para ela.

Uma vez que a curva foi rompida, o bebê moveu-se rapidamente. A cabeça apareceu, e o grito mais alto de Eva veio quando a sua pele deslizou sobre os ossos do crânio, o nariz e a boca deslizando para fora, depois toda a cabeça emergindo, com os olhos voltados para cima, para o mundo aqui fora. As pernas de Christa tremiam com o peso do apoio, e Eva estava na ponta dos pés, com uma parte do bebê já nascida, os ombros ainda dentro, mãe e bebê em um meio-mundo. Esperamos, as três, ansiosas. O rosto do bebê estava azulado, os olhos ainda fechados, mas em geral era assim mesmo, e eu tive de me lembrar de que era.

— Só mais um empurrão, Eva. Aguarde a sensação. Só mais uma vez e o bebê chegará.

Posicionei as mãos e olhei o horário. Era uma e cinquenta e cinco da tarde.

Os ombros vieram um minuto depois, e o corpo deslizou sobre as minhas mãos com uma ginástica graciosa. O cordão estava frouxamente em volta do pescoço. Eu o desenrolei com uma mão e levei o bebê até Eva, que saiu do mundo dos sonhos ao ver e tocar o bebê molhado contra sua pele. O sorriso dela foi um dos mais largos que eu já vi, de completo contentamento.

— O que é? — ela ansiou por saber. — Menino ou menina? Diga-me, Anke!

O corpinho estava deitado sobre ela, e eu afastei uma perna para examinar a genitália inconfundível.

— É um menino!

"Pobre criança", pensei instantaneamente. Uma menina poderia ser ignorada — não seria o troféu machista que Joseph Goebbels estava desejando. Mas, como um tesouro menor para o Reich, ela poderia ter tido alguma chance de outra vida. Um menino era um triunfo — tanto para Goebbels quanto para a resistência.

— Ele está bem? Por que ele não está chorando? — Eva parecia alarmada, como todos os pais que pensavam que os bebês sempre nascem gritando.

Os olhos arregalados do pequeno examinaram os rostos na frente dele, e minha mão pousou sobre o seu peito, que estava rosado de oxigênio. Eu senti seu pequeno coração palpitar através de suas costelas.

— Ele está bem, está respirando bem — eu garanti a ela.

Ele tossiu e chiou um pouco em resposta.

Ajeitamos Eva e o bebê no ninho como se fossem um só, e o alívio de Christa foi instantâneo. Ainda banhada em adrenalina, ela entrou em ação na mesma hora, movendo o equipamento e colocando lençóis sob Eva, enquanto eu verificava o fluxo sanguíneo, que parecia estar normal. Demos a ela goles de água enquanto ela recuperava o fôlego, beijando repetidamente a cabeça do bebê.

— Meu bebê — ela quase cantou —, meu lindo menino.

Com força, amarrei tiras de pano a alguns centímetros de distância do cordão espesso e saudável, e ele chiou novamente enquanto eu cortava a ligação com a sua mãe. Eu o peguei para secá-lo e embrulhá-lo bem, e foi só então que eu vi.

40

UM MUNDO REAL NO TOPO DA MONTANHA

Faltava-lhe a mão direita. Nos poucos minutos desde o nascimento, não foi possível ver, pois ele ficara grudado ao corpo de Eva. Uma vez solto, pude ver que o membro terminava suavemente no pulso — nenhuma deformidade nos dedos ou na mão, apenas não havia nada ali. Verifiquei os pés e os dedos dos pés — todos os outros quinze dígitos presentes, as orelhas e os olhos também pareciam normais, sem evidência de síndrome ou deficiência. Felizmente, ele tinha herdado muito mais a aparência de Eva do que a do pai. Em sua completa inocência, ele emitiu alguns sons enquanto eu o examinava, mas não chorou. Mas, com apenas alguns minutos de vida, ele poderia berrar e alertar todos ao nosso redor sobre sua presença.

Rapidamente, segurei-o com firmeza e o devolvi a Eva, que claramente ainda não havia percebido. Ela se afogou em êxtase enquanto eu chamei Christa até o banheiro. Ela percebeu meu olhar instantaneamente.

— O bebê não tem a mão direita — eu disse.

— O quê? O que você quer dizer? Ele parece perfeito.

— Ele é, sob todos os aspectos, mas não tem uma das mãos. Precisamos contar a Eva com delicadeza e manter os outros longe por enquanto, para dar tempo de ela se adaptar. Preciso cuidar da placenta antes de desembrulhá-lo e mostrar a ela.

Ela assentiu e voltamos às nossas tarefas.

Naquele dia, a pura sorte nos abençoou mais vezes do que posso contar, e a placenta saiu facilmente. Eva sorriu para mim, uma mulher cujos fragmentos de insegurança se uniram naquele momento intenso de maternidade. E lá estava eu, prestes a arruiná-lo.

Quando Christa e eu fomos desembrulhar o bebê, uma batida na porta me interrompeu bruscamente. Perdi a noção do tempo, e já passava das duas horas. O rosto de Dieter apareceu na fresta da porta.

— O que devo dizer aos médicos? — ele sussurrou. — Estão ficando ansiosos.

Saí e o encarei, sentindo a fragrância da sua colônia.

— O bebê nasceu, mas...

— Mas o quê? Está tudo bem?

— Ele está vivo e bem, mas não tem uma das mãos.

— O que você quer dizer? Como isso é possível?

— É raro, só vi uma vez antes. Pode ser simplesmente genético — ao ouvir esta palavra, ele franziu ainda mais a testa —, mas também pode acontecer quando ocorre uma banda amniótica no útero, que corta o suprimento de sangue enquanto o bebê está se formando. É puro acaso. Ele é perfeito sob todos os outros aspectos.

— Mas não completamente perfeito.

Dieter expressou o que eu não ousara contemplar. Os olhos dele se estreitaram, sinalizando um pensamento profundo.

— O que você precisa que eu faça?

— Preciso de tempo para falar com Eva antes que os outros

desçam. É provável que eles queiram fazer testes e depois disso...
não sei — pensei rapidamente. — Diga a eles que ainda estamos na
fase dos empurrões, que o bebê está bem e está se mexendo, mas
que talvez precisemos de ajuda com o fórceps daqui a pouco... Não
diga por quanto tempo. Assim eles ficarão ocupados se preparando.
Volte assim que puder.

Entrelaçamos os dedos e apertamos as mãos. Juro que senti o
pulso dele vibrar na minha pele.

De volta ao quarto, Eva estava em sua cama, gaguejando com os
hormônios pós-parto, e o bebê se apegara ao seio, mamando com verdadeiro vigor. Ela estava olhando para baixo com completa adoração.

— Acho que vou chamá-lo de Edel, sempre gostei desse nome.
É muito forte, você não acha? Oh, todos ficarão tão felizes... Um
menino. Ele vai, tenho certeza de que ele vai.

Ela quase disse "Adolf" ou "o Führer", mas não reparei. Estava
ocupada demais pensando no próximo passo.

— Eva, o bebê é adorável e perfeito de muitas maneiras... mas...

— Mas o quê? — ela rebateu com aquela defesa instantânea típica dos pais.

O bebê ainda estava mamando, e eu levantei o cobertor para revelar
o membro atrofiado. Ela engasgou e colocou a mão na boca, os olhos
enrugando-se e brotando lágrimas instantâneas. Depois da possibilidade de não ter bebê nenhum, esse era claramente o seu segundo pior
medo. Tentei encher o ar com palavras, explicando como poderia ter
acontecido, que ele parecia perfeito sob todos os outros aspectos...

— Ele é perfeito para mim, mas não será para eles, não é? Para...

E ela realmente parou antes de dizer o nome dele. O nome do

pai do bebê. O homem que precisava aceitá-lo como herdeiro de seu nome e do Reich. Como um pai orgulhoso. Assim como Dieter, Eva vivia no círculo interno nazista mais do que eu — eles entendiam os limites estreitos da sua tolerância. A saturação de alegria na sala dissipou-se, dando lugar ao completo desespero. Ela passou o dedo sobre o toco liso do bebê, derramando lágrimas em seus cabelos finos, enquanto ele continuava mamando alegremente no peito de sua mãe.

Christa e eu nos afastamos para deixar Eva digerir a notícia, e nos abraçamos com força, em parte pelo alívio depois do parto, mas também pelo medo do que poderia vir a seguir. A anormalidade não era culpa nossa — não era culpa de ninguém — e não poderia ter sido prevista, mas o regime nazista nunca tolerou desculpas. Haveria consequências.

Por um minuto, porém, mãe e bebê tiveram prioridade.

— Ele é lindo — eu disse a Eva, mexendo no cabelinho dele.

Maltratados e machucados, magros ou robustos — todos os bebês enfeitiçavam as suas mães, e isso precisava ser reconhecido.

— Ele é — disse ela, acariciando a sua cabeça. — Mas você e eu sabemos que ele não pode ficar aqui.

Suas palavras pairavam como uma névoa densa entre nós.

— O que você quer dizer? — Eu olhei nos olhos dela.

Ela fungou.

— Não sou tão ingênua a ponto de pensar que os médicos não vão querer examiná-lo por inteiro, cutucá-lo em todo lugar. Qualquer que seja o motivo, eles o verão como genético, como um defeito.

A palavra a fez estremecer. E, então, o que aconteceria com ele? Na melhor das hipóteses, ele seria uma vergonha, na pior das hipóteses... Eu não gostava nem de pensar.

O FILHO DE HITLER

— Mas ele é um bebê, um inocente, com certeza...

Apesar do que já vira com os meus próprios olhos, não podia acreditar que *aquele* bebê não seria aceito.

— Anke, você não sabe como eles são! — Ela estava balançando a cabeça, em desespero. — O Führer odeia deficiências. É o que ele mais teme. Se seu filho for revelado, isso o enfraquecerá, e enfraquecerá o seu sonho. Eu poderia lidar com a perda dele, mas ver o meu filho ser investigado, examinado... por eles... Eu não posso, simplesmente não vou aguentar.

O silêncio pairou como uma podridão no ar, até que eu não aguentei mais:

— Eva, o que você quer fazer?

Seu sorriso de vendedora se tornou a máscara de aço da vontade recém-adquirida de uma mãe.

— Quero que você o leve embora para um lugar seguro. Quero que ele viva.

Meu coração afundou no peito — era Dinah e seu apelo mais uma vez, a separação da mãe e seu bebê.

— Eva, você sabe o que está dizendo? Você pode nunca mais vê-lo. Você tem certeza disso?

— Não, mas tem de ser feito. Por ele. Eu sei que sim.

Ela deu um sorriso fraco e apertou a minha mão.

— Por favor. Me ajude mais uma vez, Anke. Ajude o meu bebê.

Ela estava certa, é claro. Eu tinha visto oficiais indo e vindo em Berghof, alguns com ferimentos sofridos na guerra, mancando muito, membros falsos e olhos perdidos, mas não duvidei de que todos tivessem sido espécimes arianos perfeitos ao entrar no campo de batalha. Deficiências causadas pela guerra eram aceitáveis, até louváveis. Mas uma linhagem fraca era vista exatamente assim — como uma fraqueza. Apenas Joseph Goebbels, com sua perna manca, parecia ser a exceção. O filho do Führer tinha de ser forte e completo.

Aquilo desencadeou um turbilhão na minha mente. Como desceríamos a montanha com um bebê, depois atravessaríamos as planícies lá embaixo sem sermos percebidos em um país em guerra, em plena luz do dia? E rapidamente, ainda? Parecia impossível.

Afastei-me de Eva para raciocinar — alguns passos e a sala começou a girar, de maneira tão violenta que me encostei na parede em busca de apoio, a bile azeda subindo na minha garganta quando as cores do tapete se tornaram um redemoinho de confusão. Através da neblina, vi apenas uma imagem: papai estava deitado no leito de morte, rosto pálido e barba longa e fina, parecendo tranquilo, mas morto. Morto não por causa da guerra, não por uma bomba atirada pelos Aliados, mas nas mãos dos seus compatriotas, pelo país que ele amava com paixão. Os mesmos compatriotas que me cercavam agora.

Nesse mesmo instante, segurando o batente da porta, pensei: por que faria isso? Por que eu arriscaria tudo o que estava segurando por um fio por alguém que conspirava com — que dormia com — o arquiteto da minha infelicidade? Que tinha as mãos manchadas pela morte? Eu poderia dizer não. Eu poderia deixar Eva lidar com as consequências de sua própria criação. Ela não estaria ameaçada, estaria? Um exílio forçado, talvez… Talvez não fosse mais a princesa honrada, mas não seria maltratada. Não morta como o meu pai, presa da mesma maneira que a minha mãe.

Meu músculo cardíaco explodiu o suficiente para me fazer agarrar o peito e depois a boca, para controlar a náusea. Eu me forcei a olhar para Eva, sorrindo e soluçando em uníssono enquanto ela aproveitava momentos preciosos com o seu bebê — aquele a quem ela acabara de dar vida, e que se preparava para arrancar do peito. Quando o pequeno membro incompleto dele balançou, ela o beijou tão gentilmente que o meu coração foi esmagado novamente. A inocência dela podia ser colocada em xeque, suas escolhas haviam sido moralmente erradas, mas as dele não. Ele não pediu isso, não teve voz naquela família. Ele não devia pagar pelos julgamentos ou crimes de outros. Eu tinha certeza de pouca coisa, mas a sua virtude naquele momento era uma certeza.

A batida de Dieter na porta veio como uma martelada na minha cabeça, trazendo-me de volta ao presente. Dessa vez, eu o puxei para dentro do quarto, e os olhos de Eva se assustaram ao ver seu uniforme.

— Está tudo bem — eu disse a ela. — Ele pode ajudar.

Expliquei a ele rapidamente o pedido de Eva. Estranhamente, ele não encarou o plano como completa loucura ou suicídio, apenas balançou a cabeça, em sinal de que estava pensando.

— Dieter, você acha sensato fazer isso?

— Não, nada nesta guerra é sensato, Anke. Mas acho que Fräulein Braun está certa: o bebê não tem chance aqui em cima.

— Por quê? Aconteceu alguma coisa?

Ele baixou a voz para um sussurro.

— A resistência se movimentou. Não havia necessidade de um ataque, eles já estavam aqui: Daniel e vários da patrulha da casa. Só posso imaginar que façam parte de um grupo rebelado contra o Reich.

— Daniel!

Eu podia acreditar que o motorista educado fosse tudo, menos isso. Exceto que a guerra tinha afetado a sua família — ele aludira a isso.

— Eles estão aqui agora mesmo, fazendo ameaças?

— Havia uma pequena emboscada, que conseguimos conter.

Eles se retiraram por enquanto, mas meu palpite é que foram se reagrupar e podem muito bem voltar a qualquer hora. Mas, antes de irem, desmontaram o rádio. Felizmente, Meier está concentrado tentando consertá-lo.

— Então, como tiramos o bebê daqui? Há outros motoristas que possamos chamar?

Ele abanou a cabeça.

— Eu não poderia pedir a Rainer. Ele é leal a mim, mas tem uma família jovem. Seria pedir demais.

— Nós podemos esconder o bebê até que possamos tirá-lo daqui, depois do anoitecer?

Eu sabia que estava me agarrando a uma sorte muito incerta.

— Não entendo muito de bebês, mas acho que eles não ficam quietos por muito tempo, principalmente quando estão com fome. E a estrada da montanha fechará em breve, assim que chegarem as informações.

Ele estava certo. O bebê estava se alimentando agora, mas tínhamos um máximo de quatro horas, se isso, antes que o seu estômago ficasse vazio novamente. Eva tinha um pouco de leite em pó à mão, para caso não pudesse amamentar, mas tivemos de misturar a fórmula sem levantar suspeitas na cozinha.

Dieter estava quieto, pensando profundamente.

— Precisamos nos agilizar, ou corremos o risco de não conseguir — disse ele.

— Mas, para onde?

Assim que falei, um fio de esperança surgiu na minha memória, e eu o puxei para a realidade: a fazenda do meu tio Dieter. Era ali na Baviera, a menos de trinta quilômetros de distância, e ele tinha uma empregada gentil, bondosa e — eu suspeitava — longe de ser uma defensora do Reich. Ela poderia cuidar do bebê até que pudéssemos arranjar um lugar mais seguro. Eu não estava completamente segura com relação a esse plano, mas não tínhamos escolha.

— Eu sei de um lugar — eu disse —, mas ainda precisamos de transporte. Eu sei dirigir. Se você conseguir um caminhão ou um jipe, posso levar o bebê.

Ele olhou para mim com aqueles olhos intensos e penetrantes.

— Anke, você sabe que isso seria suicídio... e o fim para a sua família. Além disso, você não passaria nem pelo primeiro posto de controle.

Ele piscou os olhos repetidamente enquanto pensava.

— Eu vou levá-lo.

— Dieter, não! Também é perigoso para você.

— Mas é mais provável que eu passe pelos postos de controle, desde que o bebê esteja quieto. Pelo menos, teremos alguma chance.

Ele engoliu em seco e se recusou a encontrar o meu olhar. Ele quis dizer que o bebê teria alguma chance, mas nada além disso. A vida — a vida de Dieter — era uma incerteza completa. Ele nunca seria capaz de retornar a Berghof. Na melhor das hipóteses, seria considerado um desertor; na pior, um traidor e fugitivo. O que, para os nazistas, era pior do que ser um inimigo.

— Como você explicaria a ausência do bebê? — acrescentou.

— Deixe isso comigo.

Eu não fazia a menor ideia naquele momento, mas pensaríamos em algo e enfrentaríamos as consequências.

— Vou resolver a questão do transporte e espero que Koenig não me veja. Ele está atrás de briga, então vocês precisam ser rápidas. Volto em cinco minutos.

Quando nos tocamos, os nossos dedos pareceram faiscar como a eletricidade. Ele saiu pela porta.

Eva viu que eu estava me aproximando e se enrijeceu, os músculos do braço segurando firmemente seu precioso embrulho.

— Já? — ela disse.

— Tem de ser agora — respondi. — Não há outro caminho, caso você deseje mesmo que ele vá.

— Você o levará? — ela perguntou. — Como posso pedir isso a você?

— Capitão Stenz irá. Para um lugar que eu conheço, que é escondido e seguro por enquanto. Alguém vai cuidar dele lá. Eu sei que vai.

— Capitão Stenz, ele é…?

— Ele é confiável e bom. Eu prometo. Confie em mim. Confie nele.

— Eu tenho de confiar. Não tenho escolha. — Ela olhou para o filho. — Nenhum de nós tem.

Christa ajudou Eva a vestir o bebê rapidamente, e eu encontrei uma maquiagem compacta na penteadeira — passamos o seu pezinho no pó e depois carimbamos em uma folha de papel de carta. Mais tarde, pensaríamos em como guardá-la. Christa cortou uma mecha de cabelo e pressionou-a entre outras folhas de papel. Enquanto isso, ele se manteve misericordiosamente quieto, apenas emitindo alguns barulhinhos, um pouco bêbado após tomar o leite da mãe — o néctar espesso e amarelado que agora cobria os seus lábios.

Rapidamente, Christa buscou água fervente na cozinha, alegando que precisávamos dela para o nascimento iminente, e logo improvisou uma mamadeira.

A batida de Dieter chegou antes do esperado, assim como o inimigo. Ele entrou e assentiu.

O FILHO DE HITLER

— Eva, está na hora — eu disse gentilmente.

Envolvemos o bebê em um cobertor macio e, por cima, em uma manta cinzenta, para que não atraísse atenção. Dormindo agora, seu corpo estava todo coberto, e seus pequenos traços apareciam pela brecha como os de uma boneca russa.

Eva mal conseguia falar entre os soluços. Eu afastei seus dedos pálidos ao pegá-lo.

— Querido Edel — ela ofegou, enquanto Christa segurava os seus ombros, a dor chacoalhando todo o seu corpo.

Entreguei o bebê a Dieter junto com uma garrafa de leite embrulhada.

— Eu tenho uma moto com um *sidecar* — disse ele, concentrando-se nos aspectos práticos. — É menos provável que levante suspeitas, mas preciso colocar o bebê lá dentro.

— Você sabe dirigir uma moto em alta velocidade?

Aquelas piscinas azuis se abriram e seu sorriso de menino surgiu.

— Eu cresci brincando com motores, Anke. Vou me sair bem.

Eu balbuciei para atrasar o inevitável:

— Ele vai acabar dormindo, embalado pelo movimento. Apenas verifique se o rosto dele está bem descoberto. Se precisar parar, dê a mamadeira para ele.

Ele assentiu. Chegou a nossa hora. Sua mão livre pegou a minha e a apertou.

— Eu vou encontrar você se eu puder — ele sussurrou. — Cuide-se, Anke. Sobreviva. Você *deve* sobreviver.

Os olhos dele eram os mais claros que eu já vira, e eu queria beijar os seus lábios com tanta força e por tanto tempo — cair na cama e esquecer tudo do dia anterior, comer bolinhos frescos e tomar um bom café enquanto traçava as linhas de seu rosto pálido e lindo. E nunca pararia.

Em vez disso, saíram da minha boca apenas palavras insípidas e desajeitadas.

— Você também. Fique escondido. Tio Dieter irá ajudá-lo. Ele é um bom homem. Cuide-se.

Minha mão estava tão apertada na dele que parecia querer arrancar sangue.

Coloquei um bilhete em seu bolso, uma mensagem rabiscada às pressas para o tio Dieter: "Cuide desse menino, encontre pais para ele, pois ele não tem nenhum. Eu estou bem. Noo Noo".

Era o apelido pelo qual o meu tio me chamava desde a infância e a prova de que a mensagem viera mesmo de mim. O resto dependia da confiança e do destino, com a sua natureza áspera e bondosa. Um barulho veio do corredor, e Dieter voltou à sala.

— Eu preciso ir — ele falou, virando-se e murmurando, com a fenda do dente à mostra. — Eu amo você.

— Eu também — sussurrei, mas não sei se ele ouviu.

Vi sua jaqueta desaparecer pela porta e o meu futuro, mais uma vez, tornou-se tão profundo e escuro quanto o tecido que ele estava vestindo.

Um minuto depois, ouvi a partida do motor da moto, um rugido gutural quando ele acelerou e disparou para longe. Eles conseguiram sair da propriedade, e não havia nenhum som de perseguição; talvez ele tivesse passado despercebido — sua reputação impecável abrira o caminho. Então, houve um estampido. E um segundo, depois um terceiro. Tiros ou estouros de motor? Eu não tinha como saber, apenas o tempo e as consequências diriam. Eva agarrou a minha mão enquanto o nosso futuro desaparecia pela montanha, cada uma de nós chorando por sua perda.

Eu sabia que só podia fazer o que ele havia me pedido: sobreviver. Procurei conforto em Christa, cujo apoio silencioso nas últimas doze horas havia me motivado mais vezes do que eu podia contar. Nós três nos sentamos quase abraçadas na cama de Eva, ouvindo os passos pesados nos degraus lá fora, e o estridente estrondo de Koenig nos fazendo apertar os braços umas das outras e ficar firmes. Uma batida estrondosa na porta sinalizou o fim do nascimento mais importante da história de Berghof, e nós três nos preparamos para a batalha que teríamos pela frente.

41

VINGANÇA

Dos pés à gola da camisa, ele exalava fúria, aborrecido pela menor perturbação, andando pesadamente de um lado para outro de modo que nem parecia mancar, o sangue fervendo em suas veias. Acima da gola da camisa, no entanto, Joseph Goebbels tinha uma máscara fixa de uma face calma e afundada nas laterais, cabelos pretos impecavelmente arrumados. Apenas seus olhos pulsavam com inquietação.

Ele me rondou, cutucando a sua presa, como se eu fosse um animal asqueroso, mas intrigante, em um zoológico. Eu fiquei perfeitamente imóvel, resignada, todos os nervos dentro de mim trabalhando duro na mais vazia das expressões, nada que pudesse irritá-lo nem demonstrar medo.

— Então, Fräulein Hoff — ele começou. — Este não é o resultado que esperávamos, é?

O tom não era retórico.

— Não, Herr Goebbels. Sinto tanto quanto o senhor pela perda de Fräulein Braun. É trágico.

— Eu diria que é mais do que trágico. Não era apenas uma criança, como você sabe. Esta é uma tragédia para toda a Alemanha. Então, você pode me esclarecer o que aconteceu?

Aspirei o ar o mais discretamente possível, lutando contra o nervosismo crescente em minha voz.

— O trabalho de parto estava progredindo normalmente, como em qualquer primeiro parto, e não havia nada para me preocupar até o nascimento do bebê.

— E então?

— Ficou evidente desde os primeiros momentos que ele não estava... conseguindo.

— E respirou?

Aquele monstro — um pai de seis filhos — nem mesmo atribuía um sexo, uma personalidade, ao bebê. Eu o odiava mais por isso do que por qualquer outra coisa em sua história desprezível.

— Sim, brevemente.

— Você tentou salvar? Reavivar?

Seu tom ainda era inexpressivo, como se uma raiva gigantesca estivesse reprimida no subsolo, borbulhando como uma panela no fogão da mamãe, o vapor lutando para escapar por debaixo da tampa. Sempre, sempre, aquela panela derramava sua espuma suja no fogão de metal limpo.

— Sim, por um curto período de tempo.

— Por que apenas por um curto período de tempo? — ele retrucou.

Agora ele havia se animado, como se tivesse encontrado um caminho para mostrar a minha culpa. Isso os pouparia de fabricá-la mais tarde, nos registros.

— Fräulein Braun me pediu para parar.

— Você tem certeza disso? Tem certeza de que não queria que esse bebê morresse, o bebê do Führer? Por castigo, por vingança? Sabemos que o Reich tem inimigos.

O FILHO DE HITLER

Seu rosto estava a centímetros do meu agora, dentes espinhosos aparecendo. Um homem feio, por dentro e por fora.

— Não — eu falei com a maior calma possível, sem emoção.

A minha falta de medo fez as suas narinas se dilatarem.

— E por que Fräulein Braun pediu para você parar? Por que uma nova mãe diria para você parar de salvar seu bebê da morte? Não consigo imaginar isso, Fräulein Hoff. Eu realmente não consigo imaginar nada parecido.

— Porque era óbvio que o bebê não seria capaz de viver. O bebê tinha — e aqui senti uma pontada de traição a todos os bebês nascidos não muito perfeitos — deformidades. Deformidades significativas.

— É o que você diz. Significativas o suficiente para que você sentisse a necessidade de se desfazer do corpo antes que pudéssemos vê-lo? Queimá-lo tão completamente para que toda a evidência fosse perdida?

Agora sua voz estava se elevando, a panela começando a ferver, espuma azeda borbulhando.

— Imagino que isso esteja por trás do pensamento de Fräulein Braun — falei.

Minha voz estava começando a falhar, quase desmoronando. *Vamos, Anke. Lute pelo bebê, por sua família, por Eva, por si mesma. Respire fundo.*

— Sua primeira preocupação foi a de que a reputação do Führer poderia ser prejudicada se... se o bebê ficasse conhecido por ser dele. Ela não queria que nenhum registro, que nenhuma possível imagem fosse usada contra o Reich.

Eu o olhei diretamente nos olhos e menti, meus dentes batendo em silêncio.

— Ela fez isso por amor ao Führer. Pela Alemanha.

Ele foi brevemente pego de surpresa, recuou e pôs-se a caminhar pela sala novamente. Então, reuniu forças para um segundo ataque.

— E você, Fräulein Hoff, não achou que essas ações suscitariam suspeitas? Que poderiam gerar perguntas?

— Eu não estava pensando nisso naquele momento — eu falei uma semiverdade. — Estava lidando com um bebê morto e uma mãe muito angustiada, que acabara de perder o filho. Minha prioridade é sempre com a mãe e o bebê, se possível.

— É o que você diz! — Agora ele estava gritando, mas ainda controlado. — Mas, ainda assim, não consigo entender, Fräulein Hoff, qual é a verdade. A verdadeira verdade.

Ele bateu com o punho na mesa ao mesmo tempo em que a porta se abriu e Eva entrou. Ela tinha a aparência de uma leoa ferida indo proteger os filhotes.

— Joseph! — ela exclamou, e o rosto dele girou, atingido por aquela que devia ter sido a mais alta, ou talvez única, repreensão que ela ousara dirigir a ele.

Ela estava em pé, trêmula, pálida e instável, com os cabelos soltos pendendo frouxamente, a túnica suja pendurada no corpo subitamente diminuído. Saí do meu lugar, peguei uma cadeira e a levei até ela. Sua voz estava mais calma quando falou novamente:

— Herr Goebbels, por favor. Isso não é coisa da Fräulein Hoff. Foi minha decisão, inteiramente.

Ele ficou impressionado com a intrusão e com as palavras diretas dela.

— Você não pode, e não vai, responsabilizá-la — continuou ela. — Os cuidados dela foram impecáveis. Simplesmente não havia esperança, e eu fiz o que achava certo naquele momento.

Ele deu um passo à frente, e eu vi em suas feições contraídas as engrenagens do seu cérebro ardiloso em funcionamento.

— Claro, Fräulein Braun, e os meus sentimentos estão com você... os meus e os de Magda. Nossas condolências mais profundas. — Sua súbita bajulação me causou náusea. — Mas, talvez, tivesse sido mais... apropriado se pudéssemos ter preparado um enterro formal.

Ninguém naquela sala acreditou por um minuto que ele estivesse falando não por controle, mas por respeito. Nem Eva, por mais crédula que pudesse ser. Ela olhou para ele, com o rosto devastado de tanto chorar, e atuou como uma atriz experiente.

— Eu entendo, Joseph, e cabe a mim fazer as pazes com o Führer, quando for a hora certa. Mas eu não queria que ninguém, *ninguém*, colocasse os olhos no menino que deveria ter sido perfeito. Fiz isso por respeito ao Führer, por sua maior criação. Certamente você consegue compreender. Ou a sua fé no sonho está diminuindo?

Ela não chorou, nem vacilou. E nem deveria naquele momento, moldando-se à expectativa de uma perfeita amante nazista, concentrada e inflexível, como as dezenas de modelos de Magda em toda a Alemanha. Mas percebi, na voz de Eva, uma mínima falha, a dor não de um bebê morto, mas de uma criança viva quase morta para ela, sabendo que estava lá fora em algum lugar, sem ela, aninhando--se no peito de outra pessoa. E não pude deixar de aplaudi-la por isso, por seu sacrifício.

O melhor orador do Reich, mestre da verdade, foi finalmente silenciado. Ele era o braço direito de Hitler, estava entre os seus aliados mais confiáveis, mas será que podia — ousaria — questionar a palavra de uma rainha, da única escolhida?

— Como eu disse, minhas condolências — ele conseguiu dizer. — Fräulein Hoff, por favor, ajude a senhora a retornar para o quarto dela.

Quando saímos, senti o tremor nos membros de Eva, talvez por fraqueza e perda de sangue, mas, mais provavelmente, por ter passado pelo maior confronto de sua vida. Para alguém que passara a vida nas sombras, ela havia brigado quando mais importava.

— Antes de você ir, Fräulein Hoff.

O tom calmo e discreto de Goebbels fez estremecerem as minhas costas, e eu congelei no meio do caminho.

— Sim, Herr Goebbels? — Não me virei, mas segurei Eva firmemente.

— O capitão Stenz. Você sabe alguma coisa sobre o desaparecimento dele, sobre as circunstâncias que o cercam?

Senti o relógio de Dieter formigar no meu pulso, onde eu o havia colocado, talvez imprudentemente, no dia anterior. Eu o encobri sob a túnica de Eva. O olhar penetrante de Joseph estava em mim, queimando sobre os meus ombros. Ele vira no meu pulso o presente que eu não suportava esconder?

— Não, Herr Goebbels. Eu o vi ontem, brevemente durante o parto, e não mais desde então.

— Como todos nós, Fräulein Hoff. Fiquei sabendo pelo sargento Meier que vocês eram… amigos.

Ele não me viu engolir, o que me permitiu impedir um soluço de se formar.

— Não amigos, mas éramos educados um com o outro. Ele era o meu supervisor.

— Nada mais? — ele estava sondando, e teria adorado me persuadir, me pressionar, ou, dada a chance, bater em mim para arrancar a informação.

— Nada. É bom manter boas relações com seus captores, Herr Goebbels.

— Hmm. — Entendi isso como uma dispensa e levei Eva dali.

Eu a acomodei na cama e verifiquei o seu sangramento enquanto o seu rosto se transformava sobre as cobertas, os olhos se dobrando em lágrimas. Seus dedos secos e rachados entrelaçaram-se aos meus.

— Obrigada, Eva — eu disse. — Por mim e pela minha família.

Ela virou para mim com os seus olhos vermelhos, as lágrimas rolando.

— Parece que eu realmente cuidei de alguém — ela fungou e abriu um sorriso apático. — Ainda que brevemente.

— Sim, você cuidou — eu disse, e a abracei enquanto ela chorava por seu filho perdido.

EPÍLOGO:
BERLIM, 1990

ANKE, SETENTA E SETE ANOS

Do meu apartamento perto da Chausseestrasse, vejo o Muro caindo, pequenos grupos despedaçando anos de prisão, corpos fugindo com pedaços concretos de história, já comercializável. Como formigas com seus espólios.

Estou estranhamente triste, não pela humanidade, porque os habitantes do lado Oriental podem finalmente conhecer um pouco da democracia, mas porque esses tijolos me garantem que não estou sozinha em minhas memórias daquela época. Cada um de nós com idade suficiente para ter visto o Muro sendo erguido recorda aquele tempo anterior, durante e após a fúria que tomou conta da Alemanha, da Europa e do mundo. As pequenas pilhas de entulho de hoje lembram a paisagem rochosa e lunar da Berlim pós-guerra. De uma maneira esquisita, isso é reconfortante.

Às vezes, acho difícil lembrar as coisas — detalhes da vida cotidiana —, mas é privilégio da idade poder se lembrar de eventos de quarenta e cinco anos atrás com clareza. Alguns dos quais eu prefiro esquecer, mas há muito tempo luto com os meus demônios, e chegamos a um impasse. Eles fazem parte do pacote.

Naqueles dias após o nascimento do bebê de Eva, houve confusão; ela com a sua dor, eu com o medo de vingança contra a minha família. Fiquei excepcionalmente calma diante do que considerava inevitável: a chegada da Gestapo a Berghof, eu sendo levada varanda afora, talvez para a floresta ao redor, e fuzilada pelos meus fracassos. O que eu temia era um preâmbulo tortuoso e longo, sem forma de desviar do destino final, que era o tiro. Christa fora mandada de volta aos Goebbels no dia seguinte ao nascimento, e sem dúvida Magda controlaria o seu silêncio. Eu só podia esperar que ela estivesse segura.

De tempos em tempos, Magda andava pelos aposentos de Berghof como uma pretensa maneira de aliviar a tristeza de Eva, mas estava mesmo caçando informações. Ela me encurralava, sondando o meu conhecimento sobre deficiência e sobrevivência, e, na maioria das vezes, eu blefava usando algum jargão médico pomposo. De mulher para mulher, senti que ela percebia a minha mentira de modo muito mais eficiente do que os melhores agentes da Gestapo, mas eu tomava cuidado com as minhas palavras, brincando de gato e rato a cada pergunta.

Joseph estava em outro lugar, construindo mentiras sobre as derrotas esmagadoras e a queda iminente da Alemanha; eu ouvi uma conversa sussurrada na sala de jantar sobre o fim da guerra. Além de Lena, ninguém falava comigo diretamente, ninguém se atrevia a ser infectado pela minha lepra do fracasso.

Mas a Gestapo não invadiu a propriedade em seus carros pretos e demoníacos, e Frau Grunders permaneceu eriçada como se nada tivesse acontecido, observando-me com uma mistura de suspeita e admiração. Seu menino estava mais uma vez a salvo das amarras *daquela* mulher.

O FILHO DE HITLER

Ele — o pai supremo da Alemanha — não apareceu, correndo em luto para o lado de sua mulher. Eu sentia muito por ela, mas fiquei aliviada por mim mesma. Eu tinha perdido a esperança de obter notícias sobre a minha família, e fui deixada apenas com uma ponta de fé, embrulhada e escondida no fundo do meu coração. Com Dieter desaparecido, não havia ninguém para tornar as coisas mais fáceis, e a punição do sargento Meier era um muro de silêncio. Não se falava se eu iria, ficaria ou voltaria para o campo de concentração. Todos os pensamentos estavam muito além da nossa visão, na Europa, lutando para salvar o que podiam dos avanços dos Aliados. Os céus lá em cima zuniam com aeronaves, deles ou dos nossos, eu não sabia dizer, mas ninguém corria nem disparava o alarme. Ou lançávamos os nossos olhos brevemente para cima, ou os ignorávamos. Estávamos diante da inevitabilidade, talvez.

Eu examinei Eva, como faria com qualquer mulher pós-parto, mas ela fora tragada por sua própria dor, tão farpada quanto o arame que nos cercava. E ela não tinha com quem a compartilhar, além de mim. No entanto, eu sabia que, apenas de ver o meu rosto, a dor de sua perda voltava intensamente e, por isso, eu a evitava sempre que possível; tornei-me um símbolo de traição de seu próprio filho, e a breve intimidade que tínhamos esvaiu-se, consumida por sua culpa. Seus olhos eram de um azul acinzentado, cercado por ondulações vermelhas, o brilho âmbar nos cabelos perdidos em dias sem lavar. Ela não era mais a garota da loja de departamentos de Berlim, toda sorridente e promissora. Eu reconheci aquele olhar, tendo-o visto muitas vezes entre os beliches do campo de concentração — o olhar da perda de uma mulher.

Duas semanas após o parto, o sargento Meier me chamou. Eu me senti como quando fui levada ao comandante no meu último dia no campo de concentração — resignada, pronta. Apenas me irritava a satisfação presunçosa dele de revelar o meu destino. Em vez disso, porém, ele me entregou o salário de um mês e me disse que eu deveria partir imediatamente.

— Para onde? — eu perguntei, chocada.

— Para Berlim, para a sua liberdade — ele disse secamente. — Há quem cumpra as suas promessas, Fräulein Hoff.

Ele não conseguia dirigir o olhar a mim, um ícone permanente de traição ao seu amado Reich.

— E o meu conhecimento, das coisas que vi? Você vai me cegar, como Sansão, ou cortar a minha língua?

Seus olhos se estreitaram, tornando-se reptilianos.

— Quem acreditaria em você, Fräulein Hoff? Uma louca dos campos de concentração, tagarelando sobre um bebê do Führer. Além disso, sua família permanece conosco e assim continuará no futuro próximo. Confio em sua discrição.

Eu me virei antes que pudesse ver um sorriso perfeito sob as cerdas oleosas de seu bigode.

Dei um breve adeus a Eva. Ela conseguiu esboçar um sorriso fraco e estendeu a mão enrugada — unhas roídas até o talo — e apertou a minha mão com força, depois a afastou para abraçar os seus outros bebês, Negus e Stasi. Eram o seu consolo agora, esparramados entre os lençóis. Na mesinha de cabeceira, notei cartas manuscritas, talvez dele, talvez reconhecendo a sua tristeza, a perda, mas talvez não. A pequena marca do pé do bebê estava ao lado do travesseiro.

Rainer me levou até a estação ferroviária em Berchtesgaden e me deixou, com um aperto de mão.

— Aproveite a sua liberdade, Anke — disse ele. — Foi difícil de conquistar.

O FILHO DE HITLER

Havia algo em seus olhos, algo que eu nunca vira antes e não consegui entender, mas não pude me ater a isso de tão ansiosa que estava para deixar para trás todos os vestígios de Berghof. No envelope de dinheiro havia uma passagem de trem — segunda classe para Berlim. Eu não peguei o primeiro trem. Em vez disso, fui à praça da cidade e sentei-me no café — *nosso* café — sob um guarda-sol. Era o mesmo lugar? Eu não conseguia lembrar. Bebi uma xícara de um café muito bom, com a espuma de leite cremosa. Levei a xícara aos meus lábios pensando em Dieter, deixei as lágrimas caírem pela borda, e a salmoura aumentou a amargura dos grãos.

Berlim estava destroçada. Sob o cerco das forças armadas, era irreconhecível como o local do meu nascimento — a cidade agora era cinza e sobrecarregada, e seu ar chamuscado com o cheiro de cordite. Figuras encurvadas passeavam pelas ruas, ombros encolhidos, as cabeças viradas para cima apenas quando um barulho cortava o ar turbulento acima — um novo ataque, ou detritos caindo de prédios danificados por toda parte. O estrondo apenas os fazia correr mais rápido. Era como se um circo tivesse se instalado e depois partido de Berlim, deixando uma bagunça para trás. A derrota próxima infectava todos os poros cinzentos, cada rosto atingido.

Eu não tinha para onde ir, então fui para o único lugar que me era familiar, de volta para casa. Nos subúrbios ocidentais, a nossa rua estava quase como nos primeiros anos da guerra, agora com sacos de areia servindo de obstáculos para a corrida das crianças que brincavam lá fora, mas, essencialmente, intocada. A casa, no entanto, parecia qualquer coisa, menos abandonada. Vários pares de sapatinhos estavam empilhados na porta da frente quando passei nervosamente pela entrada; as hostas cuidadosamente plantadas pela minha mãe eram sobreviventes saudáveis dos ataques, de um verde pálido e atento.

A porta foi aberta por uma mulher, de cerca de trinta anos, de avental e lenço na cabeça, segurando uma vassoura e com um rosto jovem e corado. Quando expliquei, ela me recebeu, com vergonha evidente da bagunça de seus três filhos. Mas não me incomodei — parecia a casa de família que havia sido para nós, polvilhada de poeiras de amor. Como engenheiro especialista, o marido de Helen havia sido dispensado do serviço militar, e sua família foi realocada para uma das casas "abandonadas". Em troca, ele passava longas horas mantendo em funcionamento as fontes de energia de Berlim.

Ela fora uma das sortudas, disse ela, dando a entender o alívio que sentira ao saber que ele não teria de empunhar armas. Helen não fazia tipo, e eu gostei dela imediatamente. Ela me ofereceu um quarto, o sótão que outrora fora o esconderijo de menino de Franz. Recusei, é claro, mas ela insistiu, e não parecia ser por caridade. Além disso, eu não tinha mais para onde ir, e o dinheiro era limitado. Ela e sua bondade me garantiram que, apesar da guerra hedionda, os alemães honestos ainda eram a espinha dorsal do nosso país, e seus mandantes eram os poucos covardes.

E assim fiquei de fora do breve restante da guerra, pegando um pouco de trabalho remunerado aqui e ali, em bares e restaurantes, e me voluntariando nas estações médicas para ajudar onde eu pudesse. Naqueles primeiros dias, eu nunca deixei de esperar que, quando chegasse à esquina, ele estaria lá, ou que, quando voltasse para atender um cliente no bar, lá estaria ele olhando para mim, pedindo uma bebida com o seu sorriso envolvente.

No fim, recuperamos a nossa Berlim, mesmo estando debilitados e incapacitados. O nevoeiro da guerra foi substituído pela vergonha, primeiro pela derrota e, depois, à medida que as notícias sobre os campos de concentração se espalhavam entre a população em geral, pelos eventos da própria guerra. Havia aqueles que não tinham visto ou sabido sobre o assassinato e a desumanidade nas mãos daquele homem e aqueles que alegavam estar fazendo isso pela Alemanha, o bem maior. Quando ouvimos falar de Auschwitz, Dachau, Birkenau e outros, percebi que havia camadas de inferno, e que talvez eu não tivesse afundado tanto quanto pensei naquele poço sem fundo. Mas muitos outros, tristemente, sim.

Naqueles estranhos dias de invasão, alívio e renovação da dor, procurei como pude a minha família — em todos os postos da Cruz Vermelha, hospitais, reassentamentos, passando o meu olhar pelas mulheres que ainda tinham carne nos ossos, rostos cheios, cabeças cobertas de cabelo, e pelas que estavam magras, com mechas finas de cabelo ralo e olhos vazios. Enfim, eu as encontrei, minha irmã e minha mãe, agarradas uma à outra em um salão comunitário, em busca de alguma esperança. Nos abraçamos sem palavras por um bom tempo.

Depois, localizamos Franz em uma lista dos desaparecidos em Auschwitz — um nome riscado em uma longa lista, e sabíamos que havia pouca esperança de encontrá-lo, sabendo que os seus únicos restos eram o seu espírito de luta em nossos corações. Franz estava perdido, e eu tive que contar à mamãe sobre o papai, mas com o conhecimento certo de que ele não morrera na câmara de gás. Confiei que Dieter tinha me contado a verdade sobre isso. Eu fantasiei outras verdades — os partos no campo de concentração e meu tempo em Berghof. Um pouco por vergonha, sim, mas também porque era difícil explicar algumas coisas a quem não estava lá.

Quando soube do fim dos dois — os recém-casados Herr e Frau Hitler — não fiquei surpresa ou chocada. Ela o teria seguido até os confins da Terra, e ela o fez. Só me pergunto se Eva pensou no filho no momento em que engoliu a pílula de cianeto, se ele estava alojado em seu coração no momento em que parou de bater. Magda também, cercada por sua ninhada de bebês perfeitos. Como podemos saber o que ela pensou como mãe naquele momento — o que havia além do batom, da altivez e de sua total devoção ao Reich?

Eram as imagens do topo da montanha que mais me perturbavam. Lembro-me de uma vez censurar Dieter por investir tanta emoção em meros tijolos e argamassa, por reverenciar edifícios acima de pessoas. Mas ver Berghof reduzida a escombros, bombardeada a ponto de ficar irreconhecível, as botas enlameadas dos Aliados pisando nos lugares por onde andei, trouxe à tona sentimentos indesejáveis. A queda da casa do mal de João e Maria não devia despertar sentimentos em mim. Mas despertava, e continua sendo o mais feio dos meus segredos.

Mamãe, Ilse e eu reconstruímos as nossas vidas, junto com um mar de companheiras nômades. Meus crimes contra o Reich foram esquecidos, e eu voltei a ser parteira; o trabalho era o que me salvava, era o meu consolo colaborar para a chegada de bebês saudáveis. E não, eu não achava que todos os nascidos robustos e rosadinhos, que todas as mães sorridentes e felizes serviam de compensação para todos aqueles que havíamos perdido. Eu não os descartei. Não podia pensar assim ou acabaria louca. Infectada. Os seus rostos, minúsculos e inocentes, permaneceram fantasmagóricos em um canto distante da minha memória por muitos anos.

Então, o Muro. Eu lutei para permanecer berlinense, no lado Ocidental. Eu enfrentara ditadura suficiente para uma vida. Conheci meu marido, Otto, em um café, outro encontro vital entre o barulho de xícaras e o gosto de café. Ele fora soldado alocado na Frente Russa e, portanto, nossas guerras haviam sido muito diferentes. Em nosso casamento de trinta anos, por poucas vezes conversamos sobre as sombras do nosso passado; concordamos em sermos novas pessoas. A guerra nos moldara, mas não podia definir como nos reinventaríamos como seres humanos.

E, é claro, vieram os meus bebês — um menino e uma menina. Finalmente, pude sentir a agonia e o êxtase do parto, de estar em harmonia com algo fora de mim, aquele impulso gutural e glorioso, a deliciosa cabeça molhada, o choro. O amor louco e eterno. Foi nesse momento que pensei em Irenas, Hannas, Leahs, Dinahs... e Evas. Chorei lágrimas abundantes por elas e por alívio e alegria próprios. Pelos bebês perdidos e pelos presentes preciosos que eu tinha em meus braços.

Foi o meu filho, Erich, que me ajudou a procurar respostas, anos depois. Demorou trinta anos para que algumas verdades fossem reveladas — detalhes sobre os campos de concentração, sobreviventes, a dura verdade. Graunia emergiu como uma escritora astuta e provocadora, embora a sua honestidade fosse amarga demais para alguns engolirem. Rosa, infelizmente, não escapara, mas rastreamos Christa em uma cidade perto da antiga fazenda de seu pai. Nossa reunião foi inundada por lágrimas e conversas acaloradas — ela se tornara o que sempre estivera destinada a ser, uma parteira, e conversamos sobre partos e bebês, sobre a prática e a vida doméstica. Seus cabelos loiros ficaram mais claros com a idade, mas os olhos eram tão brilhantes quanto nos dias de Berghof, e ela estava vestida com estilo, mostrando que não havia perdido a sua habilidade com a agulha. Ela tivera os seus próprios bebês, e nos reunimos como mães e parteiras. Nunca conversamos sobre aquele bebê, aquele parto. Parecia não haver necessidade.

Erich era um historiador perspicaz, passando horas a escrever cartas e buscando documentos nos arquivos da prefeitura, sobretudo artigos sobre o seu avô, o reverenciado professor de Política. Ele encontrou pouca evidência de qualquer tentativa de golpe em Berghof — a evidência talvez tivesse sido queimada nos escombros, e havia apenas uma breve menção a um nome familiar: Daniel Breuger, motorista da equipe do Führer, baleado por "ações contra o Reich" em junho de 1944, por motivo desconhecido. As informações sobre os atentados contra a vida de Hitler foram bem documentadas depois de algum tempo, mas não houve menção à breve rebelião em um dia de maio de 1944, uma pequena gota em um oceano de ódio, que poderia ter se provado uma onda na enormidade da guerra — acabou enterrada junto com qualquer evidência de sua existência e das pessoas envolvidas nela.

Erich encontrou outro nome para mim: Dieter Stenz. Fuzilado por deserção no final de maio de 1944, duas semanas após o parto de Eva. O dia em que deixei Berghof. Havia pouca informação. Mas Erich localizou um endereço: sua mãe idosa, ainda viva.

Escrevi para ela — uma carta curta, mas que levou dias para ser escrita — simplesmente dizendo que eu conhecera o seu filho

O FILHO DE HITLER

em 1944, e que, apesar dos relatos oficiais, ele era um herói, um salvador e não o covarde retratado nos registros oficiais. Que ele era gentil e humano, tudo o que a ss não era. Ele era o filho que ela gostaria que ele fosse. E, em troca, recebi de sua mão envelhecida um "Obrigada" e uma fotografia dele sem o uniforme, ao lado de seu pai, e entre eles um motor, sem dúvida sendo desmontado ou remontado. Não dava para ver as mãos deles, mas tenho certeza de que estavam cobertas de graxa. Eu a guardei na minha gaveta, ao lado das fotografias de Otto e dos meus filhos. Junto com o relógio, com os ponteiros congelados no tempo.

Não contei a ela sobre a criança, o pedacinho reluzente de Dieter aninhado dentro de mim, que escapou cedo demais, antes que eu tivesse chance de recebê-la no meu corpo ou no meu futuro, de torná-la parte da minha esperança. Uma prova feliz do nosso tempo juntos. A querida Helen — ela estava comigo enquanto eu derramava sangue e tristeza, nunca fazendo perguntas indiscretas, mas me abraçando como a minha mãe faria. A mãe de Dieter... Ela não precisava saber que restara algo do seu filho, algo que ela poderia adorar, algo em que se agarrar. Seria muito cruel oferecer-lhe uma mão para retirá-la em seguida. Mas a sua existência sempre fez parte de mim, uma daquelas joias bem guardadas em segurança no meu coração. Meu Dieter. Minha guerra.

Quanto ao outro bebê, eu não tenho notícias. E me contento com isso. Só sei que deixou a fazenda do meu tio três dias após a sua chegada na calada da noite, levado por um jovem e sua esposa, que o tio Dieter descreveu como "gentis". Há momentos em que, assistindo à televisão, ao noticiário da noite, a curiosidade me faz prestar um pouco mais de atenção. Eu busco semelhanças em algum político, e olho imediatamente para as mãos. Mas, é claro, com a Medicina moderna — próteses, como dizem — sendo tão boa hoje em dia, talvez não haja como ver a diferença.

Pode ser, porém, que ele não seja um político — poderia facilmente ser um fazendeiro, um carpinteiro, um artista. Quem sabe? É melhor que ele não seja. Ele nunca precisará carregar o fardo da vergonha, dos genes em seu sangue. Ele só precisa saber que nasceu do amor de uma mãe, em um mundo incerto, como um dos milhares que emergem sob a sombra de bombas, escombros ou ameaças.

Uma criança de sua época, um bebê da guerra, e não um filho do Reich.

AGRADECIMENTOS

Tantas pessoas contribuíram para a apresentação deste livro, a começar pela minha família — Simon, Harry, Finn e mamãe — que me deu um espaço precioso para escrever. Agradeço imensamente aos meus leitores — Micki, Kirsty, Hayley, Zoe e Isobel — e aos meus colegas da Stroud Maternity, que receberam os meus choramingos sobre "ser escritora" com verdadeiro incentivo. Um agradecimento especial à colega autora Loraine Fergusson, sem a qual eu não teria editora nem sanidade mental — os seus conselhos têm sido constantes e valiosos. E à escritora Katie Fforde, pois foi ela quem reconheceu a ideia como mais do que uma novela, e me disse, com confiança, que este seria o meu primeiro romance. Como ela estava certa! Também tenho de prestar homenagem à maravilhosa equipe do "Coffee 1", em Stroud, que me manteve cheia de sorrisos e cafeína, e onde boa parte deste livro foi escrita.

Obrigada a todos que apoiaram e produziram este livro — Molly Walker-Sharp e a adorável equipe da Avon, que orientaram uma iniciante no processo sem perder a paciência. Para o retrato do campo de concentração, contei com o excelente livro de Sarah Helm, *If this Is a Woman*, que descreve em detalhes humanos e precisos como mulheres sobreviveram com dignidade a essas condições. Para relatos em primeira mão de sobreviventes, agradeço ao autor anônimo de *Uma mulher em Berlim*, que ilustra como o sofrimento não diferencia cultura ou credo.

Como uma voraz leitora de livros ao longo da vida, estou muito feliz por finalmente chegar ao "outro lado", e agradeço a qualquer leitor que queira virar estas páginas e seguir em frente.

TIPOGRAFIA: BODONI E CASLON